mon **BAC** *facile*

Pour s'entraîner par étapes

1re

FRANÇAIS

Émilie Dhérin
Marie Aillet

Nathan

MODE D'EMPLOI

8 sujets corrigés (4 pour l'épreuve écrite et 4 pour l'épreuve orale) pour s'entraîner dans les mêmes conditions qu'à l'examen.

ÉNONCÉS

SUJET 1 ÉNONCÉS **La poésie du XIXe siècle**

Commentaire 20 pts 4H → Corrigé p. 28

› Vous proposerez un commentaire du poème « Voyell

TEXTE « Voyelles », *Poésies*, Arthur Rimbaud

A noir, E blanc, I rouge, U vert, O bleu : voyelles,

- le **nombre de points**
- la **durée** de l'épreuve
- les renvois aux **corrigés** clairement indiqués pour chaque sujet.

› **Exercice**

Pour vous aider à mieux comprendre ce poème, complétez le tableau suivant : indiquez les éléments associés à chaque lettre dans le texte et traduisez-les avec vos propres mots.

Voyelle	Représentation dans le poème	Je comprends...
A	« noir corset velu des mouches éclatantes / Qui bombinent autour des puanteurs cruelles, / Golfes d'ombres » (v. 3-5)	• Couleur noire • Lien avec la mouche • Odeur désagréable • Obscurité
E		
I		

Les conseils du prof !

Lorsque vous citez plusieurs vers d'un poème à la suite, vous devez les séparer par une barre oblique (/) afin de bien les distinguer.

Écrivez vos réponses **directement sur le cahier.**

Les conseils du prof vous donnent des **indications.**

polysémique	B) Des correspondances	
	C) Des synesthésies	

› **Je rédige le commentaire** Imprimez votre copie pour rédiger

Des feuilles pour rédiger sont disponibles sur **abcbac.com**

Une rubrique pour vous aider à **comprendre et analyser le texte ou le sujet.**

S'entra

Comprendre le texte

ÉTAPE 1 Lire le texte

- **Lire le texte plusieurs fois** afin d'en saisir le sens général.
- **Repérer et définir les termes complexes :** ce poème associe chaque lettre à une description parfois obscure. Assurez-vous de bien comprendre chaque terme en vous aidant des définitions données sous le texte.

ÉTAPE 2 Extraire les informations pertinentes

- **Quelle est la structure du poème ?**

→ Il s'agit d'un sonnet formé de deux quatrains (strophes de 4 vers) et de deux tercets (strophes de 3 vers).

→ **Les moments les plus importants**
– **la volta :** le passage des quatrains
– **la pointe :** le dernier vers, qui éclai du poème.

- **Combien de mouvements constitu**

→ On distingue deux mouvements :
– les deux premiers vers expliquent l poème (la représentation imagée d'u
– le reste du sonnet est constitué d'u des voyelles et de leur représentatio

ISBN : 978 209 157152 2

CORRIGÉS

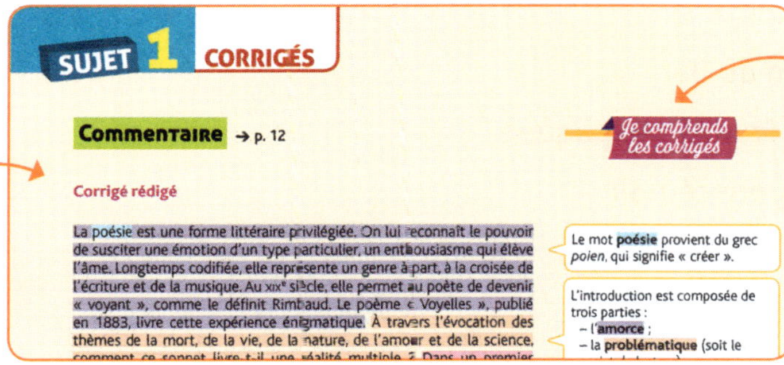
SUJET 1 CORRIGÉS

Commentaire → p. 12

Corrigé rédigé

La poésie est une forme littéraire privilégiée. On lui reconnaît le pouvoir de susciter une émotion d'un type particulier, un enthousiasme qui élève l'âme. Longtemps codifiée, elle représente un genre à part, à la croisée de l'écriture et de la musique. Au XIXe siècle, elle permet au poète de devenir « voyant », comme le définit Rimbaud. Le poème « Voyelles », publié en 1883, livre cette expérience énigmatique. À travers l'évocation des thèmes de la mort, de la vie, de la nature, de l'amour et de la science,

Je comprends les corrigés

Le mot **poésie** provient du grec *poien*, qui signifie « créer ».

L'introduction est composée de trois parties :
– l'**amorce** ;
– la **problématique** (soit le

Des **corrigés détaillés** pour chaque sujet.

Une rubrique pour bien **comprendre les corrigés et marquer des points**.

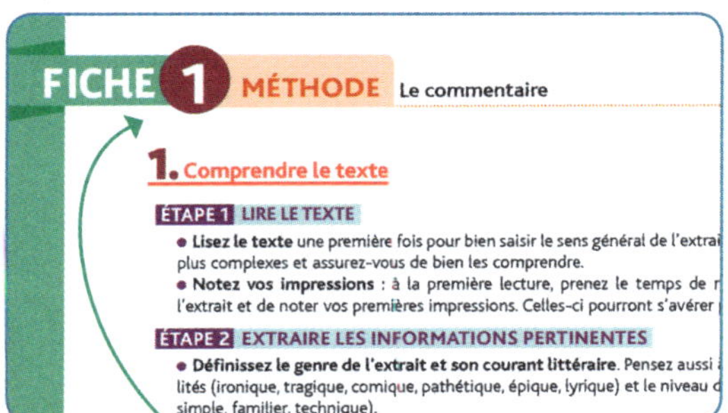
FICHE 1 MÉTHODE Le commentaire

1. Comprendre le texte

ÉTAPE 1 LIRE LE TEXTE

- **Lisez le texte** une première fois pour bien saisir le sens général de l'extrai[t] plus complexes et assurez-vous de bien les comprendre.
- **Notez vos impressions** : à la première lecture, prenez le temps de r[...] l'extrait et de noter vos premières impressions. Celles-ci pourront s'avérer [...]

ÉTAPE 2 EXTRAIRE LES INFORMATIONS PERTINENTES

- **Définissez le genre de l'extrait et son courant littéraire**. Pensez aussi [...] lités (ironique, tragique, comique, pathétique, épique, lyrique) et le niveau d[...] simple, familier, technique).

Des fiches pour bien comprendre la **méthode**.

FICHES DE SYNTHÈSE

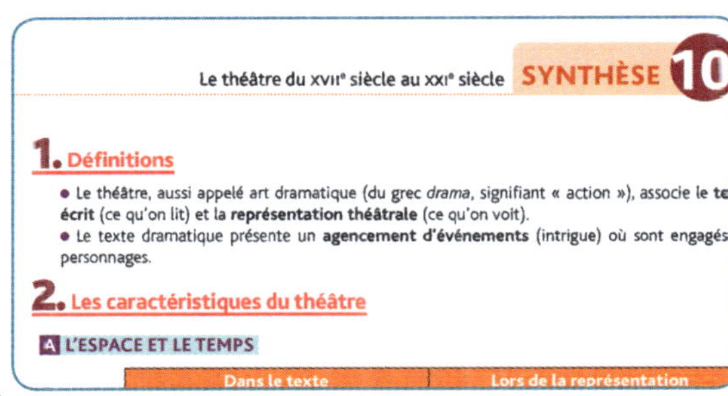
Le théâtre du XVIIe siècle au XXIe siècle SYNTHÈSE 10

1. Définitions

- Le théâtre, aussi appelé art dramatique (du grec *drama*, signifiant « action »), associe le **tex[te] écrit** (ce qu'on lit) et la **représentation théâtrale** (ce qu'on voit).
- Le texte dramatique présente un **agencement d'événements** (intrigue) où sont engagés [les] personnages.

2. Les caractéristiques du théâtre

A L'ESPACE ET LE TEMPS

Dans le texte	Lors de la représentation

En fin d'ouvrage, des fiches de synthèse avec du **cours**.

Responsable éditoriale : Raphaëlle Mourey
Coordination éditoriale : Julie Langlais
Édition : Sophie Petitprêtre
Conception graphique intérieur : Julie Lannes
Couverture : Simon Geliot
Composition : Fabienne Grain
Fabrication : Kévin Magar

SOMMAIRE

SUJET 4

Le théâtre du XVIIe siècle au XXIe siècle

ÉPREUVE ORALE

révisions et méthode

Fiches méthode

Fiches langue

Fiches de synthèse

L'organisation du Bac

1. Le calendrier

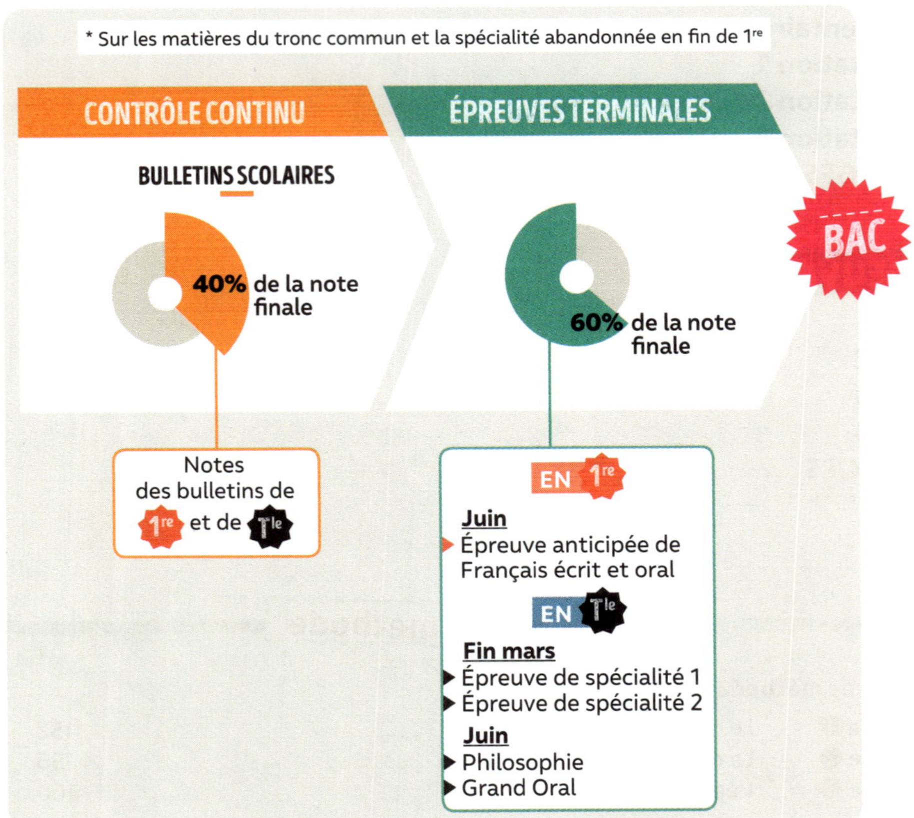

2. Le cycle terminal de Première et de Terminale

3 spécialités en Première, 2 spécialités en Terminale

- À la fin de l'année de Première, les élèves sélectionnent **parmi les trois spécialités** choisies en début d'année **celle qu'ils ne poursuivront pas en Terminale**.
- Les deux spécialités conservées en Terminale sont évaluées en **fin de Terminale** par une **épreuve finale** (60 % de la note finale). Cette épreuve se déroule en mars-avril.
- Par ailleurs, toutes les notes des **bulletins scolaires** des années de Première et de Terminale comptent pour 40 % de la note finale.

Les enseignements

LA CLASSE DE PREMIÈRE

ENSEIGNEMENTS COMMUNS

Français	4 h 00
Histoire-Géographie	3 h 00
EMC	18 h 00/an
LVA et LVB	4 h 00
EPS	2 h 00
Enseignement scientifique	2 h 00

ENSEIGNEMENTS DE SPÉCIALITÉ 3 AU CHOIX

Histoire-Géographie, Géopolitique et Sciences politiques	4 h 00
Humanités, littérature et philosophie	4 h 00
Langues, littératures et cultures étrangères	4 h 00
Langues, littératures et cultures de l'Antiquité	4 h 00
Numérique et sciences informatiques (NSI)	4 h 00
Mathématiques	4 h 00
Physique-Chimie	4 h 00
Sciences de la vie et de la Terre (SVT)	4 h 00
Sciences de l'ingénieur	4 h 00
Sciences économiques et sociales	4 h 00
Arts	4 h 00

ENSEIGNEMENTS OPTIONNELS 1 AU CHOIX

LVC	3 h 00
Arts	3 h 00
EPS	3 h 00
LCA* : Latin	3 h 00
LCA* : Grec	3 h 00

* Les LCA peuvent être prises en plus.

LA CLASSE DE TERMINALE

ENSEIGNEMENTS COMMUNS	
Philosophie	4 h 00
Histoire-Géographie	3 h 00
EMC	18 h 00/an
LVA et LVB	4 h 30
EPS	2 h 00
Enseignement scientifique	2 h 00

ENSEIGNEMENTS DE SPÉCIALITÉ	2 AU CHOIX (parmi ceux choisis en 1re)
Histoire-Géographie, Géopolitique et Sciences politiques	6 h 00
Humanités, littérature et philosophie	6 h 00
Langues, littératures et cultures étrangères	6 h 00
Langues, littératures et cultures de l'Antiquité	6 h 00
Numérique et sciences informatiques (NSI)	6 h 00
Mathématiques	6 h 00
Physique-Chimie	6 h 00
Sciences de la vie et de la Terre (SVT)	6 h 00
Sciences de l'ingénieur	6 h 00
Sciences économiques et sociales	6 h 00
Arts	6 h 00

ENSEIGNEMENTS OPTIONNELS	1 AU CHOIX
Mathématiques expertes (seulement pour ceux qui ont pris la spécialité Maths en Tle)	3 h 00
Mathématiques complémentaires (en priorité pour ceux qui ont pris la spécialité Maths en 1re, mais pas en Tle)	3 h 00
Droit et grands enjeux du monde contemporain	3 h 00
Option de Première à poursuivre	1 AU CHOIX
LCA* : Latin et/ou Grec	3 h 00

* Les LCA peuvent être prises en plus.

Le grand oral

- Cette épreuve, d'une durée de **20 minutes**, se réalise **devant un jury** et porte **sur les spécialités choisies par l'élève en Terminale**.
- **Elle se déroule en trois temps :** l'élève présente une question portant sur un (ou les deux) enseignement(s) de spécialité, puis le jury interroge l'élève sur ces enseignements afin d'évaluer la capacité de l'élève à analyser et mobiliser des connaissances. S'ensuit enfin un échange à propos du projet d'orientation de l'élève.

L'épreuve de Français expliquée

L'épreuve écrite

1. Comment s'organise l'épreuve ?

- **Durée :** 4 heures.
- **Coefficient :** 5.
- **Caractéristiques de l'épreuve :** l'épreuve écrite porte sur la rédaction d'un commentaire de texte ou d'une dissertation au choix parmi 3 sujets.

– Le **commentaire** porte sur un texte littéraire en lien avec un des objets d'étude au programme. Le candidat compose un devoir qui présente de manière organisée ce qu'il a retenu de sa lecture et justifie par des analyses précises son interprétation. Le texte proposé n'est pas extrait des œuvres au programme.

– La **dissertation** consiste à conduire une réflexion personnelle organisée sur une question littéraire portant sur une des œuvres au programme et son parcours associé. Pour développer son argumentation, le candidat s'appuie sur sa connaissance de l'œuvre et des textes étudiés dans le cadre de l'objet d'étude concerné, ainsi que sur ses lectures et sa culture personnelles.

- **Notation :** l'épreuve est notée sur 20 points.

2. Quels sont les critères d'évaluation de ma copie de Bac ?

L'épreuve écrite évalue les compétences suivantes :
– maîtriser la langue (orthographe et syntaxe) ;
– interpréter des textes ;
– être capable de mobiliser sa culture littéraire ;
– se montrer apte à construire une réflexion, à argumenter et à prendre en compte différents points de vue.

L'épreuve orale

1. Comment s'organise l'épreuve ?

- **Durée :** 50 minutes (30 minutes de préparation + 20 minutes de passage à l'oral).
- **Coefficient :** 5.
- **Caractéristiques de l'épreuve :** l'épreuve orale est composée de deux parties qui s'enchaînent : l'exposé et l'entretien.

– L'**exposé** dure 12 minutes. Le candidat effectue d'abord la lecture à voix haute du texte choisi par l'examinateur, après l'avoir situé brièvement dans l'œuvre ou le parcours associé. Puis il réalise l'explication linéaire du passage. Enfin, il répond à la question de grammaire posée par l'examinateur. Celle-ci porte uniquement sur le texte et vise l'analyse syntaxique d'une courte phrase ou d'une partie de phrase.

– L'**entretien** dure 8 minutes. Il se déroule en deux temps : le candidat présente brièvement l'œuvre qu'il a retenue et expose les raisons de son choix, puis il s'entretient avec l'examinateur.

- **Notation :** l'épreuve est notée sur 20 points (12 points pour l'exposé + 8 points pour l'entretien).

2. Quels sont les critères d'évaluation de ma copie de Bac ?

L'épreuve orale évalue les compétences suivantes :
– proposer une lecture juste, pertinente et expressive d'un texte ;
– interpréter et analyser des textes ;
– savoir argumenter et s'exprimer correctement à l'oral ;
– être capable de mobiliser sa culture littéraire et artistique.

La méthode pour réussir

Tout au long de l'année

- **Travaillez régulièrement** tout au long de l'année et **n'hésitez pas à demander de l'aide** à vos professeurs et à vos camarades.
- **Rédigez des fiches de révisions** reprenant les points essentiels à connaître (œuvres, objets d'étude, points de langue…).
- **Diversifiez vos modes de révisions** en réalisant des cartes mentales ou des schémas, en écoutant des podcasts, en visionnant des vidéos…

Astuce
Les fiches de synthèse à la fin de cet ouvrage contiennent toutes les notions à connaître pour l'épreuve de Français.

Le jour de l'épreuve

- **Gérez correctement votre temps**. Pour l'épreuve écrite, prévoyez de garder un peu de temps pour la relecture de votre copie : vous pouvez perdre jusqu'à 2 points en cas de fautes d'orthographe !
- Pour le commentaire comme pour la dissertation, **travaillez d'abord au brouillon**, puis rédigez l'introduction et la conclusion, pour finir par le développement.
- **Faites apparaître clairement le plan de votre devoir** : sautez une ligne entre chaque grande partie, indiquez le passage d'une sous-partie à une autre par un retour à la ligne et un alinéa, et sautez deux lignes après l'introduction et avant la conclusion.

1. Le commentaire

- **Lisez attentivement l'intégralité du texte** et assurez-vous de bien l'avoir compris avant d'en commencer l'analyse.
- **Situez le texte dans son contexte :** œuvre, auteur, période historique, mouvement littéraire… Le paratexte peut vous donner des informations précieuses, mais vous devez aussi mobiliser vos connaissances.
- **Étudiez le texte en fonction de son genre littéraire :** analysez les jeux rythmiques et la forme pour un poème, la narration et la focalisation pour un extrait de roman, la thèse et les arguments avancés pour un texte argumentatif, les didascalies et l'agencement des répliques pour une scène de théâtre…
- **Étudiez les spécificités du texte :** relevez les figures de style et les champs lexicaux, analysez la ponctuation et la syntaxe, identifiez les tonalités…
- **Regroupez les informations pertinentes relevées** et **organisez-les en deux ou trois grands axes**, constitués de deux ou trois sous-parties chacun.

2. La dissertation

- **Repérez les mots-clés du sujet** et **définissez-les**.
- À partir de l'analyse du sujet, **formulez votre problématique**. C'est la question soulevée par le sujet, à laquelle vous allez devoir répondre dans votre développement.
- **Mobilisez vos connaissances** sur les notions du sujet et l'œuvre concernée. Notez au brouillon toutes les idées qui vous viennent : mots-clés, citations, définitions…
- **Élaborez le plan** en regroupant vos idées en deux ou trois grands axes, constitués de deux ou trois sous-parties chacun. **Choisissez un type de plan adapté au sujet :** plan dialectique, analytique ou thématique.
- **Proposez une réflexion logique et développée**, justifiée par des arguments précis. **Illustrez chaque argument par un exemple**.

Astuce
Les fiches méthode à la fin de cet ouvrage vous donneront des indications précises et détaillées sur le commentaire, la dissertation et l'oral.

SUJET 1

20 pts — 4 H

La poésie du XIXe siècle au XXIe siècle

Vous traiterez au choix un des sujets.

Commentaire

20 pts 4 H → Corrigé p. 28

› Vous proposerez un commentaire du poème « Voyelles » d'Arthur Rimbaud.

TEXTE « Voyelles », *Poésies*, Arthur Rimbaud

A noir, E blanc, I rouge, U vert, O bleu : voyelles,
Je dirai quelque jour vos naissances latentes[1] :
A, noir corset velu des mouches éclatantes
Qui bombinent[2] autour des puanteurs cruelles,

Golfes d'ombres ; E, candeurs[3] des vapeurs et des tentes,
Lances des glaciers fiers, rois blancs, frissons d'ombelles[4] ;
I, pourpres, sang craché, rire des lèvres belles
Dans la colère ou les ivresses pénitentes[5] ;

U, cycles, vibrements divins des mers virides[6],
Paix des pâtis[7] semés d'animaux, paix des rides
Que l'alchimie imprime aux grands fronts studieux ;

O, suprême Clairon plein des strideurs[8] étranges
Silences traversés des Mondes et des Anges :
– O l'Oméga[9], rayon violet de Ses Yeux !

Arthur Rimbaud, « Voyelles », *Poésies*, 1871.

---

1. *Latentes* : cachées, mystérieuses.
2. *Bombinent* : bourdonnent (néologisme qui fait écho aux bourdonnements des abeilles).
3. *Candeurs* : blancheurs.
4. *Ombelles* : petites fleurs groupées formant une coupole.
5. *Pénitentes* : repentantes.
6. *Virides* : vertes.
7. *Pâtis* : prés (néologisme).
8. *Strideurs* : bruits perçants et vibrants (néologisme).
9. *Oméga* : dernière lettre de l'alphabet grec.

Comprendre le texte

ÉTAPE 1 Lire le texte

- **Lire le texte plusieurs fois** afin d'en saisir le sens général.
- **Repérer et définir les termes complexes :** ce poème associe chaque lettre à une description parfois obscure. Assurez-vous de bien comprendre chaque terme en vous aidant des définitions données sous le texte.

ÉTAPE 2 Extraire les informations pertinentes

- **Quelle est la structure du poème ?**

➔ Il s'agit d'un sonnet formé de deux quatrains (strophes de 4 vers) et de deux tercets (strophes de 3 vers).

➔ **Les moments les plus importants sont :**
- **la volta :** le passage des quatrains aux tercets ;
- **la pointe :** le dernier vers, qui éclaire l'ensemble du poème.

- **Combien de mouvements constituent le texte ?**

➔ On distingue deux mouvements :
- les deux premiers vers expliquent le projet du poème (la représentation imagée d'un abécédaire) ;
- le reste du sonnet est constitué d'une énumération des voyelles et de leur représentation métaphorique.

› Exercice

Pour vous aider à mieux comprendre ce poème, complétez le tableau suivant : indiquez les éléments associés à chaque lettre dans le texte et traduisez-les avec vos propres mots.

Voyelle	Représentation dans le poème	Je comprends...
A	« noir corset velu des mouches éclatantes / Qui bombinent autour des puanteurs cruelles, / Golfes d'ombres » (v. 3-5)	• Couleur noire • Lien avec la mouche • Odeur désagréable • Obscurité
E		
I		
U		
O		

Les conseils du prof !

Lorsque vous citez plusieurs vers d'un poème à la suite, vous devez les séparer par une barre oblique (/) afin de bien les distinguer.

Analyser le texte

ÉTAPE 1 Repérer les mots-clés et les procédés stylistiques

- **Relever les éléments faisant appel aux sens :**
  – l'appel à la vue : couleurs et métaphores ;
  – l'appel à l'odorat : « puanteurs cruelles » ;
  – l'appel à l'ouïe : « vibrements », « strideurs » ;
  – l'appel au toucher : « frissons ».
- **Repérer les éléments de la tonalité ludique :**
  – l'énumération : « A noir, E blanc, I rouge, U vert, O bleu » ;
  – la présentation individualisée de chaque voyelle ;
  – le jeu sur les couleurs : « noir », « blanc », « rouge », « vert », « bleu », « candeurs », « pourpres », « virides », « violet ».

ÉTAPE 2 Interpréter et regrouper les différentes observations

- **Dégager le sens des éléments relevés :**
  – premier niveau de lecture : l'énumération renvoie à la logique de l'abécédaire ;
  – second niveau de lecture : la métaphore, le jeu avec les couleurs et les sens permettent un dépassement de la réalité. L'imaginaire est associé à l'« alchimie », à la magie.
- **Regrouper et classer les éléments relevés :**
  – le poème propose la représentation d'une réalité multiple ;
  – Rimbaud prend pour thème la signification des sens, s'inspirant de ses propres sensations.

› Exercice

Complétez le tableau suivant en relevant et en analysant les procédés stylistiques présents dans les vers 7 à 14.

Vers	Procédés	Sens
1	• Alexandrin avec coupes 2/2/2/2/2/2 • Énumération allant du détail (noms des voyelles) à la globalité (« voyelles ») • Chaque voyelle est associée à une couleur : symétrie + anaphore	• Mise en place du sujet • Création de l'horizon d'attente • Imagerie chromatique, sens visuel et auditif sollicités
2	• Alexandrin avec césure à l'hémistiche (moitié du vers) • « dirai » : futur, verbe énonciatif • « naissances latentes » : personnification des voyelles, qui passent de concepts à entités matérielles	• Un sens qui se dérobe, qui ne se divulgue pas • Projection dans l'avenir, vers une création future • Enfantement des voyelles et personnification
3	• Évocation de la première voyelle : A • « noir » / « éclatantes » : antithèse, métaphore de la noirceur luisante • « velu », « mouches » : symboles répugnants associés à la voyelle	• Réalisme excessif, avec la symbolique des mouches • Vision métaphorique
4	• « bombinent » : allitération en [b], représentation auditive du bourdonnement des mouches • « puanteurs » : caractère nauséabond, appel au sens olfactif • « cruelles » : personnification, atteinte à l'harmonie	• Poursuite de la symbolique nauséabonde • Représentation visuelle, auditive et olfactive

Les conseils du prof !

- Avant de commencer à réfléchir à un plan, vous devez toujours relever les **procédés stylistiques** du texte.
- Posez-vous ensuite la question du **sens** : pourquoi tel procédé dans tel vers ?

5	• Alexandrin avec coupes 3/1/8, rejet • Évocation du E • « des vapeurs et des tentes » : compléments du nom mettant en évidence deux types de blancheur	• Rythme heurté, perte de la musicalité • Opposition entre l'obscurité du A et la blancheur du E
6	• Alexandrin avec coupes 6/2/4 • « lances des glaciers fiers, rois blancs » : métaphore + personnification • « frissons d'ombelles » : tressaillement des fleurs, appel au sens du toucher	• Insistance sur la froideur, la blancheur • Représentation royale • Appel à la vue, au toucher
7		
8		
9		
10		
11		
12		
13		
14		

Les conseils du prof !

Lisez le poème à voix haute et lentement. Vous prendrez ainsi conscience du jeu des **sonorités**.

À l'aide d'un crayon à papier, relevez tous les éléments qui vous paraissent significatifs dans le poème.

Pour l'analyse, fiez-vous à votre première impression de lecture. Quel **effet** chaque élément suscite-t-il ?

Révisez les principales **figures de style** pour vous aider dans l'analyse du poème. Laquelle est utilisée dans ce vers ? Quel est l'effet produit ?

Interrogez-vous sur les pratiques de l'alchimie.

Cherchez l'**étymologie** et le **sens** exact des mots que vous ne connaissez pas dans ce poème. Reportez-vous aux notes de bas de page : elles vous donneront quelques définitions.

Pensez à relever les modifications dans le **rythme** des vers.

Essayez de trouver ce que chaque élément symbolise ou ce qu'il évoque pour vous.

Mobiliser vos connaissances

ÉTAPE 1 Mobiliser son cours

- **Les caractéristiques de « Voyelles » :**
  – l'influence scientifique de l'audition colorée ;
  – l'écho littéraire des « Correspondances » de Baudelaire ;
  – l'évocation personnelle d'un abécédaire coloré.
- **La figure du poète :**
  – pour Rimbaud, le poète est un voyant. Inspiré, il saisit une autre réalité, dépasse les apparences et révèle l'inconnu ;
  – « Je dis qu'il faut être voyant, se faire voyant. Le Poète se fait voyant par un long, immense et raisonné dérèglement de tous les sens » (lettre à Paul Demeny, 15 mai 1871).

ÉTAPE 2 Replacer le texte dans l'objet d'étude

- **Les correspondances :**
  – dans son sonnet « Correspondances », Baudelaire compare la nature à un temple dont il faut savoir déchiffrer les symboles ;
  – il est le premier à théoriser le principe des correspondances, qu'il définit comme des rapprochements d'images et de sensations (ou d'idées).
- **Les synesthésies :** mode de perception selon lequel des sensations correspondant à un sens évoquent spontanément des sensations liées à un autre sens chez certains individus.

› Exercice

Donnez, pour chaque voyelle, plusieurs exemples de synesthésie issus du poème.

Voyelle	Association à une couleur	Association à un animal, une forme ou un objet	Association à un son	Association à une émotion ou un trait de caractère
A	« noir », « ombres »	« mouches »	« bombinent »	« cruelles »
E				
I				
U				
O				

Les conseils du prof !

La synesthésie la plus fréquente est la **synopsie** ou audition colorée (association d'un son à une couleur). C'est aussi celle que l'on retrouve le plus souvent dans le poème « Voyelles » de Rimbaud.

Élaborer un plan

ÉTAPE 1 Définir une problématique

- La problématique détermine un **projet de lecture**. C'est une question générale qui reprend d'autres questions.
- Ici, nous pouvons nous interroger sur les **effets de sens** de ce poème :
  – Quelles relations s'établissent entre chaque couleur, image et impression chez le poète ?
  – Comment ce sonnet présente-t-il un langage accessible à tous les sens ?
- **Problématique retenue :** comment le sonnet « Voyelles » livre-t-il une réalité multiple ?

ÉTAPE 2 Dégager les grands axes

- **I. Un abécédaire incantatoire**
  A) La pluralité d'un abécédaire coloré
  B) Un rythme incantatoire
  C) L'alpha et l'oméga
- **II. Un abécédaire polysémique**
  A) Des hallucinations
  B) Des correspondances
  C) Des synesthésies

› Exercice

Complétez le tableau suivant en listant des éléments du texte pour chaque sous-partie.

Partie	Sous-partie	Éléments correspondants dans le texte
I. Un abécédaire incantatoire	A) La pluralité d'un abécédaire coloré	....
	B) Un rythme incantatoire	....
	C) L'alpha et l'oméga	....
II. Un abécédaire polysémique	A) Des hallucinations	....
	B) Des correspondances	....
	C) Des synesthésies	....

Les conseils du prof !

- Pour construire votre plan, aidez-vous des relevés et regroupements effectués dans les exercices précédents.
- **Votre plan devra comprendre :**
  – deux ou trois grandes parties, divisées en plusieurs sous-parties ;
  – des liens logiques avec des connecteurs entre les grandes parties ;
  – des transitions ;
  – un va-et-vient entre les remarques et leur analyse ;
  – des paragraphes, des alinéas et des sauts de ligne adaptés.

› Je rédige le commentaire

Imprimez votre copie pour rédiger

Dissertation 1

20 pts 4 H → Corrigé p. 30

› Comment *Les Contemplations* de Victor Hugo se définissent-elles comme une œuvre à la croisée des mémoires d'une âme et de celles de tous les hommes ?

Parcours : Les mémoires d'une âme

Analyser le sujet

ÉTAPE 1 Comprendre le sujet

- **Repérer et définir les mots-clés :**
  – « croisée » : entrecroisement, point de jonction ;
  – « tous les hommes » : idée d'une universalité.
- **Distinguer les rapports logiques :**
  – « à la croisée » suggère une intersection qui peut être exprimée par le symbole « + » ;
  – « mémoires d'une âme » / « celles de tous les hommes » : on passe de l'individualité de l'auteur à tous les hommes, dans une généralisation : auteur = tous les hommes ;
  – *Les Contemplations* = mémoires d'une âme + mémoires de tous les hommes.

ÉTAPE 2 Identifier la problématique

- **Se poser les bonnes questions :**
  – En quoi *Les Contemplations* racontent-elles l'histoire personnelle du poète ?
  – En quoi ce recueil est-il universel ?
- **Reformuler la problématique :** comment *Les Contemplations* dépassent-elles l'histoire individuelle pour atteindre l'Homme et sa destinée ?

› Exercice

Après avoir compris le sujet, vous devez le reformuler. Pour ce faire, n'hésitez pas à utiliser des expressions équivalentes, voire des synonymes.

Complétez le tableau suivant en proposant pour chaque expression des termes équivalents.

Expressions du sujet	Expressions équivalentes
« mémoires d'une âme »	« l'histoire individuelle » ………… ………… ………… …………
« [mémoires] de tous les hommes »	« l'Homme et sa destinée » ………… ………… ………… …………

Les conseils du prof !

- Durant l'analyse du sujet, vous devez bien cerner tous les sens des mots. Certains mots en ont plusieurs : ils sont **polysémiques**.
- Définir un mot, cela s'apprend. Aidez-vous d'un bon dictionnaire comme le *Trésor de la langue française*.

Mobiliser vos connaissances

ÉTAPE 1 Mobiliser son cours

- **La structure du recueil :**
  – *Les Contemplations* sont formées de deux tomes, comprenant chacun trois livres :
  1) *Autrefois* (1830-1843) : *Aurore*, *L'âme en fleur*, *Les luttes et les rêves* ;
  2) *Aujourd'hui* (1843-1855) : *Pauca Meæ*, *En marche*, *Au bord de l'infini* ;
  – le programme porte sur les livres I à IV. Au centre de ce diptyque (ensemble formé de deux parties), on trouve un événement majeur : la mort de Léopoldine, la fille de Victor Hugo, le 4 septembre 1843 : « *Autrefois*, *Aujourd'hui*. Un abîme les sépare, le tombeau ».
- **Un livre dédié aux morts :**
  – certains poèmes sont dédicacés à Léopoldine : « À ma fille », « À celle qui est restée en France » ;
  – l'ouvrage est structuré selon les différents deuils vécus par Hugo : « Ce livre pourrait être divisé en quatre parties qui auraient pour titres *Ma jeunesse morte*, *Mon cœur mort*, *Ma fille morte*, *Ma patrie morte* ».
- **Un ouvrage universel :**
  – *Les Contemplations* représentent l'histoire de tous : « Ah ! Insensé, qui crois que je ne suis pas toi ! » ;
  – c'est une œuvre lyrique qui tend un miroir au lecteur : « L'auteur a laissé, pour ainsi dire, ce livre se faire en lui. La vie, en filtrant goutte à goutte à travers les événements et les souffrances, l'a déposé dans son cœur. Ceux qui s'y pencheront retrouveront leur propre image dans cette eau profonde et triste ».

ÉTAPE 2 Sélectionner les informations adéquates

- **Le sens du titre :** le verbe « contempler » évoque un regard appuyé, sollicitant les sens (visuel, auditif) mais aussi l'intelligence.
- **La fonction lyrique :** le recueil livre les sentiments de l'auteur, ou du moins de son double. Il raconte aussi les épisodes marquants de sa vie.
- **La fonction universelle :** l'ouvrage reprend tout ce qui lie les hommes, les fédère. Le « moi » du poète coïncide avec le « moi » de tous les hommes.

› Exercice

Avez-vous bien lu la préface des *Contemplations* ? Il s'agit d'un texte-clé, expliquant les intentions de l'auteur et permettant de comprendre l'expression « mémoires d'une âme ».

Complétez le tableau suivant en relevant les passages importants de cette préface, triés dans les trois grandes catégories indiquées.

Intentions de l'auteur	Passages-clés
L'œuvre d'une vie	
Les mémoires d'une âme	
La représentation de l'Homme	

Les conseils du prof !

- Vous devez connaître avec précision l'intégralité de l'œuvre, mais aussi certains passages précis.
- Pensez à faire une **fiche récapitulative** comportant les citations essentielles, listant les moments-clés de l'œuvre et résumant son intrigue.

Élaborer un plan

ÉTAPE 1 Choisir le type de plan adapté au sujet

- Dans ce plan, vous devrez mettre en évidence les deux facettes du sujet, à savoir l'**individualité** et l'**universalité**.
- On adoptera donc un plan **thématique** allant du **particulier au général**, dans une dynamique d'élargissement.

ÉTAPE 2 Dégager les grands axes

- **I. Les mémoires d'une âme**
  A) Une reconstruction autobiographique
  B) Un « je » lyrique
- **II. Un appel à l'universalité**
  A) Le poète, chantre de l'humanité
  B) Le poète : entre universalité et divinité

› Exercice

Listez, dans les deux colonnes suivantes, les éléments représentant l'individualité (I) puis la collectivité (II).

Éléments représentant l'individualité	Éléments représentant la collectivité
Des indications de lieu et de temps comme dans « Mes deux filles » (I, 3) : « La Terrasse, près d'Enghien, juin 1842 »	Les titres génériques, évoquant les périodes de la vie de tout homme : *Aurore, L'âme en fleur, Les luttes et les rêves, Pauca Meæ*

Les conseils du prof !

Pour bien distinguer l'individualité et la collectivité, prêtez attention aux **déterminants** utilisés :
– un déterminant possessif comme « mes » indique une appartenance personnelle ;
– l'article défini « le », « la », « les » est parfois utilisé pour désigner un terme générique (ex. : la vie).

› Je rédige la dissertation

Imprimez votre copie pour rédiger

Dissertation 2

20 pts — 4 H → Corrigé p. 33

› **Pensez-vous, comme certains critiques, que Baudelaire soit l'initiateur de la poésie moderne avec son recueil *Les Fleurs du mal* ?**

Parcours : Alchimie poétique : la boue et l'or

Analyser le sujet

ÉTAPE 1 Comprendre le sujet

- **Repérer et définir les mots-clés :**
  – « initiateur » : personne à l'origine de quelque chose, qui ouvre une voie nouvelle ;
  – « poésie moderne » : évoque une poésie nouvelle, opposée à la poésie traditionnelle.
- **Distinguer les rapports logiques :**
  – « comme » : comparaison qui introduit le point de vue des critiques sur Baudelaire.

ÉTAPE 2 Identifier la problématique

- **Se poser les bonnes questions :**
  – Quel est le rôle « traditionnel » du poète ?
  – Baudelaire a-t-il transformé la poésie ? Si oui, en quoi ?
  – Quels poètes ont été ses continuateurs ?
- **Reformuler la problématique** : peut-on considérer Baudelaire comme le premier poète de la poésie moderne ?

› Exercice

Pour répondre à ce sujet, vous devrez vous appuyer sur des poèmes de Baudelaire.

Faites une liste de poèmes que vous connaissez en indiquant à chaque fois leur titre et leur(s) thématique(s).

Poème : « Une Charogne »
Thématique(s) : l'embellissement de la laideur, le *Memento mori*

Poème : ....

Thématique(s) : ....

Poème : ....

Thématique(s) : ....

Poème : ....

Thématique(s) : ....

Poème : ....

Thématique(s) : ....

Les conseils du prof !

- En notant les thématiques, demandez-vous si elles relèvent plutôt de la poésie traditionnelle ou de la poésie moderne.
- Le ***Memento mori*** (« Souviens-toi que tu vas mourir ») exprime la vanité de l'existence. C'est un thème traditionnel dans la littérature.
- Ces poèmes pourront constituer un stock d'**exemples** précis qui vous permettront d'illustrer vos arguments.

Mobiliser vos connaissances

ÉTAPE 1 **Mobiliser son cours**

- **La poésie traditionnelle :**
  – vous devez maîtriser les principes de la versification : révisez-les en consultant la fiche de synthèse sur la poésie (p. 169) ;
  – assurez-vous de bien connaître les principaux poètes et mouvements poétiques, antérieurs et postérieurs à Baudelaire.
- **La poésie baudelairienne :** Baudelaire a développé des thèmes comme l'exotisme (« Parfum exotique »), l'enfance (« Le Joujou du pauvre »), la femme (« La Chevelure »), le *spleen* (« Spleen »)…

ÉTAPE 2 **Sélectionner les informations adéquates**

- **Les successeurs de Baudelaire :**
  – la transformation d'une réalité repoussante en beauté est une thématique de Baudelaire (« Une Charogne ») qui se retrouve chez Rimbaud (« Le Dormeur du val ») ou Ponge (*Le Parti pris des choses*) ;
  – des thèmes modernes évoqués par Baudelaire, comme la ville (*Tableaux parisiens*), deviennent centraux chez Apollinaire (*Alcools*).

› Exercice

Afin de mieux situer Baudelaire par rapport à la tradition et à la modernité poétiques, complétez le tableau suivant avec des noms de poètes traditionnels et de poètes modernes, puis listez les principales caractéristiques de leur poésie.

	Poètes	Thématiques	Forme
Poésie traditionnelle	Ronsard	L'amour	Sonnet
	……………	……………	……………
	……………	……………	……………
	……………	……………	……………
	……………	……………	……………
	……………	……………	……………
	……………	……………	……………
Poésie moderne	Apollinaire	La ville	Vers libre
	……………	……………	……………
	……………	……………	……………
	……………	……………	……………
	……………	……………	……………
	……………	……………	……………
	……………	……………	……………

Les conseils du prof !

- Pensez à des poètes que vous avez étudiés en cours ou dont vous avez lu des poèmes.
- Remémorez-vous les sonnets de Ronsard : « Mignonne, allons voir si la rose », « Quand vous serez bien vieille »… Quelles sont leurs caractéristiques ?
- Les repères de la fiche de synthèse sur la poésie (p. 170) peuvent vous aider à trouver des poètes modernes.

Élaborer un plan

ÉTAPE 1 **Choisir le type de plan adapté au sujet**

- Le sujet pose une question à laquelle on peut répondre par **oui** ou par **non**.
- On adoptera donc un plan **dialectique** :
  – la première partie montrera en quoi la poésie de Baudelaire relève de la tradition (**thèse**) ;
  – la seconde partie évoquera l'aspect novateur de sa poésie (**antithèse**).

ÉTAPE 2 **Dégager les grands axes**

- **I. Baudelaire, héritier de la poésie classique**
  A) L'héritier des poètes classiques
  B) L'héritier du platonicisme
- **II. Baudelaire, poète novateur**
  A) Le principe des correspondances
  B) Des images originales
  C) L'embellissement de la laideur

› Exercice

Listez, dans les deux colonnes suivantes, les éléments correspondant à chaque thèse.

I. Baudelaire, héritier de la poésie classique	II. Baudelaire, poète novateur
Reprise des formes classiques : sonnet, coupe à l'hémistiche…	Utilisation de la prose
....	....
....	....
....	....
....	....
....	....
....	....
....	....
....	....
....	....
....	....
....	....
....	....
....	....
....	....

Les conseils du prof !

- Reprenez les caractéristiques de la poésie traditionnelle et de la poésie moderne dégagées dans le tableau précédent. Ces caractéristiques se retrouvent-elles chez Baudelaire ?
- Pour chaque **argument**, cherchez au moins un **exemple** dans les poèmes de Baudelaire.

Construire l'introduction

ÉTAPE 1 **Écrire une amorce**

- Il faut présenter Baudelaire, puis le situer dans la chronologie des poètes et montrer que son œuvre est en rupture avec la tradition.

ÉTAPE 2 **Reformuler la problématique**

- Vous devez ensuite rappeler la question posée par le sujet en la reformulant : peut-on considérer Baudelaire comme le premier poète de la poésie moderne ?

ÉTAPE 3 **Annoncer le plan**

- Enfin, annoncez votre plan : la première partie portera sur la reprise du classicisme par Baudelaire, et la seconde partie abordera ses innovations.

› Exercice

Dans le tableau qui suit, les différentes parties de l'introduction sont dans le désordre.

Numérotez-les dans le bon ordre et nommez chaque partie.

Texte	Ordre	Partie (Amorce – Problématique – Plan)
Dès lors, peut-on considérer Baudelaire comme le premier poète de la poésie moderne ?	○	Problématique
De tous les poètes du XIXe siècle, Baudelaire est certainement le plus connu. Qui n'a pas lu ou appris un poème extrait des *Fleurs du mal* ? Qui n'a pas entendu parler des scandales et des procès intentés à Baudelaire au moment de la publication de ce chef-d'œuvre ? Il représente certainement le poète le plus connu de tous les amateurs de poésie, mais également de tous ceux qui s'intéressent à l'art du XIXe siècle sous toutes ses formes. Son œuvre a beaucoup interrogé ses contemporains.	○	…………
Après avoir étudié les techniques d'écriture de Baudelaire héritées de ses prédécesseurs, nous verrons tout ce qu'il a pu apporter de novateur à la poésie de son époque.	③	…………

Les conseils du prof !

- L'**amorce** détermine la phrase d'accroche. Elle explique le contexte et présente l'œuvre. Elle donne les éléments généraux qui amènent à la problématique.
- La **problématique** présente la question de fond.
- L'**annonce du plan** donne les grands axes qui répondent à la problématique. Elle doit comporter les mots-clés du sujet.

› Je rédige la dissertation

Imprimez votre copie pour rédiger

Dissertation 3

20 pts — 4 H → Corrigé p. 35

› Comment le recueil *Alcools* d'Apollinaire conjugue-t-il modernité et tradition poétique ?

Parcours : Modernité poétique ?

Analyser le sujet

ÉTAPE 1 Comprendre le sujet

- **Repérer et définir les mots-clés :**
  – « modernité » : évoque la nouveauté, tout ce qui est en rupture avec la tradition ;
  – « tradition poétique » : règles et codes hérités.
- **Distinguer les rapports logiques :**
  – « conjuguer » : réunir, associer ;
  – « modernité et tradition » : antithèse ;
  – il faut donc réunir la modernité et la tradition et en déterminer les points de contact.

ÉTAPE 2 Identifier la problématique

- **Se poser les bonnes questions :**
  – Comment se définissent la modernité et la tradition poétique ?
  – Dans quel contexte s'inscrit *Alcools* d'Apollinaire ?
  – Apollinaire se situe-t-il comme un précurseur ou un continuateur ?
- **Reformuler la problématique :** il faut insister sur la nature ambivalente d'*Alcools* en évoquant les deux valeurs opposées présentes dans le recueil.

› Exercice

En vous aidant des indications données dans l'encadré ci-dessus, proposez une reformulation du sujet.

Les conseils du prof !

- Ne reprenez jamais l'intitulé du sujet tel quel dans votre dissertation. Vous devez le **reformuler** pour mieux mettre en évidence ses enjeux.
- Quelques pistes de reformulation sont données dans le corrigé (p. 35).

Mobiliser vos connaissances

ÉTAPE 1 Mobiliser son cours

- **Une époque esthétique diversifiée :**
  – le crépuscule du **symbolisme**, courant dominant de 1886 à 1900 souhaitant dépasser la réalité matérielle pour atteindre l'idéal et ayant comme précurseur Baudelaire puis comme expérimentateurs Verlaine, Rimbaud et Mallarmé ;
  – l'avènement du **cubisme**, « science de la construction » participant avec le fauvisme et le futurisme au renouveau.
- ***Alcools* ou l'explosion de la vie moderne :**
  – expression des richesses du monde moderne, présentation de la vie urbaine ;
  – lyrisme de l'électricité et de la machine : Paris devient le centre d'une activité humaine intense et poétique.
- **Une nouvelle poétique :**
  – nouvelles formes langagières : disparition de la ponctuation, différents registres de langue ;
  – modifications métriques : vers libre, syllabes, césures et rimes irrégulières.

ÉTAPE 2 Sélectionner les informations adéquates

- **Le lyrisme :**
  – « Chacun de mes poèmes est la commémoration d'un événement de ma vie » : célébration des moments passés ;
  – « Zone » possède un grand nombre de données autobiographiques : amour finissant, amitié avec René Delize ;
  – célébration lyrique de la machine et de la ville (comme dans le mouvement futuriste).
- **L'influence du cubisme :**
  – mise à distance des formes métriques traditionnelles ;
  – simultanéité dans l'ordre des mots et la construction de la phrase ;
  – rupture des thèmes et motifs, brisant toute logique.

› Exercice

Vous devez connaître des passages-clés permettant d'illustrer votre analyse. Notez ici quelques citations du recueil qui vous semblent importantes ou intéressantes par rapport au sujet.

« J'ai soif villes de France et d'Europe et du monde

Venez toutes couler dans ma gorge profonde » (« Vendémiaire »)

« Bergère ô tour Eiffel le troupeau des ponts bêle ce matin » (« Zone »)

....

....

....

....

....

....

....

....

Les conseils du prof !

- Constituez-vous un **stock de citations** à apprendre par cœur pour l'épreuve.
- Pour ce sujet, n'hésitez pas à reprendre le poème « Zone ». Il vous donnera des pistes intéressantes.

Élaborer un plan

ÉTAPE 1 **Choisir le type de plan adapté au sujet**

- Vous devez montrer qu'*Alcools* n'est pas un recueil en rupture totale avec la tradition. Vous devrez donc aborder :
  – les **éléments traditionnels** qu'Apollinaire respecte, comme le lyrisme ;
  – puis le **renouvellement** qu'il met en œuvre, notamment par le refus des contraintes métriques.
- On adoptera donc un plan à la fois **thématique** et **dialectique** :
  – **thématique** car il recense les différents éléments démontrant l'idée principale ;
  – **dialectique** car il présente deux grandes parties qui ne s'opposent pas complètement, mais qui évoluent l'une vers l'autre.

ÉTAPE 2 **Dégager les grands axes**

- **I. Un esprit nouveau mais conservateur : un lyrisme renouvelé**
  A) Le lyrisme urbain
  B) Le lyrisme personnel
- **II. La modernisation poétique**
  A) La dislocation de la métrique
  B) Le renouvellement des formes

› Exercice

Listez, dans les deux colonnes suivantes, les éléments traditionnels (I) puis les éléments novateurs, en rupture avec la tradition (II), présents dans le recueil d'Apollinaire.

Éléments traditionnels d'*Alcools*	Éléments novateurs d'*Alcools*
Le lyrisme	Le refus des contraintes métriques

Les conseils du prof !

- La poésie est un genre littéraire assez technique. Vous devez connaître les principes de **versification**, mais également les grands **mouvements poétiques**.
- N'hésitez pas à consulter la fiche de synthèse récapitulative (p. 169).

› Je rédige la dissertation

Imprimez votre copie pour rédiger

Commentaire → p. 12

Je comprends les corrigés

Corrigé rédigé

La poésie est une forme littéraire privilégiée. On lui reconnaît le pouvoir de susciter une émotion d'un type particulier, un enthousiasme qui élève l'âme. Longtemps codifiée, elle représente un genre à part, à la croisée de l'écriture et de la musique. Au XIXe siècle, elle permet au poète de devenir « voyant », comme le définit Rimbaud. Le poème « Voyelles », publié en 1883, livre cette expérience énigmatique. À travers l'évocation des thèmes de la mort, de la vie, de la nature, de l'amour et de la science, comment ce sonnet livre-t-il une réalité multiple ? Dans un premier temps sera évoqué un abécédaire incantatoire puis, dans un second temps, un abécédaire polysémique.

Le mot **poésie** provient du grec *poien*, qui signifie « créer ».

L'introduction est composée de trois parties :
- l'**amorce** ;
- la **problématique** (soit le projet de lecture) ;
- le **plan en deux parties**.

I. Un abécédaire incantatoire

- **incantatoire** : qui relève de l'incantation, de la formule magique.
- **programmatique** : qui annonce un programme, un contenu.

A) La pluralité d'un abécédaire coloré

Le titre programmatique « Voyelles » introduit un abécédaire coloré. La thématique est d'emblée donnée par le premier vers, puis le sonnet se déploie selon une progression à thème éclaté. Le premier vers associe chaque voyelle à une couleur. Chaque lettre évoque la représentation picturale d'un abécédaire coloré. Cette logique chromatique donne une matérialité à chaque voyelle. Celles-ci connaissent également des « naissances latentes » (v. 2), faisant d'elles des entités. Le poème se présente sous la forme d'un jeu pour le lecteur, une invitation à la découverte, à d'autres œuvres futures. L'emploi du futur « Je dirai » (v. 2) évoque les créations à venir.

Dans une **progression à thème éclaté**, la première phrase donne un thème général et les suivantes développent des sous-thèmes.

- **chromatique** : relatif aux couleurs.
- **entité** : chose réelle, existante.

B) Un rythme incantatoire

Dans la logique des comptines de l'enfance, « Voyelles » énumère sa thématique, mais sur un rythme irrégulier. L'enchaînement des enjambements, brisé par le rejet « Golfes d'ombres » (v. 5), disloque la régularité de l'alexandrin (3/1/8). Un écho se fait avec la parataxe du vers 1, qui détache en finale le mot « voyelles ». Les noms des voyelles rythment le sonnet dans une logique énumérative. La juxtaposition permet de créer des découpes nettes et récurrentes. Un monde nouveau se met en mouvement.

- **enjambement** : rejet au début du vers suivant d'un ou plusieurs mots.
- **rejet** : une partie du vers est repoussée au vers suivant.
- **alexandrin** : vers de 12 syllabes.

- **parataxe** : propositions juxtaposées sans coordination ni subordination.
- **juxtaposition** : procédé consistant à lier des propositions par un signe de ponctuation.

C) L'alpha et l'oméga

Mais ce monde est un ensemble clos sur lui-même. L'ordre alphabétique se retrouve bouleversé dans le sonnet : A, E, I, O, U devient A, E, I, U, O. La pointe s'achève sur une évocation de l'oméga, la dernière lettre de l'alphabet grec. Une circularité s'insinue dans le monde des voyelles. L'apostrophe solennelle du « O », renforcée par le tiret, instaure un décalage. Le sonnet ne se termine pas sur une fermeture, mais sur un appel au Verbe poétique. Les mots suscitent des sensations et deviennent créateurs.

> **alpha** : première lettre de l'alphabet grec.

> **pointe** : dernier vers, qui éclaire l'ensemble du poème.

> **Verbe poétique** : la parole devient créatrice de musicalité et de beauté.

II. Un abécédaire polysémique

> **polysémique** : qui possède plusieurs sens.

Cet abécédaire est loin d'être univoque. Pluriel dans son interprétation, il appelle à la vigilance et à la découverte d'un sens qui se dérobe.

> **univoque** : qui garde un sens unique.

A) Des hallucinations

Dans une logique de dépassement de la réalité, « Voyelles » introduit une nouvelle dimension qui frôle l'hallucination. Chaque évocation révèle un trouble des perceptions. Les cinq sens sont sollicités par le biais de la métaphore : le toucher avec l'adjectif « velu » (v. 3) et le nom « frissons » (v. 6), l'odorat avec l'expression « puanteurs cruelles » (v. 4), la vue avec le champ lexical de la lumière (« éclatantes », v. 3 ; « rayon », v. 14), l'ouïe avec le néologisme « bombinent » (v. 4) dont l'allitération en [b] souligne le vrombissement, le néologisme « strideurs » et le « Clairon » (v. 12). Les effets sonores abondent, comme l'assonance en [i] du vers 9 : « U, cycles, vibrements divins des mers virides ». Les sens du lecteur sont pleinement sollicités, créant de multiples correspondances entre plusieurs réalités.

> **métaphore** : rapprochement de deux choses ou personnes sans outil de comparaison.

> **néologisme** : mot dont la création est nouvelle.

> - **allitération** : répétition d'une même consonne.
> - **assonance** : répétition d'un même son vocalique.

B) Des correspondances

Dans la veine baudelairienne, les voyelles s'associent à cinq couleurs par le biais de la métaphore. Le poète invente une palette chromatique qui, touche par touche, permet la création d'une polysémie des signes. Le contraste initial entre le noir et le blanc introduit une déclinaison allant du rouge au bleu, en passant par le vert. Le A est noir (« noir corset »), le E est blanc (« candeurs », « vapeurs », « ombelles »), le I est rouge (« pourpres », « sang », « lèvres », « colère »), le U est vert (« virides »), le O est bleu (« violet »). Chaque voyelle renvoie à de nombreux référents. Les pluriels abondent et révèlent la multiplicité des sens qui peuvent être donnés à chaque voyelle.

> Sur les **« Correspondances »** de Baudelaire, voir p. 16.

> **polysémie** : fait de posséder plusieurs sens.

C) Des synesthésies

Les perceptions se multiplient au point de se brouiller. Le procédé de la synesthésie amène à la fusion des couleurs, des odeurs, des sons et des mouvements. La lettre A s'assimile à un cri d'horreur face aux noirceurs, aux puanteurs et à l'abdomen d'une mouche. De l'ivresse naît

> **synesthésie** : mode de perception selon lequel des sensations correspondant à un sens évoquent des sensations liées à un autre sens chez certains individus.

la confusion, l'« alchimie » (v. 11). La forme du O symbolise le « Clairon » (v. 12), annonciateur de l'Apocalypse. Les yeux personnifiés achèvent énigmatiquement ce sonnet en proposant une réalité qui se modèle et se façonne au gré des perceptions.

> Pour Rimbaud, l'**alchimie** est un procédé de transformation maîtrisé par le Poète voyant.

Pour conclure, « Voyelles » est plus que le simple descriptif d'un abécédaire coloré. Ce sonnet montre l'inventivité de la création poétique, engendrant une nouvelle dimension. Les visions s'enchaînent, rappelant que le poète est un voyant qui fait appel à l'alchimie du Verbe.

> La conclusion est composée de deux parties :
> – la **synthèse** du développement, qui répond à la problématique ;
> – l'**ouverture**, qui propose de nouvelles perspectives.

Dissertation 1 → p. 18

Corrigé rédigé

Lorsque Victor Hugo est enterré en 1885 au Panthéon, des milliers de personnes lui rendent hommage. Celui qui est alors inhumé est considéré comme un père de la patrie, un homme qui a, toute sa vie durant, su être à l'écoute du peuple et donc de l'humanité. Son œuvre monumentale est caractérisée par sa diversité, mais également par son unité. Quand paraissent en 1856 *Les Contemplations*, il ne s'agit pas d'une simple œuvre poétique : ce recueil de poèmes prend la forme d'un testament d'Hugo à sa fille, Léopoldine, noyée tragiquement le 4 septembre 1843. Mais cette dimension personnelle fusionne avec une dimension universelle volontairement affirmée : « C'est l'existence humaine sortant de l'énigme du berceau et aboutissant à l'énigme du cercueil » (préface des *Contemplations*). De fait, émerge une question : comment *Les Contemplations* dépassent-elles l'histoire individuelle pour atteindre l'Homme et sa destinée ? Dans un premier temps seront évoquées les mémoires d'une âme ; puis, dans un second temps, un appel à l'universalité.

> L'introduction est composée de trois parties :
> – l'**amorce** ;
> – la **problématique** (soit le sujet reformulé) ;
> – le **plan en deux parties**.

I. Les mémoires d'une âme

A) Une reconstruction autobiographique

Dès sa préface, Hugo définit *Les Contemplations* comme les « mémoires d'une âme ». Cette expression, au premier abord énigmatique, dresse un horizon d'attente. Le terme « mémoires » évoque les souvenirs proches ou lointains enregistrés, conservés et restitués. L'évocation de l'« âme » souligne la dimension spirituelle, mais également affective de l'homme. L'énumération de la préface, « Ce sont, en effet, toutes les impressions, tous les souvenirs, toutes les réalités, tous les fantômes vagues, riants ou funèbres, que peut contenir une conscience », rappelle

> L'**horizon d'attente** désigne ce que le lecteur attend d'une œuvre et de son genre.

> Lorsque vous **citez un texte** dans une dissertation, évitez les phrases trop longues. Proposez des extraits courts, essentiels et analysés.

le tissu d'une existence humaine : les expériences douloureuses, mais également agréables, les silhouettes du passé. Ce bilan d'une vie structure l'œuvre. Le diptyque formé par les deux volumes *Autrefois* et *Aujourd'hui* inscrit le recueil dans une perspective temporelle. Les quatre premiers livres rassemblent un matériau autobiographique conséquent. *Les Contemplations* se construisent donc dans un élan rétrospectif. Cependant, selon la définition de Philippe Lejeune dans son *Pacte autobiographique*, l'autobiographie est un « récit rétrospectif en prose qu'une personne réelle fait de sa propre existence, lorsqu'elle met l'accent sur sa vie individuelle, en particulier sur l'histoire de sa personnalité ». Des nuances sont ainsi à constater : *Les Contemplations* sont une œuvre poétique et non en prose. Même si le recueil s'affirme comme la « destinée [...] écrite là jour à jour », le « je » omniprésent est celui du poète avant tout, bien qu'il évoque parfois l'histoire personnelle de Victor Hugo. Le deuil de sa fille, l'exil, les lieux fréquentés, les amis réels, les combats du siècle sont autant de thèmes épars mais créateurs.

- **tissu** : ici, ensemble d'éléments essentiels.
- **diptyque** : ensemble formé de deux parties.
- **rétrospectif** : qui concerne le passé.

Vous pouvez être amené à **couper une citation**. Dans ce cas, la coupe doit être indiquée par le signe « [...] ».

épars : divers, dispersé.

B) Un « je » lyrique

Les Contemplations dessinent un « je » lyrique, double de Victor Hugo. Le rapport au « moi » réel se construit dans un mythe autobiographique. La vie de l'auteur inspire de nombreux poèmes : l'évocation de ses enfants, notamment de ses deux filles (I, 3), les combats de l'école romantique rappelant la bataille d'Hernani (« Réponse à un acte d'accusation », I, 7), les amis du passé (« À M. Froment Meurice », I, 17), les souvenirs d'écolier (« À propos d'Horace », « Le maître d'études », III, 16)... Les anecdotes s'associent aux sensations : le « je » lyrique se construit dans ses sensations les plus intimes. La pureté des amours de l'adolescence crée des souvenirs frais et innocents. « Lise » (I, 11) trace l'un des premiers émois d'Hugo : « J'avais douze ans ; elle en avait bien seize » (v. 1), qui s'achève avec le regard tendre du poète sur la candeur de la jeunesse : « Jeunes amours, si vite épanouies, / Vous êtes l'aube et le matin du cœur » (v. 37-38). Les références au cadre spatio-temporel parsèment certains poèmes. Cependant, les mentions peuvent se révéler trompeuses. Les poèmes I, 4 (« Le firmament est plein de la vaste clarté ») et 6 (« La vie aux champs ») ne sont pas rédigés à Terrasse, mais à Jersey et à Paris. Des filtres s'instaurent pour mieux brouiller la dimension autobiographique, et ainsi parfaire la voix lyrique.

mythe autobiographique : dans *Les Contemplations*, Hugo ne restitue pas fidèlement sa propre vie, mais en propose une interprétation poétique.

- Le **romantisme** est un mouvement littéraire et artistique qui s'est développé dans la première moitié du XIXe siècle, en réaction contre les règles classiques.
- La **bataille d'Hernani** désigne la polémique qui a entouré la représentation d'*Hernani*, drame romantique d'Hugo.

Le livre est indiqué en **chiffres romains**, et le poème en **chiffres arabes**.

- **Château de la Terrasse** : lieu de villégiature d'Hugo, situé à Saint-Prix dans le Val-d'Oise.
- **Jersey** : île anglo-normande où Hugo a vécu après son exil.

II. Un appel à l'universalité

A) Le poète, chantre de l'humanité

chantre : personne qui loue et célèbre quelqu'un ou quelque chose.

Les « mémoires d'une âme » ne sont pas que celles d'une individualité, mais celles d'une collectivité. Le poète se fait chantre de l'humanité entière au nom de l'universalité de son existence. Dès sa préface, Hugo exprime cette intention : « Est-ce donc la vie d'un homme ? Oui, et la vie des autres hommes aussi. Nul de nous n'a l'honneur d'avoir une vie qui soit à lui ». Un idéal de fraternité, de solidarité et donc d'empathie se tisse à travers l'expérience partagée. *Les Contemplations* se livrent comme le témoignage de ce qu'est l'humanité. Le jeu sur les pronoms évoque cette interchangeabilité entre le poète et le lecteur : « Quand je vous parle de moi, je vous parle de vous ». Les quatre premiers livres sont ceux de chaque homme. Ils racontent la vie humaine dans ses faiblesses et ses chagrins, mais aussi ses émois et ses enthousiasmes. Les titres *Aurore*, *L'âme en fleur*, *Les luttes et les rêves*, *Pauca Meæ* sont suffisamment généraux pour embrasser toute vie humaine. L'enfance, l'adolescence, l'âge adulte restent des thématiques universelles pour toute histoire humaine. Chaque poème livre une expérience que chaque homme peut connaître : les premières expériences amoureuses, la contemplation de la nature, le deuil sont les données fondamentales de l'existence humaine. Le « je » poétique devient donc un « vous ». Le « moi » se dilate pour mieux se livrer aux autres.

empathie : capacité de ressentir ce que l'autre ressent.

Les pronoms « **vous** » et « **moi** » dialoguent dans un échange de leur vie.

émoi : trouble, forte émotion.

Pauca Meæ : expression latine signifiant « quelques vers pour ma fille » ou « le peu qui reste de ma fille ».

B) Le poète : entre universalité et divinité

« *Homo sum* » : *Les Contemplations* se définissent comme « l'histoire de tous ». Le poète acquiert alors une autre dimension : des voix étrangères s'élèvent à travers lui, comme celle de Jean le Prophète, associé au lion et à l'aigle. Le poète est capable de retranscrire l'histoire universelle, mais aussi mythologique. Il est semblable à Shakespeare (« Le poète », III, 28). Il est « ce génie étrange », celui qui « tient toute la vie en son poignet terrible ». Mais le poète est aussi celui qui voit la part de la divinité dans le monde humain. Il saisit dans sa réalité la plus allégorique la mort (« Mors », IV, 16) : « Noir squelette laissant passer le crépuscule ». Dans l'« Églogue » (II, 12), l'errance du couple d'amants quitte le cadre humain pour entrer dans un temps mythologique où les dieux se mêlent au monde des hommes : « En ce même moment, un titan centenaire, / Qui venait d'y rouler sous vingt coups de tonnerre, / Se tordait dans ce gouffre » (v. 13-15). Le poète s'élève en un « je » libertaire qui bouscule le monde des humains. Il est l'élu, celui qui sait révéler aux autres hommes la part du divin. Le titre même du recueil, *Les Contemplations*, rappelle cette acuité, cette capacité à rendre visible l'invisible.

Homo sum : « Je suis un Homme ».

Dans le christianisme, **Jean le Baptiste** est le prophète qui a annoncé la venue de Jésus de Nazareth. Il l'a baptisé sur les bords du Jourdain.

- **allégorie** : représentation d'une idée abstraite par une image ou un récit.
- **libertaire** : partisan d'une plus grande liberté.
- **acuité** : finesse, perspicacité.

Pour conclure, l'oscillation entre le personnel et l'universel fait des *Contemplations* le témoignage intime d'une vie, mais aussi le reflet d'une humanité soumise à la même destinée. La vie humaine est considérée dans sa totalité pour façonner un « moi » lyrique qui s'étend à l'infini.

La conclusion est composée de deux parties :
- la **synthèse** du développement, qui répond à la problématique ;
- l'**ouverture**, qui propose de nouvelles perspectives.

Dissertation 2 → p. 21

Plan détaillé

De tous les poètes du XIXe siècle, Baudelaire est certainement le plus connu. Qui n'a pas lu ou appris un poème extrait des *Fleurs du mal* ? Qui n'a pas entendu parler des scandales et des procès intentés à Baudelaire au moment de la publication de ce chef-d'œuvre ? Il représente certainement le poète le plus connu de tous les amateurs de poésie, mais également de tous ceux qui s'intéressent à l'art du XIXe siècle sous toutes ses formes. Son œuvre a beaucoup interrogé ses contemporains. Dès lors, peut-on considérer Baudelaire comme le premier poète de la poésie moderne ? Après avoir étudié les techniques d'écriture de Baudelaire héritées de ses prédécesseurs, nous verrons tout ce qu'il a pu apporter de novateur à la poésie de son époque.

L'**indicateur logique** permet de mettre en valeur le cheminement de la réflexion et de relier naturellement l'**amorce** à l'annonce de la **problématique**.

I. Baudelaire, héritier de la poésie classique

A) L'héritier des poètes classiques

- La reprise de la métrique traditionnelle :
→ l'utilisation du sonnet : par exemple, dans « Parfum exotique » ;
→ l'utilisation des alexandrins réguliers, avec coupe à l'hémistiche : « J'ai longtemps habité // sous de vastes portiques » (« La Vie antérieure »).

- **métrique** : étude des vers, de leur rythme.
- **sonnet** : 2 quatrains suivi de 2 tercets.
- **alexandrin** : vers de 12 syllabes.
- **hémistiche** : moitié du vers.

- La reprise des thématiques des anciens :
→ le thème de la fuite du temps : « Ô douleur ! ô douleur ! Le Temps mange la vie » (« L'Ennemi »).

Ce **thème** se retrouve régulièrement dans les poèmes de Ronsard, par exemple dans « Quand vous serez bien vieille »

B) L'héritier du platonicisme

- L'interrogation sur les rapports entre le Bien et le Beau :
→ chez Platon, le Beau est associé au Vrai et au Bien ;
→ chez Baudelaire, l'horreur et l'abject peuvent produire le Beau.

- La recherche de sens :
→ pour Platon, le monde qui nous entoure ne serait que le reflet d'un monde invisible : c'est l'allégorie de la caverne ;
→ Baudelaire expose une vision similaire dans son sonnet « Correspondances », dans lequel il compare la nature à un temple dont il faut savoir déchiffrer les symboles. Le poète devient alors celui qui peut rendre visible l'invisible.

Dans *La République* de Platon, l'**allégorie de la caverne** représente des êtres enfermés dans une grotte, qui ne perçoivent de l'extérieur que des ombres et des échos. Celui qui sera libéré ne pourra pas voir ce qu'on veut lui montrer, aveuglé par le soleil. L'homme est donc prisonnier de ce qu'il croit être la réalité.

II. Baudelaire, poète novateur

A) Le principe des correspondances

- Baudelaire est le premier à théoriser le principe des correspondances, qu'il définit comme des rapprochements d'images et de sensations :
→ « Les parfums, les couleurs et les sons se répondent » (« Correspondances »).

Cela fait écho aux **synesthésies** (voir p. 16).

« Correspondances » est un poème essentiel, qui donne des indications précieuses sur l'art poétique de Baudelaire.

B) Des images originales

- La création d'images surprenantes :
→ des métaphores et comparaisons inattendues : « Je suis un cimetière », « Je suis un vieux boudoir », « Quand le ciel bas et lourd pèse comme un couvercle » (« Spleen ») ;
→ le recours aux oxymores : par exemple, dans le titre même du recueil, *Les Fleurs du mal*.

- **métaphore** : rapprochement de deux choses ou personnes sans outil de comparaison.
- **comparaison** : rapprochement de deux choses ou personnes à l'aide d'un outil de comparaison.
- **oxymore** : rapprochement de deux termes dont le sens est opposé.

- Le *spleen* baudelairien :
→ ce terme d'origine anglaise fait référence à un état d'angoisse, de mal-être, de lassitude perpétuelle ;
→ le poème « Spleen » décrit la montée de l'angoisse jusqu'à son paroxysme.

- Un hymne paradoxal à la beauté :
→ « Ô Beauté ! monstre énorme, effrayant, ingénu ! » (« Hymne à la beauté »).

- **paradoxal** : qui associe deux éléments paraissant opposés.
- Ici, le paradoxe tient au fait que la **beauté** est décrite avec des termes associés traditionnellement à la **laideur**.

C) L'embellissement de la laideur

- Baudelaire rend beau le laid :
→ « Et le ciel regardait la carcasse superbe / Comme une fleur s'épanouir » (« Une Charogne »).

- Il emploie des thématiques qui ne sont pas traditionnelles :
→ la mort : dans le poème « La Mort des amants », la mort n'est pas présentée de façon négative. Au contraire, elle est vue comme la seule issue possible à l'amour : la mort est un voyage qui conduira les amants dans un au-delà où ils seront unis dans leur amour ;
→ la ville (Paris en particulier) : on retrouve ce thème dans le poème « Paysage » ou dans ceux s'attachant à en décrire les habitants (« Les Sept Vieillards », « Les Aveugles », « Les Petites Vieilles », « À une passante »...).

Dans la section *Tableaux parisiens*, Paris est souvent symbolisé par ses **habitants** déchus, malheureux, handicapés.

Pour conclure, il est certain que Baudelaire, même s'il a hérité de grands poètes classiques tels que Ronsard, a été un poète novateur et que *Les Fleurs du mal* ont révolutionné une forme de poésie préexistante. Baudelaire a renouvelé les thèmes, les techniques, les images, les sonorités. Pourtant, il restera dans l'histoire comme poète maudit, à l'image de Verlaine ou Rimbaud.

La conclusion est composée de deux parties :
- la **synthèse** du développement, qui répond à la problématique ;
- l'**ouverture**, qui propose de nouvelles perspectives.

Dissertation 3 → p. 25

Plan détaillé

Quand paraît *Alcools* d'Apollinaire en 1913, ce recueil s'inscrit dans le contexte d'une époque riche et foisonnante : en dépit des menaces politiques entre les États, les artistes poursuivent leur recherche du renouvellement des formes artistiques. Le futurisme, le cubisme, l'œuvre de Proust et bien d'autres appellent à innover. *Alcools* sera une de ces œuvres. Pourtant, comme le remarque Michel Décaudin, Apollinaire « n'innove jamais qu'en conservant ». De fait, une question émerge : comment la modernité poétique s'associe-t-elle à la tradition dans *Alcools* ? D'abord sera évoqué un esprit nouveau dans un lyrisme renouvelé, puis la modernisation poétique.

> Voici la **citation complète** :
> « Qu'il s'agisse de la strophe, du vers, de la rime, Apollinaire amalgame, loin de les opposer, toutes les techniques possibles. Il n'innove jamais qu'en conservant, se livrant à d'incessantes variations entre ces deux limites extrêmes que sont la règle rigoureuse et la liberté totale. »

> Nous aurions pu également **reformuler le sujet** ainsi :
> « Le recueil *Alcools* d'Apollinaire est-il une œuvre en rupture totale avec la tradition poétique ? Ou propose-t-il un élan nouveau s'appuyant sur les codes conventionnels ? »

I. Un esprit nouveau mais conservateur : un lyrisme renouvelé

A) Le lyrisme urbain

- Le lyrisme, source d'inspiration privilégiée du recueil :
→ dans *Alcools*, l'exaltation des sentiments personnels se double d'une nouvelle dimension : celle d'un cadre urbain foisonnant, d'une époque riche en innovations, propice à la création poétique.

- La célébration lyrique de la modernité :
→ comme Verhaeren, Apollinaire devient le chantre du décor urbain, de l'univers industriel, des objets du quotidien ;
→ le poème « Zone » célèbre la modernité, en écho au futurisme.

> **Émile Verhaeren** (1855-1916) poète belge rattaché au symbolisme. Dans ses poèmes, il célèbre les villes avec lyrisme

> • Le **futurisme** est un mouvement littéraire et artistique du début du XXe siècle, créé par Marinetti.
> • Dans son *Manifeste du futurisme*, Marinetti prône le refus de toute tradition et de toute morale, tout en célébrant le progrès technique

B) Le lyrisme personnel

- Une chanson mélancolique :
→ thèmes récurrents de l'errance sentimentale, de la solitude, de la mélancolie ;
→ la remémoration douloureuse est incarnée par la figure du « mal-aimé » ;
→ dans « Le Pont Mirabeau », le regret d'un passé irrémédiablement perdu, le sentiment de l'effacement du temps et des souvenirs ravivent des blessures profondes, comme les amours avec Annie Playden.

- Un « moi » diffus, voire dédoublé ou fragmenté :
→ dans « Zone », notamment.

> **diffus** : qui manque de netteté, d'intensité.

II. La modernisation poétique

A) La dislocation de la métrique

> **métrique** : étude des vers, de leur rythme.

- Une libération de toutes les contraintes :
→ l'absence de ponctuation ;
→ l'irrégularité du vers et de la strophe ;
→ les rimes internes, avec l'abondance des allitérations et des assonances ;
→ l'utilisation du vers libre ;
→ le déplacement de la coupe.

> - **allitération** : répétition d'une même consonne.
> - **assonance** : répétition d'un même son vocalique.
> - **vers libre** : vers irrégulier dans sa structure et dans son nombre de syllabes.
> - **coupe** : séparation dans le vers.

- La recherche de la simultanéité :
→ le recours à la fragmentation et à la juxtaposition ;
→ ce principe se retrouve en peinture, où les lois de la perspective et de la composition classique sont abandonnées.

> - **fragmentation** : division, morcellement.
> - Dans « Zone », les images s'enchaînent par **juxtaposition** : « Bergère ô tour Eiffel » (v. 2), « Soleil cou coupé » (dernier vers).

B) Le renouvellement des formes

- Le recours aux genres traditionnels :
→ dans « La Chanson du mal-aimé », Apollinaire reprend le genre de la chanson poétique.

> **chanson poétique** : poème dont les principes de construction évoquent la musicalité d'une chanson.

- Le recours aux références traditionnelles :
→ malgré l'omniprésence du monde urbain et industriel dans le recueil, les références bibliques et mythologiques permettent d'associer modernité et tradition dans « Zone » et « La Chanson du mal-aimé ».

Pour conclure, entre tradition et modernité, Apollinaire crée une nouvelle poétique : celle d'une époque charnière s'ouvrant vers de nouveaux horizons. À la croisée de ce qui fut et de ce qui advient, le poète devient le chantre de la modernité. Il ne s'agit pas d'une rupture pleine et nette mais d'un renouveau, d'un renouvellement répondant à l'essoufflement d'un temps qui passe et disloque. Les vers « Vienne la nuit sonne l'heure. / Les jours s'en vont je demeure » du poème « Le Pont Mirabeau » rappellent la permanence de l'être en constante métamorphose.

> Une **poétique** désigne une conception de la poésie (à ne pas confondre avec l'adjectif « poétique » : relatif à la poésie).

> La conclusion est composée de deux parties :
> – la **synthèse** du développement, qui répond à la problématique ;
> – l'**ouverture**, qui propose de nouvelles perspectives.

SUJET 2

20 pts — 4 H

La littérature d'idées du XVIe siècle au XVIIIe siècle

Vous traiterez au choix un des sujets.

Commentaire

20 pts 4 H → Corrigé p. 53

› **Vous proposerez un commentaire de cet extrait du traité *De l'esprit des lois* de Montesquieu.**

TEXTE ***De l'esprit des lois*, Montesquieu**

Si j'avais à soutenir le droit que nous avons eu de rendre les nègres esclaves, voici ce que je dirais :

Les peuples d'Europe ayant exterminé ceux de l'Amérique, ils ont dû mettre en esclavage ceux de l'Afrique, pour s'en servir à défricher tant de terres.

Le sucre serait trop cher, si l'on ne faisait travailler la plante qui le produit par des esclaves.

Ceux dont il s'agit sont noirs depuis les pieds jusqu'à la tête ; et ils ont le nez si écrasé, qu'il est presque impossible de les plaindre.

On ne peut se mettre dans l'esprit que Dieu, qui est un être très sage, ait mis une âme, surtout une âme bonne, dans un corps tout noir.

Il est si naturel de penser que c'est la couleur qui constitue l'essence de l'humanité, que les peuples d'Asie, qui font des eunuques, privent toujours les noirs du rapport qu'ils ont avec nous d'une manière plus marquée.

On peut juger de la couleur de la peau par celle des cheveux, qui chez les Égyptiens, les meilleurs philosophes du monde, était d'une si grande conséquence[1], qu'ils faisaient mourir tous les hommes roux qui leur tombaient entre les mains.

Une preuve que les nègres n'ont pas le sens commun, c'est qu'ils font plus de cas d'un collier de verre que de l'or, qui chez des nations policées[2], est d'une si grande conséquence.

Il est impossible que nous supposions que ces gens-là soient des hommes, parce que, si nous les supposions des hommes, on commencerait à croire que nous ne sommes pas nous-mêmes chrétiens.

Des petits esprits exagèrent trop l'injustice que l'on fait aux Africains : car, si elle était telle qu'ils le disent, ne serait-il pas venu dans la tête des princes d'Europe, qui font entre eux tant de conventions inutiles, d'en faire une générale en faveur de la miséricorde et de la pitié ?

Montesquieu, *De l'esprit des lois*, livre XV, chapitre 5, « De l'esclavage des nègres », 1748.

---

1. *Conséquence* : importance.
2. *Policées* : civilisées.

Comprendre le texte

ÉTAPE 1 Lire le texte

- **Lire le texte plusieurs fois** afin d'en saisir le sens général.
- **Repérer et définir les mots-clés :**
  – « le droit […] de rendre les nègres esclaves » : ces termes représentent les enjeux du texte ;
  – « nations policées » : il s'agit des Européens, de ceux qui ont colonisé les autres peuples.

ÉTAPE 2 Extraire les informations pertinentes

- **Situer l'extrait dans l'œuvre** : « De l'esclavage des nègres » est le chapitre 5 du livre XV du traité *De l'esprit des lois*.
- **Se poser les questions essentielles :**
  – Quel thème est ici évoqué ?
  → L'extrait aborde le droit de légitimer, c'est-à-dire de rendre juste (moralement et légalement) l'esclavage.
  – Comment est-il présenté ?
  → Ce texte prend la forme d'une démonstration. L'auteur énumère des raisons qui viennent *a priori* justifier l'esclavage.
  – Combien de mouvements constituent le texte ?
  → On distingue deux mouvements : la phrase introductrice, puis l'énumération des différents arguments.

› Exercice

Relevez les principaux arguments présentés dans le texte. Sont-ils valides ? Vous compléterez le tableau suivant en les reformulant.

Argument	Reformulation	Cet argument est-il valide ?
« Les peuples d'Europe ayant exterminé ceux de l'Amérique, ils ont dû mettre en esclavage ceux de l'Afrique, pour s'en servir à défricher tant de terres. »	Le massacre des Indiens entraîne la nécessité de faire appel à des esclaves africains pour débroussailler les terres en Amérique	Non
....	....	....
....	....	....
....	....	....

Les conseils du prof !

- Aidez-vous des paragraphes du texte pour repérer les différents arguments. Relevez et analysez ceux qui vous semblent les plus importants.
- Après avoir entièrement complété le tableau, observez la dernière colonne. Que constatez-vous ?

Analyser le texte

ÉTAPE 1 **Repérer les mots-clés et les procédés stylistiques**

- **Relever les éléments caractéristiques de la démonstration :**
  – la phrase introductrice donne d'emblée la thématique ainsi que la finalité de la démonstration ;
  – les arguments reprennent différents domaines : économique, culturel, religieux, historique, moral.
- **Relever les éléments spécifiques à l'extrait :**
  – la présence de l'hypothétique : « Si j'avais à soutenir… » ;
  – les rapports logiques très marqués : évocation de la cause puis de la conséquence ;
  – les phrases déclaratives qui délivrent un constat, un état de fait dans les arguments.

➔ La démonstration prend la forme d'un **plaidoyer** (exposé argumenté en faveur d'une personne, d'une idée ou d'une institution).

- **Relever les procédés de l'ironie :**
  – l'ironie consiste en un décalage entre ce qui est dit et ce qui est pensé. C'est une manière de se moquer en dénonçant les idées reçues ;
  – l'ironie suscite la surprise et la réflexion. Elle contribue à une finalité contestataire, au service de la critique ;
  – ses principaux procédés sont la fausse logique, l'antiphrase, l'hyperbole, l'emphase, la litote, la prétérition, le constat apparemment objectif d'une absurdité, l'appel direct au lecteur…

ÉTAPE 2 **Interpréter et regrouper les différentes observations**

- **Dégager le sens des éléments relevés :**
  – la finalité explicite du texte (défendre l'esclavage) s'oppose à la nature absurde des arguments ;
  – un second niveau d'interprétation apparaît : s'agit-il vraiment d'un plaidoyer ?
- **Regrouper et classer les éléments relevés :**
  – l'**absurde** : les raisons inventoriées sont aberrantes ;
  – l'apparition d'un **réquisitoire** (exposé de reproches, d'accusations contre une personne, une idée ou une institution) sous le plaidoyer apparent.

› Exercice

Repérez dans le texte les éléments et procédés relevant de l'ironie, en les entourant dans la couleur correspondante :

☐ antiphrase

☐ hyperbole

☐ fausse logique

Les conseils du prof !

Assurez-vous de bien connaître ces 3 procédés :
– **antiphrase** : dire le contraire de ce que l'on pense ;
– **hyperbole** : exagération ;
– **fausse logique** : faire le constat rationnel d'une absurdité.

Mobiliser vos connaissances

ÉTAPE 1 Mobiliser son cours

- **Le contexte d'écriture :** « De l'esclavage des nègres » est tiré du traité *De l'esprit des lois*, publié en 1748.
- **Une réflexion sur l'esclavage :**
  – dans le livre XV, Montesquieu se demande si les lois de l'esclavage ont « du rapport avec la nature du climat » ;
  – il tire cette conclusion : « L'esclavage est [...] aussi opposé au droit civil qu'au droit naturel » (livre XV, chapitre 2).

ÉTAPE 2 Replacer le texte dans l'objet d'étude

- **Une thématique des Lumières :**
  – les thèmes liés à l'intolérance et à l'aliénation sont fréquemment abordés par les philosophes des Lumières ;
  – Voltaire dénonce l'esclavage dans le chapitre 19 (« Le nègre de Surinam ») de *Candide* (1759).
- **Une problématique de l'époque :** depuis 1685, le « Code noir » présentait les droits du maître et le statut de l'esclave en terre française. L'esclave était alors considéré comme un « bien meuble ».

› Exercice

Que savez-vous sur le mouvement des Lumières ?

Donnez-en une caractéristique supplémentaire, puis associez chaque caractéristique à des exemples du texte.

Caractéristique des Lumières	Éléments correspondants dans le texte
Appel à la raison	....
Dénonciation des injustices	....
Satire	....
....	....

Les conseils du prof !

- Vous devez faire un maximum de liens avec le **contexte culturel** du texte. Cela donne un éclairage important sur les données du texte.
- N'hésitez pas à faire des **fiches de synthèse** sur les différents mouvements littéraires.

Élaborer un plan

ÉTAPE 1 **Définir une problématique**

- La problématique détermine un **projet de lecture**
- Ici, nous pouvons nous interroger sur la **structure** du texte :
  – S'agit-il d'un réel plaidoyer en faveur de l'esclavage ? Ou est-ce au contraire un réquisitoire contre l'esclavage ?
  – Quels sont les procédés utilisés ?
- **Problématique retenue** : comment, sous l'apparence d'un plaidoyer pour l'esclavage, se dessine une contestation, voire une dénonciation de cette pratique ?

ÉTAPE 2 **Dégager les grands axes**

- **I. Un plaidoyer pour l'esclavage ?**
  A) Une structure implacable
  B) La fausse logique
  C) Les lieux communs
- **II. Une dénonciation de l'esclavage : un réquisitoire contre les nations esclavagistes**
  A) Une réalité inversée
  B) Une dénonciation antiphrastique
  C) Un appel à la tolérance

› Exercice

Complétez le tableau suivant en listant des éléments du texte pour chaque sous-partie.

Partie	Sous-partie	Éléments correspondants dans le texte
I. Un plaidoyer pour l'esclavage ?	A) Une structure implacable	
	B) La fausse logique	
	C) Les lieux communs	
II. Une dénonciation de l'esclavage : un réquisitoire contre les nations esclavagistes	A) Une réalité inversée	
	B) Une dénonciation antiphrastique	
	C) Un appel à la tolérance	

Les conseils du prof !

- Pour construire votre plan, aidez-vous des relevés effectués dans les étapes précédentes.
- Le plan d'un commentaire suit parfois la structure du texte, mais ce n'est pas systématique. Cela doit être justifié.
- Veillez à ne pas dissocier le fond (le **sens**) et la forme (les **procédés**). Il faut toujours relier le sens et l'expression.

Construire l'introduction

ÉTAPE 1 **Présenter le texte**

- Vous devez dans un premier temps présenter l'**auteur** et surtout son **œuvre** : évoquez la finalité sociologique du traité *De l'esprit des lois* et la modernité de cette entreprise.

ÉTAPE 2 **Formuler la problématique**

- Il faut ensuite donner le **projet de lecture** sous la forme d'une **question** : comment, sous l'apparence d'un plaidoyer pour l'esclavage, se dessine une contestation, voire une dénonciation de cette pratique ?

ÉTAPE 3 **Annoncer le plan**

- Enfin, vous devez annoncer votre **plan** : mettez en évidence la structure apparente du plaidoyer puis le second niveau de sens : il s'agit d'un plaidoyer trompeur, c'est-à-dire d'un réquisitoire.

› Exercice

À partir de la problématique et du plan dégagés dans l'étape précédente, ainsi que des indications données dans l'encadré ci-dessus, rédigez l'introduction de ce commentaire.

Amorce : ....

....

....

....

....

Problématique : ....

....

....

....

....

Plan : ....

....

....

....

....

Les conseils du prof !

L'**amorce** détermine la phrase d'accroche. Elle explique le contexte et présente l'œuvre. Elle donne les éléments généraux qui amènent à la problématique.

La **problématique** présente la question de fond, le projet de lecture.

L'**annonce du plan** donne les grands axes qui répondent à la problématique. Elle doit comporter les mots-clés du sujet.

› Je rédige le commentaire

Imprimez votre copie pour rédiger

Dissertation 1 **20 pts** 4 H → Corrigé p. 55

› Comment *Les Caractères* de La Bruyère révèlent-ils l'intemporalité des comportements humains ?

Parcours : La comédie sociale

Analyser le sujet

ÉTAPE 1 Comprendre le sujet

- **Repérer et définir les mots-clés :**
  – « révéler » : faire connaître ce qui est caché ou secret ;
  – « intemporalité » : ce qui est étranger au temps, ce qui ne s'inscrit ni dans le temps ni dans la durée ;
  – « comportements » : ensemble des réactions observables chez un individu placé dans son milieu de vie et dans des circonstances données.
- **Distinguer les rapports logiques :**
  – le verbe « révéler » cristallise toute la portée de l'œuvre : il s'agit de montrer ce qui est dissimulé ;
  – La Bruyère part du postulat que la nature humaine possède des constances, des invariants.

ÉTAPE 2 Identifier la problématique

- **Se poser les bonnes questions :**
  – En quoi les comportements humains sont-ils intemporels ?
  – Quelle vérité La Bruyère exprime-t-il dans son œuvre ?
  – Quels sont les procédés utilisés par La Bruyère dans *Les Caractères* ?
- **Reformuler la problématique :** par quels procédés la vérité de la nature humaine est-elle mise au jour dans *Les Caractères* de La Bruyère ?

› Exercice

En vous référant aux titres des différents chapitres des *Caractères*, écrivez quels aspects de la nature humaine sont ainsi mis à jour.

Chapitre	Titre du chapitre	Aspects de la nature humaine évoqués
V	« De la Société et de la Conversation »	………………
VI	« Des Biens de Fortune »	………………
VII	« De la Ville »	………………
VIII	« De la Cour »	………………
IX	« Des Grands »	………………
X	« Du souverain ou de la République »	………………

Les conseils du prof !

- Cet exercice vous aidera à avoir une **vision globale et synthétique** des chapitres au programme.
- Assurez-vous de bien maîtriser l'œuvre de La Bruyère. Vous devez avoir une bonne connaissance des chapitres, des **thèmes** qui y sont abordés, des **portraits** qui y sont dressés.
- N'hésitez pas à faire des **fiches** pour vous aider à retenir les éléments importants.

Mobiliser vos connaissances

ÉTAPE 1 Mobiliser son cours

- **Rappel biographique :**
  – Jean de La Bruyère (1645-1696) a longtemps été le **précepteur** du petit-fils du Grand Condé ;
  – cette charge lui a permis d'**observer les mœurs des Grands**.
- **La structure des *Caractères* :**
  – *Les Caractères* sont un ensemble de 1 120 textes qui ont pour but de **révéler les travers des comportements humains** ;
  – l'œuvre possède une **structure fragmentaire**, c'est-à-dire morcelée.

ÉTAPE 2 Sélectionner les informations adéquates

- **Le genre de la comédie sociale :**
  – une **classification du genre humain** : il s'agit de décrire des caractères, de faire des portraits moraux permettant d'établir des catégories ;
  – une **volonté didactique** : le but est de révéler pour mieux corriger.
- **Textes-clés :** Théophraste, *Les Caractères* (-319) ; Molière, *Le Misanthrope* (1666) ; La Fontaine, *Fables* (1668).

› Exercice

Définissez la comédie sociale en complétant le texte avec les expressions suivantes.

stéréotypés – *Les Précieuses ridicules* – types sociaux – hypocrisie – problématiques – mœurs – didactique – satire – dénoncer – critique – comédie

La comédie sociale insiste sur les .... d'une époque bien définie. Elle met en scène des personnages .... Elle utilise la .... pour faire rire ou .... les .... de son temps.

On parle alors de .... à visée .... Le lecteur apprend les .... d'une époque et nourrit sa réflexion ....

Par exemple, Molière dénonce l'.. dans *Le Tartuffe*, mais aussi le snobisme dans ....

Les conseils du prof !

- La **comédie sociale** est un genre particulièrement en vogue à l'époque de La Bruyère :
  – les **pièces de Molière**, qui sont axées autour de personnages à l'attitude caricaturale et aux défauts exagérés, en sont de fidèles représentantes ;
  – les ***Fables* de La Fontaine**, qui proposent une morale sur la nature humaine à partir du récit d'un cas particulier, s'inscrivent aussi dans cette tradition.
- Mais La Bruyère s'inspire d'un modèle bien plus ancien : **Théophraste**, un philosophe grec de l'Antiquité qui dresse dans son traité ***Les Caractères*** le portrait moral de ses contemporains, présentant leurs vices et leurs travers.

Élaborer un plan

ÉTAPE 1 Choisir le type de plan adapté au sujet

- Les comportements humains sont divers et traduisent des vérités de différentes natures. C'est pourquoi chaque partie doit en révéler une facette.
- On adoptera donc un plan **thématique**, qui suivra le cheminement suivant :
  – la première partie portera sur l'**observation** de ses contemporains par La Bruyère ;
  – la deuxième partie traitera des **procédés comiques** utilisés dans *Les Caractères* ;
  – la troisième partie abordera la **portée didactique** de l'œuvre.

ÉTAPE 2 Dégager les grands axes

- **I. Les stratégies de l'observation**
  A) L'art du portrait
  B) La tempérance
  C) De l'individu au type
- **II. Les procédés comiques**
  A) Le travestissement
  B) Le burlesque
  C) L'ironie
- **III. La portée didactique**
  A) La dénonciation des abus
  B) La dénonciation des injustices
  C) L'espoir d'une société juste et sage

› Exercice

Dressez l'argumentaire du plan proposé : pour chaque sous-partie, donnez un argument que vous développerez.

Partie	Sous-partie	Éléments correspondants dans le texte
I. Les stratégies de l'observation	A) L'art du portrait	....
	B) La tempérance	....
	C) De l'individu au type	....
II. Les procédés comiques	A) Le travestissement	....
	B) Le burlesque	....
	C) L'ironie	....
III. La portée didactique	A) La dénonciation des abus	....
	B) La dénonciation des injustices	....
	C) L'espoir d'une société juste et sage	....

Les conseils du prof !

- Pour chaque **argument**, cherchez au moins un **exemple** dans *Les Caractères*. Aidez-vous des observations effectuées dans le premier exercice.
- Pensez à rédiger une **transition** entre chaque grande partie. Les transitions sont très importantes et se divisent en deux étapes :
  – la présentation des éléments étudiés dans la partie précédente ;
  – l'annonce de ce qui va être démontré dans la partie suivante.

› Je rédige la dissertation

Imprimez votre copie pour rédiger

Dissertation 2

20 pts 4 H → Corrigé p. 58

› Comment le rire se met-il au service du savoir dans *Gargantua* de Rabelais ?

Parcours : Rire et savoir

Analyser le sujet

ÉTAPE 1 Comprendre le sujet

- **Repérer et définir les mots-clés :**
  – « rire » : notion essentielle mettant en évidence des procédés spécifiques ;
  – « savoir » : somme de connaissances et de compétences renvoyant à l'utilisation de la raison.
- **Distinguer les rapports logiques :**
  – l'expression « se mettre au service de » suggère un lien de subordination ;
  – les deux notions (rire et savoir) entretiennent une relation étroite, l'une amenant à l'autre ;
  – il est donc question d'envisager quels sont les points de contact et les éventuels points de tension entre rire et savoir.

ÉTAPE 2 Identifier la problématique

- **Se poser les bonnes questions :**
  – Quelle dimension prend le rire dans *Gargantua* ? Quels en sont les différents procédés ?
  – Quelle forme du savoir est mise en œuvre dans le roman de Rabelais ? S'agit-il d'un idéal ou au contraire d'une notion dénoncée et critiquée ?
- **Repérer le point de tension :** on considère généralement que rire et savoir sont deux notions opposées ; or, le sujet demande de montrer en quoi ces deux notions peuvent être complémentaires.
- **Reformuler la problématique :** comment le rire amène-t-il au savoir ?

› Exercice

Dans le prologue de *Gargantua*, Rabelais compare son roman à la figure de Socrate en opposant l'apparence extérieure et ce qu'il y a à l'intérieur. Il ajoute à cette comparaison un troisième élément : les silènes, de petites boîtes utilisées dans l'Antiquité qui seraient à l'image de Socrate.

Complétez le tableau suivant en listant les termes utilisés par Rabelais pour décrire son roman, Socrate et les silènes.

	Gargantua	Socrate	Les silènes
Apparence extérieure	....	....	....
Ce qu'il y a à l'intérieur	....	....	....

Les conseils du prof !

- Le prologue est une **introduction** de l'ouvrage : c'est le discours préliminaire où l'on expose le sujet, servant parfois d'avertissement ou de dédicace. Dans *Gargantua*, le prologue annonce le **contenu programmatique** de l'œuvre, notamment la superposition du rire et du savoir.
- Dans son prologue, Rabelais présente Socrate comme la **figure tutélaire** de *Gargantua*.
Le philosophe antique incarne l'esprit du roman : il faut dépasser son apparence laide et grossière pour en comprendre toute la finesse. Tout comme un être subtil se cache derrière un paraître hideux, derrière le rire se cache le savoir.

Mobiliser vos connaissances

ÉTAPE 1 Mobiliser son cours

- **Rappel biographique :**
  – Rabelais (1494-1553) est un **moine, médecin et écrivain** de la Renaissance ;
  – c'est un **libre-penseur humaniste** qui possède un esprit encyclopédique et a des connaissances dans de nombreux domaines.
- **L'humanisme :**
  – l'humanisme est un mouvement de pensée qui se développe durant la Renaissance et qui prône un retour aux textes antiques grecs et latins ;
  – les humanistes ne font pas de distinction entre les différentes sciences (médecine, astronomie, poésie…).

ÉTAPE 2 Sélectionner les informations adéquates

- **La généalogie des géants :**
  – *Gargantua* (1534) s'inscrit dans le même univers que *Pantagruel* (1532) ;
  – *Pantagruel* raconte l'histoire du géant Pantagruel tandis que *Gargantua* évoque la vie de son père, Gargantua ;
  – dans *Gargantua*, Rabelais retrace la généalogie des géants.
- **Textes-clés :** Guillaume de Lorris et Jean de Meung, *Le Roman de la Rose* (1230-1280) ; Rabelais, *Pantagruel* (1532).

› Exercice

Gargantua s'achève sur la fondation de l'abbaye de Thélème et la description de la vie qu'y mènent ses habitants.

Dans le tableau suivant, indiquez les éléments qui caractérisent la vie à Thélème.

Architecture des lieux	Portrait des habitants	Préceptes et règles de vie
....	....	....
....	....	....
....	....	....
....	....	....
....	....	....
....	....	....
....	....	....
....	....	....
....	....	....
....	....	....
....	....	....
....	....	....

Les conseils du prof !

- *Gargantua* est une œuvre exigeante qu'il faut savoir maîtriser. Vous devez en connaître des **passages précis**.
- Le prologue ouvre le roman en le plaçant sous le sceau du rire. Les derniers chapitres le closent en décrivant une **utopie**, c'est-à-dire une société imaginaire idéale qui réaliserait le bonheur de chacun.
- Rabelais fait une **description idyllique** de Thélème : ses habitants comme ses lieux sont beaux, riches, raffinés et harmonieux.

Élaborer un plan

ÉTAPE 1 **Trouver un cheminement logique**

- Deux notions fondamentales sont interrogées par le sujet : le **rire** et le **savoir**. Leur point d'association se fait principalement dans le personnage de Gargantua. Le plan doit donc suivre l'évolution du protagoniste, puis s'élargir à l'échelle de l'œuvre elle-même.
- Il faut d'abord expliquer en quoi le rire et le savoir s'associent en **Gargantua**, puis comment les deux notions façonnent l'**œuvre** au point de la rendre circulaire.

ÉTAPE 2 **Dégager les grands axes**

- **I. Gargantua, un personnage entre rire et savoir**
  A) Le géant, un héros de littérature populaire
  B) Un enfant hors norme
- **II. Le cheminement du géant**
  A) La pédagogie humaniste
  B) Un événement fondateur : la guerre
- **III. Une œuvre circulaire**
  A) Le prologue : un appel au rire
  B) La conclusion : la conciliation du rire et du savoir

› Exercice

Complétez le tableau suivant en listant des éléments du texte pour chaque sous-partie.

Partie	Sous-partie	Éléments correspondants dans le texte
I. Gargantua, un personnage entre rire et savoir	A) Le géant, un héros de littérature populaire	………………
	B) Un enfant hors norme	………………
II. Le cheminement du géant	A) La pédagogie humaniste	………………
	B) Un événement fondateur : la guerre	………………
III. Une œuvre circulaire	A) Le prologue : un appel au rire	………………
	B) La conclusion : la conciliation du rire et du savoir	………………

Les conseils du prof !

- Au brouillon, notez au fur et à mesure toutes les idées que vous pourrez utiliser dans les différentes parties.
- Ciblez les **passages-clés** de *Gargantua*. Aidez-vous des éléments dégagés dans les exercices précédents.
- Pour chaque **argument**, cherchez au moins un **exemple** dans le roman.

› Je rédige la dissertation

Imprimez votre copie pour rédiger

Dissertation 3

20 pts 4 H → Corrigé p. 60

› Dans la *Déclaration des droits de la femme et de la citoyenne*, comment le plaidoyer d'Olympe de Gouges vise-t-il à l'universalité ?

Parcours : Écrire et combattre pour l'égalité

Analyser le sujet

ÉTAPE 1 Comprendre le sujet

- **Repérer et définir les mots-clés :**
  – « plaidoyer » : exposé argumenté en faveur d'une personne, d'une idée ou d'une institution ;
  – « vise » : détermine une finalité, un but ou une optique ;
  – « universalité » : caractère de ce qui s'étend à la Terre entière, de ce qui est répandu partout.
- **Distinguer les rapports logiques :**
  – l'adverbe interrogatif « comment » met en évidence les modalités, c'est-à-dire les procédés qui sont mobilisés pour parvenir à une finalité ;
  – un constat est ici suggéré : ce plaidoyer a un caractère universel. En effet, le texte s'adresse d'abord à un groupe distinct, celui des femmes, mais il s'élargit finalement au genre humain tout entier.

ÉTAPE 2 Identifier la problématique

- **Se poser les bonnes questions :**
  – Quelles sont les mentions explicites aux femmes ?
  – Où se lit un appel au genre humain ?
  – Cet élargissement repose-t-il sur des ressemblances ou sur des différences ?
  – Quels sont les procédés mis en œuvre dans le texte ?
- **Repérer le point de tension :** le destinataire est élargi au fil du texte : on passe des femmes au genre humain, ce qui inclut les hommes. Comment ce groupe est-il perçu ? Quel est son rôle ? Le texte prône-t-il une rivalité ou une complémentarité entre femmes et hommes ?
- **Reformuler la problématique :** en quoi le plaidoyer d'Olympe de Gouges en faveur des femmes se lit-il comme un appel à l'égalité du genre humain ?

› Exercice

Complétez le tableau suivant en indiquant, pour chaque partie du texte, le destinataire, les mots-clés et les procédés utilisés par Olympe de Gouges.

Partie	Destinataire	Mots-clés	Procédés
Préambule	société	idéaux, ~~[illegible]~~ annonce le but	
Articles	~~femmes~~ H/F ~~ASS/reine~~ ASS, reine	émancipe égalité	
	[illegible]mmes		"Femmes, réveille-toi !"

Les conseils du prof !

Ce texte est court, ce qui implique une **analyse approfondie et précise**. Pour cela, il est nécessaire que vous le lisiez plusieurs fois :
– 1re lecture : déterminez la **structure** du texte et recherchez le vocabulaire inconnu ;
– 2e lecture : identifiez les différentes **composantes** de chaque partie ;
– 3e lecture : montrez quels **procédés** sont mobilisés.

Mobiliser vos connaissances

→ défense femmes

ÉTAPE 1 Mobiliser son cours

- **Rappel biographique :**
  – femme de lettres et femme politique, Olympe de Gouges (1748-1793) est considérée comme une **pionnière du féminisme** : elle lutte pour l'émancipation de la femme, pour la reconnaissance de sa place sociale et politique ;
  – Olympe de Gouges rédige en 1791 une *Déclaration des droits de la femme et de la citoyenne*, qu'elle adresse à la reine Marie-Antoinette, en écho à la ***Déclaration des droits de l'homme et du citoyen*** de 1789 ;
  – très investie dans la **Révolution française**, Olympe de Gouges rejoint les Girondins en 1792. Condamnée par le Tribunal révolutionnaire, elle est guillotinée le 3 novembre 1793.
- **Le genre du plaidoyer :**
  – sa **finalité** : le plaidoyer est un discours qui relève du judiciaire et qui vise à défendre une cause, une personne ou une idée ;
  – son **contraire** : le réquisitoire, qui accuse alors que le plaidoyer défend ;
  – ses **procédés** : apostrophes, questions rhétoriques, répétitions, anaphores…

ÉTAPE 2 Sélectionner les informations adéquates

- **Les trois objectifs de la rhétorique :** plaire (*placere*), instruire (*docere*), émouvoir (*movere*).
- **Textes-clés :** *Déclaration des droits de l'homme et du citoyen* (1789) ; Hugo, *Le Dernier Jour d'un condamné* (1829).

› Exercice

Relevez les différents arguments du texte, puis analysez-les en complétant le tableau suivant.

Argument	Domaine évoqué	Injustice faite aux femmes

Les conseils du prof !

- Dans son plaidoyer, Olympe de Gouges passe en revue différents **domaines** : social, naturel, judiciaire, législatif…
- La *Déclaration des droits de la femme et de la citoyenne* fonctionne comme le **pendant** de la *Déclaration des droits de l'homme et du citoyen*. Les droits féminins sont donc déterminés en fonction de leurs équivalents masculins, selon une logique d'**équité**.
- Pour bien comprendre la teneur de l'argumentaire d'Olympe de Gouges, demandez-vous si, pour chaque argument, des **droits masculins** sont mentionnés.

Élaborer un plan

ÉTAPE 1 Choisir le type de plan adapté au sujet

- Le texte suit une logique d'élargissement de son destinataire, selon une **optique globalisante** : Olympe de Gouges s'adresse d'abord spécifiquement aux femmes, puis au genre humain tout entier.
- On adoptera donc un plan à la fois **analytique** et **thématique**, évoquant chaque destinataire tour à tour :
  – la première partie traitera du destinataire explicite : les **femmes** ;
  – la deuxième partie portera sur le destinataire implicite : les **hommes** ;
  – la troisième partie abordera le destinataire élargi : le **genre humain**.

ÉTAPE 2 Dégager les grands axes

- **I. Un plaidoyer pour les femmes**
  A) Affirmer les droits de la femme
  B) Amener au réveil des femmes
- **II. Une dénonciation des abus masculins**
  A) Dénoncer les clichés pour mieux les combattre
  B) Libérer la femme de son rôle sclérosant
- **III. Un appel à l'égalité du genre humain**
  A) Révolutionner la société pour l'équité
  B) Affirmer l'égalité du genre humain

› Exercice

Complétez le tableau suivant en listant des éléments du texte pour chaque sous-partie.

Partie	Sous-partie	Éléments correspondants dans le texte
I. Un plaidoyer pour les femmes	A) Affirmer les droits de la femme	....
	B) Amener au réveil des femmes	....
II. Une dénonciation des abus masculins	A) Dénoncer les clichés pour mieux les combattre	....
	B) Libérer la femme de son rôle sclérosant	....
III. Un appel à l'égalité du genre humain	A) Révolutionner la société pour l'équité	....
	B) Affirmer l'égalité du genre humain	....

Les conseils du prof !

- Pour construire votre plan, aidez-vous des éléments dégagés dans les exercices précédents.
- **Votre plan devra comprendre :**
  – deux ou trois grandes parties, divisées en plusieurs sous-parties ;
  – des liens logiques avec des connecteurs entre les grandes parties ;
  – des transitions ;
  – un va-et-vient entre les remarques et leur analyse ;
  – des paragraphes, des alinéas et des sauts de ligne adaptés.

› Je rédige la dissertation

Imprimez votre copie pour rédiger

Commentaire → p. 38

Je comprends les corrigés

Corrigé rédigé

En 1748 paraît *De l'esprit des lois,* un traité auquel Montesquieu aura consacré près de vingt ans de sa vie. Dans cette œuvre monumentale, l'homme est étudié dans une optique sociologique. En effet, les sociétés y sont décortiquées scientifiquement, via l'interaction du juridique, du politique, de la psychologie et de la morale. Novateur pour son époque, *De l'esprit des lois* sera considéré par Voltaire comme « le code de la raison et de la liberté ». L'extrait proposé se construit sur un double niveau : le texte semble défendre l'esclavage, mais le condamne profondément en réalité. De fait émerge une question : comment, sous l'apparence d'un plaidoyer pour l'esclavage, se dessine une contestation, voire une dénonciation de cette pratique ? Comment s'articule cette double dimension ? Dans un premier temps sera abordée la construction du plaidoyer, argumentaire défendant la thèse des bienfaits de l'esclavage. Dans un second temps seront évoqués les procédés contribuant à la dénonciation de l'asservissement des hommes par leurs semblables.

sociologie : étude scientifique des hommes et des sociétés humaines.

Après avoir présenté l'**œuvre générale**, montrez les spécificités de l'**extrait étudié**.

L'introduction est composée de trois parties :
- l'**amorce** ;
- la **problématique** (soit le projet de lecture) ;
- le **plan en deux parties**.

I. Un plaidoyer pour l'esclavage ?

A) Une structure implacable

L'esclavage est présenté comme une thèse à défendre. Le raisonnement se veut implacable, découpé avec netteté afin de mieux mettre en évidence sa structure rigoureuse et logique : neuf paragraphes pour neuf arguments. L'argumentaire envisage tour à tour les domaines historique, économique, ethnique, culturel et sociologique. Toutes les sphères sont évoquées afin de créer une démonstration complète, qui repose sur de multiples facettes réunies dans un même objectif : cautionner l'esclavage. La démonstration est introduite par une proposition hypothétique : « Si j'avais à soutenir le droit que nous avons eu… ». Le narrateur s'apparente donc à un orateur, voire à un prédicateur. Le terme « droit » suggère une légalité, une justification par la loi. Cela évoque le commerce triangulaire très actif à cette époque.

- **plaidoyer** : exposé argumenté en faveur d'une personne, d'une idée ou d'une institution.
- **implacable** : ferme, rigoureux.

- **cautionner** : soutenir, approuver une action ou une idée.
- **orateur** : personne qui prononce un discours devant un public.
- **prédicateur** : personne qui annonce la parole de Dieu.

commerce triangulaire : commerce des esclaves provenant d'Afrique.

B) La fausse logique

Le vocabulaire de la vérité se joint à celui du constat pour confirmer un état de fait : l'esclavage est une cause démontrable et donc éthiquement morale. L'utilisation de phrases déclaratives présente les arguments comme des certitudes. Le motif louable de l'esclavage est affirmé par le vocabulaire du discernement. Le cheminement suit une logique de cause-conséquence : chaque argument est présenté sous la forme d'une cause qui génère ensuite une conséquence. Ainsi, dans la phrase « Le sucre

- **éthique** : ensemble de principes moraux.
- **motif** : mobile, raison.

Par exemple, le substantif **« preuve »** transforme un simple fait en vérité.

serait trop cher, si l'on ne faisait travailler la plante qui le produit par des esclaves », la proposition principale établit une réalité économique (cause), tandis que la proposition subordonnée hypothétique met en évidence la conséquence qui en découle.

L'emploi du **conditionnel** nuance la réalité exprimée dans cette proposition, affaiblissant la portée de cet argument.

C) Les lieux communs

Les arguments reprennent des lieux communs, qui témoignent d'une pensée collective. Les esclaves sont perçus comme des êtres inférieurs qui, par conséquent, ne peuvent pas avoir d'âme. Cette déshumanisation se traduit par une physionomie si singulière qu'elle ne peut appartenir au genre humain. Dans cette logique d'annihilation, le « sens commun » leur est également refusé. Tous les attributs de l'homme « civilisé » leur sont déniés afin de mieux conclure : « Il est impossible que nous supposions que ces gens-là soient des hommes ». La négation renforce la déshumanisation. Ce texte s'assimile donc à un plaidoyer en faveur de l'esclavage. Pourtant, cette apparence se fragilise rapidement par un second niveau de lecture, introduisant un sens antithétique. Le plaidoyer devient alors réquisitoire contre l'esclavage.

- **physionomie** : ensemble de traits, aspects du visage.
- Dans le texte de Montesquieu, l'expression « nez si écrasé » révèle, avec l'intensificateur « si », une **tare physique** qui éloigne l'esclave du commun des mortels.

- **annihilation** : anéantissement, destruction totale.
- **antithétique** : opposé, contraire.

II. Une dénonciation de l'esclavage : un réquisitoire contre les nations esclavagistes

réquisitoire : exposé de reproches, d'accusations contre une personne, une idée ou une institution.

A) Une réalité inversée

Implicitement, le texte prend la forme d'un pamphlet dénonçant l'esclavage : tous les arguments sont en réalité antiphrastiques. Ils affirment une vérité inverse qui dénonce l'esclavage comme une atteinte à la « pitié » et à la « miséricorde ». L'ironie implicite, voire le burlesque, détruit le caractère irréfutable de chaque argument. L'omniprésence du conditionnel, associé à un système hypothétique, affaiblit la portée même de cette démonstration : des conditions doivent être rassemblées pour que le raisonnement soit valide. La réalité montrée n'est pas un état de fait, mais une possibilité pour un groupe d'individus, lui-même dévalorisé par l'expression « des petits esprits ».

- **pamphlet** : court écrit critique au ton violent et agressif.
- **antiphrase** : figure de style consistant à dire le contraire de ce que l'on pense.
- **ironie** : décalage entre ce qui est dit et ce qui est pensé.
- **burlesque** : comique bouffon, grotesque.
- **irréfutable** : qui ne peut être contredit ou démenti.

B) Une démonstration antiphrastique

L'argumentaire se fissure de lui-même par la récurrence de l'antiphrase. Le premier argument révèle qu'exploiter des terres ne nécessite pas de rendre des hommes esclaves. En filigrane se lit la dénonciation du massacre du peuple américain par les Européens. Le deuxième argument montre que le sucre n'est pas un produit de première nécessité, mais une denrée de luxe qui ne justifie pas que le prix du sang cautionne la gourmandise d'une élite. Le troisième argument dénonce l'intolérance physique. Les cinquième et sixième arguments reposent sur des données culturelles peu crédibles. La comparaison avec d'autres peuples aux mœurs cruelles et dépassées en fait des anti-exemples : les Asiatiques expriment leur déraison par la mutilation ; les Égyptiens deviennent des barbares en s'acharnant contre une minorité.

- **en filigrane :** implicitement, en arrière-plan.
- **denrée** : aliment, produit comestible.

C) Un appel à la tolérance

Ce réquisitoire fait appel à des sentiments chrétiens : ceux de la mansuétude, de l'amour inconditionnel. Si les princes d'Europe persistent dans la pratique de l'esclavage, ils s'opposent aux principes chrétiens. Le huitième argument pose ainsi un constat théologique : l'esclavage nie l'égalité entre tous les hommes, fondement premier du christianisme. L'emploi du « nous », qui englobe le narrateur et le reste de ses semblables, c'est-à-dire les Européens, se désolidarise des personnes noires. Cela démontre une scission dans l'humanité. La question rhétorique finale, mettant en relief la « miséricorde » et la « pitié », appelle à un élan de tolérance et de compassion afin de bannir cette réalité contre-nature qu'est l'esclavage.

- **mansuétude** : bonté, bienveillance, tolérance.
- **scission** : séparation, division.

question rhétorique : question qui n'attend pas de réponse

Pour conclure, « De l'esclavage des nègres » dénonce la barbarie de l'asservissement de l'homme par ses semblables. Véritable défi pour la raison, l'esclavage ne peut être cautionné que par l'absurdité. La redoutable efficacité ironique du texte mène à cette conclusion explicite que « l'esclavage est [...] aussi opposé au droit civil qu'au droit naturel » (livre XV, chapitre 2). Dans la veine satirique du conte philosophique, *De l'esprit des lois* appelle à la tempérance et à la mansuétude.

- La conclusion est composée de deux parties :
  - la **synthèse** du développement, qui répond à la problématique ;
  - l'**ouverture**, qui propose de nouvelles perspectives.
- Ici, l'ouverture se fait par la comparaison avec un autre genre : celui du **conte philosophique**.

Dissertation 1 → p. 44

Corrigé rédigé

À partir de 1670, La Bruyère commence la rédaction de ses *Caractères*. Il s'y attache à présenter le genre humain avec tous ses travers mais aussi son authenticité, dans la veine du philosophe grec Théophraste dont La Bruyère revendique la filiation. Le moraliste français n'a pas pour but exclusif de condamner, mais plutôt de constater pour mieux révéler la vérité. Derrière le portrait de ses contemporains se dessinent ainsi en filigrane les invariants de la nature humaine. De fait, une question émerge : par quels procédés la vérité de la nature humaine est-elle mise au jour dans *Les Caractères* de La Bruyère ? Dans un premier temps seront évoquées les stratégies de l'observation, dans un deuxième temps seront abordés les procédés comiques, et dans un troisième temps sera traitée la portée didactique de l'œuvre.

L'introduction est composée de trois parties :
- l'**accroche** ;
- la **problématique** (soit le sujet reformulé sous forme interrogative) ;
- le **plan en trois parties**.

Pensez à utiliser des **connecteurs** pour montrer les différentes étapes de votre raisonnement, introduire la problématique et annoncer votre plan.

I. Les stratégies de l'observation

A) L'art du portrait

Le portrait est une pratique littéraire très en vogue à l'époque de La Bruyère, notamment dans les salons littéraires. Mais son usage est en réalité bien plus ancien. Théophraste a souvent utilisé cette pratique littéraire. La Bruyère définit ainsi son art dans *Les Caractères* : « Un nouvelliste ou un conteur de fables est un homme qui arrange, selon son caprice, des discours et des faits remplis de fausseté » (*Les Caractères*, « Du débit des nouvelles »).
Dans ses portraits, La Bruyère appuie la description et la présentation du personnage sur ses actions, son comportement et le regard des autres : « Iphis voit à l'église un soulier d'une nouvelle mode : il regarde le sien et en rougit : il ne se croit plus habillé. Il était venu à la messe pour s'y montrer, et il se cache » (*Les Caractères*, « De la Mode »).

Les **salons littéraires** voient le jour au XVIIe siècle. Il s'agit d'événements organisés par des femmes de la haute société et réunissant des personnalités importantes (écrivains, philosophes, artistes, scientifiques…) pour discuter de l'actualité, des arts, des lettres ou des sciences.

Lorsque vous citez un texte, pensez à le mettre entre **guillemets** et à indiquer son **auteur**, ainsi que l'**œuvre** et le **chapitre** dont il est extrait.

B) La tempérance

Un des préceptes d'analyse de La Bruyère est la tempérance. Le moraliste refuse tout excès, toute démesure et toute outrance. La Bruyère cumule les portraits dans lesquels il met au jour des comportements obsessionnels, en croquant avec concision les traits saillants de chaque personnage.

- **tempérance** : vertu consistant à faire preuve de modération dans ses passions et ses désirs.
- **saillant** : frappant, remarquable.

C) De l'individu au type

Dans *Les Caractères*, les personnages dépassent le cadre de leur propre individualité pour devenir des types, c'est-à-dire des catégories emblématiques d'un comportement parfois monomaniaque.
Le lecteur peut s'amuser à découvrir tout un « bestiaire », une galerie de portraits de personnages au comportement social inadapté, à l'image de Straton dans le chapitre « De la Cour » : « Straton est né sous deux étoiles : malheureux, heureux dans le même degré ».

- **monomaniaque** : qui a une manie, un goût exclusif, une habitude dominante.
- Chez La Bruyère comme chez Molière, les personnages sont des archétypes définis par un défaut précis, une tare particulière (l'avarice, la misanthropie…) qui dicte leurs actes et leur comportement.

II. Les procédés comiques

A) Le travestissement

Les Caractères détournent la réalité en la travestissant. Dans « De la Cour », La Bruyère dépeint par exemple Versailles en reprenant la manière dont les jésuites parlent des peuplades du Canada : les courtisans apparaissent sous les traits de sauvages d'Amérique.

- **travestissement** : action de transformer, d'altérer la nature de quelque chose.
- **jésuite** : membre de la Compagnie de Jésus, une congrégation catholique créée au XVIe siècle.

B) Le burlesque

La Bruyère met en scène les travers grotesques de la société. Il fait notamment découvrir au lecteur la pauvreté qui se cache derrière les apparences magnifiques de la vanité humaine.
Cette vanité dont peut faire preuve l'être humain est incarnée par la figure d'Arrias dans le chapitre « De la Société » : « Arrias a tout lu, a tout vu ».

- **burlesque** : comique bouffon, grotesque.
- **grotesque** : qui fait rire par son apparence bizarre, qui est ridicule ou absurde.
- **vanité** : satisfaction de soi, sentiment d'orgueil.

C) L'ironie

Dans *Les Caractères*, le lecteur est constamment invité à déceler le décalage fondamental entre les prétentions humaines et la réalité, souvent bien plus grossière et décevante.
Dans le chapitre « Des Biens de Fortune », La Bruyère souligne ce décalage entre les apparences et la réalité par les exemples de la cuisine et des coulisses d'un théâtre. Ainsi, un plat exquis aura une forme bien moins ragoûtante lors de sa préparation en cuisine : « Si vous entrez dans les cuisines, [...] si vous voyez tout le repas ailleurs que sur la table bien servie, quelles saletés ! quel dégoût ! » De même, un spectacle perd de sa magie dès lors que l'on voit comment il est créé en coulisses : « Si vous allez derrière un théâtre, et si vous nombrez les poids, les roues, les cordages qui font les vols et les machines, [...] vous vous récrierez : quels efforts ! quelle violence ! »

ironie : décalage entre ce qui est dit et ce qui est pensé.

Vous pouvez être amené à couper une citation. Dans ce cas, la coupe doit être indiquée par le signe **[...]**.

III. La portée didactique

A) La dénonciation des abus

Les Caractères permettent de dénoncer les abus et les injustices commis par les êtres humains, mais aussi d'envisager les conséquences sociales et politiques de tels comportements.
Dans le chapitre « Des Biens de Fortune », La Bruyère dénonce et condamne ainsi la corruption provoquée par l'argent, en montrant les conséquences négatives d'un tel comportement : « L'on porte Crésus au cimetière : de toutes ses immenses richesses, que le vol et la concussion lui avaient acquises, et qu'il a épuisées par le luxe et par la bonne chère, il ne lui est pas demeuré de quoi se faire enterrer : il est mort insolvable, sans biens, et ainsi privé de tous les secours : l'on n'a vu chez lui ni julep, ni cordiaux, ni médecins, ni le moindre docteur qui l'ait assuré de son salut ».
En ayant accumulé ses richesses par le vol et en les ayant dilapidées entièrement, Crésus meurt seul, dans la douleur et dans la pauvreté.

- **didactique** : éducatif, instructif.
- La portée didactique des *Caractères* apparaît via l'approfondissement de l'analyse des portraits : il y a une morale à tirer des portraits de personnages.

- Roi de Lydie ayant régné au VIe siècle avant J.-C., **Crésus** est connu pour la fortune colossale qu'il aurait amassée.
- **concussion** : perception illicite d'argent.

- **insolvable** : qui est incapable de payer ses dettes.
- **julep** : potion à base d'opium.
- **cordial** : petit verre d'alcool.

B) La dénonciation des injustices

Les injustices et les inégalités sont stigmatisées dans *Les Caractères*. La Bruyère montre à quel point le contrôle des richesses par une élite restreinte peut créer une société contrastée, où la misère et une richesse honteuse se côtoient.
Le moraliste souligne particulièrement cette injustice dans le chapitre « Des Biens de Fortune » : « Champagne, au sortir d'un long dîner qui lui enfle l'estomac, et dans les douces fumées d'un vin d'Avenay ou de Sillery, signe un ordre qu'on lui présente, qui ôterait le pain à toute une province si l'on n'y remédiait. Il est excusable : quel moyen de comprendre, dans la première heure de la digestion, qu'on puisse quelque part mourir de faim ? »
La question rhétorique finale met en évidence le ridicule de l'égoïsme effronté dont fait preuve Champagne. Les inégalités se creusent entre des riches toujours plus dépensiers et des pauvres qui meurent de faim.

- **stigmatiser** : dénoncer, critiquer publiquement quelqu'un ou quelque chose que l'on juge condamnable.
- **élite** : groupe minoritaire de personnes ayant une place valorisée dans la société.

- **question rhétorique** : question qui n'attend pas de réponse.
- **effronté** : qui est d'une grande insolence, qui n'a honte de rien.

C) L'espoir d'une société juste et sage

Avec *Les Caractères*, La Bruyère mène un projet humaniste : en dénonçant les travers de ses contemporains et en suscitant l'émotion, il conduit son lecteur à la réflexion, l'incite au respect d'autrui et à la tolérance.

humanisme : mouvement de pensée européen né à la Renaissance, qui prône le retour aux textes antiques et place l'être humain au centre de sa réflexion.

Pour conclure, Les Caractères dépeignent le genre humain avec authenticité, entre comédie sociale et projet humaniste. Loin des stéréotypes qui apparaissent de prime abord, c'est toute la vérité humaine qui se livre avec intensité dans l'œuvre de La Bruyère. C'est une véritable fresque humaine que le moraliste français esquisse afin de mieux appeler à la compréhension et à l'éducation des hommes, donc de la société.

La conclusion est composée de deux parties :
- la **synthèse** du développement, qui répond à la problématique ;
- l'**ouverture**, qui propose de nouvelles perspectives.

Dissertation 2 → p. 47

Plan détaillé

Placé sous le sceau du rire dès son prologue, *Gargantua* cristallise l'idéal humaniste : élever l'esprit humain par la connaissance, atteindre un idéal de tempérance et d'intelligence. Tout cela rappelle la vie même de son auteur, Rabelais, qui associe par ses différentes facettes le savoir et le rire. Le contenu programmatique de *Gargantua* est clairement énoncé dans son prologue : « rire est le propre de l'homme ». De fait, une question émerge : comment le rire amène-t-il au savoir ? D'abord sera abordée l'essence du protagoniste, puis sera traité son cheminement comme accomplissement, et enfin sera analysée la construction de l'œuvre comme synthèse du rire et du savoir.

- **cristalliser** : concrétiser, rassembler en un tout.
- **tempérance** : vertu consistant à faire preuve de modération dans ses passions et ses désirs.
- **programmatique** : qui relève d'un programme, d'un projet structuré.
- **essence** : nature propre à un être ou une chose, ce qui les constitue fondamentalement.

L'introduction est composée de trois parties :
- l'**accroche** ;
- la **problématique** (soit le sujet reformulé sous forme interrogative) ;
- le **plan en trois parties**.

I. Gargantua, un personnage entre rire et savoir

A) Le géant, un héros de littérature populaire

- Le géant en tant que reliquat de la littérature médiévale :
  → le géant est une figure connue des traditions folkloriques ;
  → c'est un personnage récurrent des récits épiques et comiques diffusés par colportage ou dans les foires.
- Un personnage au rôle contrasté :
  → le géant peut être un adjuvant du héros ;
  → il peut aussi en être un opposant.

- **reliquat** : résidu, vestige.
- **folklorique** : relatif au folklore, c'est-à-dire aux pratiques culturelles d'une société.

Les **adjuvants** aident le héros dans sa quête, tandis que les **opposants** cherchent à l'empêcher d'atteindre son but.

B) Un enfant hors norme

- Une gestation et une naissance extraordinaires :
  → Gargamelle, la mère de Gargantua, le porte pendant 11 mois ;
  → Gargantua vient au monde en sortant par l'oreille de sa mère et réclame tout de suite à boire ;
  → le nom « Gargantua » est une déformation de l'exclamation « Que[l] grand [gosier] tu as ! » que prononce Grandgousier, surpris par les cris puissants et insistants de son fils.

Gargantua est baptisé selon l'usage hébraïque : le nom attribué correspond à la **première parole du père** après la naissance de l'enfant.

• Une petite enfance suscitant le rire :
➔ l'allaitement de Gargantua est démesuré et invraisemblable : pour l'allaiter, il faut le lait de 17 913 vaches ;
➔ encore enfant, Gargantua est promené en charrette à bœufs ;
➔ le petit Gargantua se conchie régulièrement.

• Le rire du corps :
➔ le corps de Gargantua est abordé selon ses fonctions et ses besoins naturels (manger, boire, déféquer) à tous les âges ;
➔ Rabelais insiste sur le bas corporel et sa dimension grotesque.

Dans *Gargantua*, le rire naît de différents procédés. La naissance et l'enfance de Gargantua provoquent le rire par le mélange d'**éléments exagérés**, d'**éléments absurdes** et d'**éléments grotesques**.

• **bas corporel** : les organes génitaux, le ventre et le derrière. Concept développé par le philosophe Mikhaïl Bakhtine.
• Pour Bakhtine, Gargantua est une œuvre carnavalesque, le carnaval consistant à inverser le haut (la tête, donc le sérieux, la réflexion, etc.) et le bas pour assurer le renouvellement de la vie.

II. Le cheminement du géant

A) La pédagogie humaniste

• L'accès à l'humanisme par l'éducation :
➔ l'enfance est dépeinte comme une période caractérisée par la sauvagerie, l'absence de règles et de limites ;
➔ l'éducation permet de dépasser la barbarie primitive.

• Le géant comme idéal de la Renaissance :
➔ Rabelais dépasse les aspects folkloriques du géant pour en faire l'icône de la doctrine humaniste ;
➔ la figure du géant devient le parachèvement de tous les préceptes appelant à l'harmonie de l'individu : Gargantua réalise l'unité de l'âme et du corps, du savoir et de la création.

• **pédagogie** : pratique éducative, méthode d'enseignement.
• **barbarie** : absence ou manque de civilisation.
• **primitif** : qui appartient au premier état d'une chose, qui est grossier ou rudimentaire.
• **parachèvement** : accomplissement, achèvement.

B) Un événement fondateur : la guerre

• L'opposition à la tyrannie :
➔ Gargantua s'oppose à Picrochole, le mégalomane inassouvi ;
➔ Picrochole souhait soumettre le monde à la violence et à la tyrannie.

• Le triomphe de l'humanisme :
➔ Gargantua montre un courage et une intelligence tactique qui garantissent sa victoire ;
➔ la clémence dont il fait preuve face aux vaincus permet d'établir une paix durable.

• **tyrannie** : abus de pouvoir d'un ou plusieurs individus sur d'autres individus.
• **mégalomane** : personne qui manifeste des idées de grandeur, un orgueil excessif.

III. Une œuvre circulaire

A) Le prologue : un appel au rire

• Le rire comme contenu programmatique du prologue :
➔ le narrateur conclut un pacte avec le lecteur en l'incitant à rire ;
➔ le rire est affirmé comme essence de l'homme.

• Un appel à dépasser les apparences :
➔ le roman est comparé à Socrate : son apparente grossièreté cache en réalité un message fin et subtil qu'il faut savoir déceler ;
➔ le lecteur est invité à se comporter comme le chien et à « sucer la substantifique moelle » de l'ouvrage : « il vous convient d'avoir, légers à la poursuite et hardis à l'attaque, le discernement de humer, sentir et apprécier ces beaux livres de haute graisse : puis, par une lecture attentive et une réflexion assidue, rompre l'os et sucer la substantifique moelle ».

Le **chien** est l'animal le plus philosophique selon Platon.

• **la substantifique moelle** : ce qui est essentiel dans le récit.
• **discernement** : intelligence, sens critique.
• **humer** : sentir quelque chose pour en apprécier l'odeur.

B) La conclusion : la conciliation du rire et du savoir

• Une utopie humaniste :
→ le roman s'achève sur la description de l'abbaye de Thélème et de la vie qu'on y mène ;
→ Thélème a tout d'une utopie : ses habitants vivent dans la joie et l'opulence, la guerre et la pauvreté n'existent pas ;
→ les préceptes de Thélème suivent la doctrine humaniste : idéal égalitaire, respect de la volonté et de la liberté de chacun, éducation vertueuse et éclairée…

• Un écho au prologue :
→ la clausule renvoie à l'avis au lecteur du début de l'œuvre, avec l'invitation de Rabelais à boire et manger : « Après la partie, on se réconforte devant un feu clair et l'on change de chemise puis on banquette volontiers, mais ceux qui ont gagné le font de meilleur cœur que les autres. Et grand' chère ! »

Pour conclure, la force du rire mène à la puissance du savoir. Pour Rabelais, il ne s'agit pas de faire rire simplement et gratuitement ses lecteurs, mais de renforcer la portée prophylactique du rire afin d'amener à la connaissance et donc à la synthèse de l'idéal humaniste. La connaissance mène à la jouissance tout buveur-lecteur qui saura interpréter les mots de *Gargantua* tout en buvant à la santé de son auteur. *Subito presto !*

utopie : société imaginaire idéale qui réaliserait le bonheur de chacun.

clausule : dernier membre d'une strophe, d'une période oratoire ou d'un vers.

La conclusion est composée de deux parties :
– la **synthèse** du développement, qui répond à la problématique ;
– l'**ouverture**, qui propose de nouvelles perspectives.

• **prophylactique** : qui prévient une maladie, protège la santé.
• ***subito presto*** : littéralement, « subitement et sur-le-champ ». Formule finale du prologue de *Gargantua*, qui invite le lecteur à boire à la santé de Rabelais.

Dissertation 3 → p. 50

Plan détaillé

« Les hommes naissent et demeurent libres et égaux en droits », telle est l'affirmation fondamentale de la *Déclaration des droits de l'homme et du citoyen*. Mais, dans les faits, la réalité rappelle combien la condition féminine a longtemps été mise de côté. Cette majorité opprimée que sont les femmes, asservies par les hommes et par une société lourdement sclérosée, a trouvé en Olympe de Gouges l'étendard de l'affirmation des droits de la femme. La Révolution bouleverse l'ordre social, mais la femme demeure l'éternelle oubliée. En écho à la *Déclaration des droits de l'homme et du citoyen*, le texte fondateur de la *Déclaration des droits de la femme et de la citoyenne* dresse le plaidoyer de la cause féminine. Pourtant, il s'y lit aussi en filigrane l'affirmation de l'égalité du genre humain. De fait, une question émerge : en quoi le plaidoyer d'Olympe de Gouges en faveur des femmes se lit-il comme un appel à l'égalité du genre humain ? Dans un premier temps, la *Déclaration des droits de la femme et de la citoyenne* sera abordée comme un plaidoyer pour les femmes ; dans un deuxième temps sera évoquée la dénonciation des abus masculins ; dans un troisième temps, le texte d'Olympe de Gouges sera analysé en tant qu'appel à l'égalité du genre humain.

L'introduction est composée de trois parties :
– l'**accroche** ;
– la **problématique** (soit le sujet reformulé sous forme interrogative) ;
– le **plan en trois parties**.

• **asservi** : privé de liberté et d'indépendance.
• **sclérosé** : figé, immobilisé.
• **étendard** : symbole d'une cause, signe de ralliement.

• On présente rapidement le texte en indiquant dans quel **genre littéraire** il s'inscrit et en évoquant son **thème**.
• On aborde ensuite le **point de tension du sujet**, qui va permettre d'introduire la problématique.

I. Un plaidoyer pour les femmes

A) Affirmer les droits de la femme

• La reconnaissance des « droits naturels, inaltérables et sacrés de la femme » :
➔ ces droits sont énumérés par Olympe de Gouges dans l'article 2 de la *Déclaration des droits de la femme et de la citoyenne* : il s'agit de « la liberté, la prospérité, la sûreté et surtout la résistance à l'oppression » ;
➔ l'objectif du plaidoyer d'Olympe de Gouges consiste à énoncer et définir ces droits afin de mieux les faire respecter.

• L'affirmation des droits de la femme :
➔ en tant que femme : « La femme naît libre et demeure égale en droits à l'homme » (article 1) ;
➔ en tant que citoyenne à part entière : « toutes les citoyennes et citoyens étant égaux [aux yeux de la loi] doivent être également admissibles à toutes dignités, places et emplois publics » (article 6).

B) Amener au réveil des femmes

• Un plaidoyer prenant la forme d'une harangue :
➔ dans le postambule, Olympe de Gouges s'adresse directement aux femmes : « Femme, réveille-toi » ;
➔ il s'agit d'amener les femmes à croire en leur force et en leur solidarité.

• Un appel aux sentiments et à la raison :
➔ par ses multiples apostrophes aux femmes, ses exclamations et ses nombreuses questions rhétoriques, Olympe de Gouges en appelle à l'indignation de ses lectrices : « Ô femmes ! femmes, quand cesserez-vous d'être aveugles ? » (postambule) ;
➔ elle s'adresse également à la raison de chaque femme : « opposez courageusement la force de la raison aux vaines prétentions de supériorité : réunissez-vous sous les étendards de la philosophie » (postambule).

II. Une dénonciation des abus masculins

A) Dénoncer les clichés pour mieux les combattre

• Une dénonciation de la misogynie de la société :
➔ dans le préambule, Olympe de Gouges souligne les conséquences du « mépris des droits de la femme » sur la société : « Considérant que l'ignorance, l'oubli ou le mépris des droits de la femme sont les seules causes des malheurs publics et de la corruption des gouvernements » ;
➔ dans le postambule, elle feint d'adopter le point de vue des « sages législateurs » sur les femmes afin de s'y opposer par la suite.

• Un réquisitoire contre les hommes :
➔ Olympe de Gouges désigne plusieurs catégories d'hommes par des termes péjoratifs : elle évoque « les tartuffes, les bégueules, le clergé et toute la séquelle infernale » (postambule) ;
➔ elle dresse un sombre tableau des relations hommes-femmes.

Le **plaidoyer** est une parole performative qui vise à susciter un effet sur l'auditoire qu'il faut savoir décrypter : s'agit-il de plaire, d'instruire ou d'émouvoir ?

• Pour appuyer et étoffer vos arguments, pensez à recourir à des **citations** du texte.
• Veillez à situer chaque citation dans l'œuvre en indiquant de quel **article** ou de quelle partie elle est extraite.

Il est parfois nécessaire de modifier une citation afin de la rendre plus compréhensible. Dans ce cas, le passage modifié doit être indiqué entre **crochets**.

harangue : discours solennel fait devant une personne d'un rang ou d'une dignité élevé(e), une assemblée ou une foule.

question rhétorique : question qui n'attend pas de réponse.

Dans son plaidoyer, Olympe de Gouges cherche à la fois à **émouvoir** et à **instruire** afin d'agir sur ses destinataires : il s'agit à la fois de persuader (en sollicitant les sentiments du lecteur) et de convaincre (en sollicitant sa raison).

misogynie : mépris ou haine des femmes.

réquisitoire : discours qui relève du judiciaire et qui vise à accuser une institution, une personne ou une idée.

• **tartuffe** : faux dévot, personne fourbe et hypocrite.
• **bégueule** : personne manifestant une pruderie excessive ou feinte.
• **séquelle** : suite de personnes attachées à quelqu'un.

B) Libérer la femme de son rôle sclérosant

• La femme en tant que mère :
→ à la fin du XVIIIe siècle, la femme est encore reléguée à un simple rôle naturel : elle est avant tout considérée comme une mère qui doit donner naissance à des enfants ;
→ mais Olympe de Gouges rappelle que la femme est plus qu'une mère et exhorte ses lectrices à se libérer de ce rôle figé.

exhorter : inciter, tenter d'amener quelqu'un à faire quelque chose.

• La femme, figure oubliée de la Révolution :
→ de nombreuses femmes ont participé à la Révolution ;
→ pourtant, les femmes ont ensuite été laissées pour compte dans l'acquisition de nouveaux droits : « Quels sont les avantages que vous avez recueillis dans la Révolution ? » (postambule).

III. Un appel à l'égalité du genre humain

A) Révolutionner la société pour l'équité

équité : principe consistant à attribuer à chacun ce qui lui est dû, de manière juste et impartiale.

• La fédération du corps social :
→ la loi doit être construite par l'ensemble des citoyens et des citoyennes : « La loi doit être l'expression de la volonté générale : toutes les citoyennes et citoyens doivent concourir [...] à sa formation » (article 6) ;
→ les hommes et les femmes doivent tous être soumis à la loi.

fédération : rassemblement, regroupement de plusieurs personnes ou groupes autour d'un projet commun.

Vous pouvez être amené à couper une citation. Dans ce cas, la coupe doit être indiquée par le signe **[...]**.

• Un combat pour la liberté :
→ la Révolution a permis aux hommes, aidés par les femmes, de se libérer de leurs chaînes : « L'homme esclave a multiplié ses forces, a eu besoin de recourir aux tiennes pour briser ses fers » (postambule) ;
→ le combat des femmes pour leur liberté est présenté comme une continuité de la logique révolutionnaire ;
→ Olympe de Gouges dénonce aussi l'esclavage : « Les colons prétendent régner en despotes sur des hommes dont ils sont les pères et les frères » (postambule).

despote : souverain tyrannique, personne exerçant un pouvoir absolu sur son entourage.

B) Affirmer l'égalité du genre humain

• Des êtres tous égaux :
→ les êtres humains sont tous soumis à un seul et même juge : « l'Être suprême » (préambule) ;
→ chacun doit respecter les « lois de la nature et de la raison » (articles 4 et 5).

Pour conclure, la *Déclaration des droits de la femme et de la citoyenne* peut être considérée comme un texte fondateur et visionnaire. Se doublant d'une dimension universelle, ce vibrant plaidoyer en faveur des femmes s'adresse finalement à la totalité du genre humain. Si Olympe de Gouges deviendra la martyre que l'Histoire connaît, cette figure emblématique de la cause féminine aura permis d'élever la voix des femmes pour mieux appeler à la communion du genre humain au nom de la raison et de l'équité, afin que la devise française « Liberté, Égalité, Fraternité » prône une vérité absolue.

La conclusion est composée de deux parties :
– la **synthèse** du développement, qui répond à la problématique ;
– l'**ouverture**, qui propose de nouvelles perspectives.

L'ouverture se fait en évoquant la **devise de la France**, ce qui renvoie au premier article de la *Déclaration des droits de l'homme et du citoyen* cité dans l'introduction.

SUJET 3

20 pts — 4 H

Le roman et le récit du Moyen Âge au XXIe siècle

Vous traiterez au choix un des sujets.

Commentaire

20 pts 4 H → Corrigé p. 80

› Vous proposerez un commentaire de cet extrait de *L'Étranger* d'Albert Camus.

TEXTE *L'Étranger*, Albert Camus

J'ai pensé que je n'avais qu'un demi-tour à faire et ce serait fini. Mais toute une plage vibrante de soleil se pressait derrière moi. J'ai fait quelques pas vers la source. L'Arabe n'a pas bougé. Malgré tout, il était encore assez loin. Peut-être à cause des ombres sur son visage, il avait l'air de rire. J'ai attendu. La brûlure du soleil gagnait mes joues et j'ai senti des gouttes de sueur s'amasser dans mes sourcils. C'était le même soleil que le jour où j'avais enterré maman et, comme alors, le front surtout me faisait mal et toutes ses veines battaient ensemble sous la peau. À cause de cette brûlure que je ne pouvais plus supporter, j'ai fait un mouvement en avant. Je savais que c'était stupide, que je ne me débarrasserais pas du soleil en me déplaçant d'un pas.

Mais j'ai fait un pas, un seul pas en avant. Et cette fois, sans se soulever, l'Arabe a tiré son couteau qu'il m'a présenté dans le soleil. La lumière a giclé sur l'acier et c'était comme une longue lame étincelante qui m'atteignait au front. Au même instant, la sueur amassée dans mes sourcils a coulé d'un coup sur les paupières et les a recouvertes d'un voile tiède et épais. Mes yeux étaient aveuglés derrière ce rideau de larmes et de sel. Je ne sentais plus que les cymbales[1] du soleil sur mon front et, indistinctement, le glaive éclatant jailli du couteau toujours en face de moi. Cette épée brûlante rongeait mes cils et fouillait mes yeux douloureux.

C'est alors que tout a vacillé. La mer a charrié[2] un souffle épais et ardent. Il m'a semblé que le ciel s'ouvrait sur toute son étendue pour laisser pleuvoir du feu. Tout mon être s'est tendu et j'ai crispé ma main sur le revolver. La gâchette a cédé, j'ai touché le ventre poli de la crosse et c'est là, dans le bruit à la fois sec et assourdissant, que tout a commencé. J'ai secoué la sueur et le soleil. J'ai compris que j'avais détruit l'équilibre du jour, le silence exceptionnel d'une plage où j'avais été heureux. Alors, j'ai tiré encore quatre fois sur un corps inerte où les balles s'enfonçaient sans qu'il y parût. Et c'était comme quatre coups brefs que je frappais sur la porte du malheur.

Albert Camus, *L'Étranger*, partie I, chapitre 5, © Éditions Gallimard, 1942.

1. *Cymbale :* instrument à percussion.
2. *Charrier :* entraîner, transporter.

Comprendre le texte

ÉTAPE 1 Lire le texte

- **Lire le texte plusieurs fois** afin d'en saisir le sens général.
- **Repérer et définir les mots-clés :**
  – « douloureux » : la souffrance apparaît dans le corps du personnage, qui se retrouve prisonnier d'un environnement hostile ;
  – « malheur » : ce terme renvoie à la fatalité. Il évoque un moment-clé dans la vie du protagoniste, un acte qui va l'impacter pour toujours sans qu'il en soit vraiment l'auteur.

ÉTAPE 2 Extraire les informations pertinentes

- **Situer l'extrait dans l'œuvre :** il s'agit de la fin de la première partie. Elle coïncide avec l'acmé, c'est-à-dire le point culminant de la bascule tragique.
- **Se poser les questions essentielles :**
  – Quel moment ou thème est ici évoqué ?
  ➔ L'extrait évoque un crime qui résulte d'un processus subi par le personnage, Meursault.
  – Comment est-il présenté ?
  ➔ Le protagoniste est réifié, c'est-à-dire réduit à l'état d'objet : il subit la situation.
  – Combien de mouvements constituent le texte ?
  ➔ On distingue trois mouvements :
  1) l'ancrage situationnel : présentation du face-à-face ;
  2) la douleur de Meursault ;
  3) le coup de feu.

› Exercice

Relevez les différents mouvements du texte et résumez chacun d'eux en une phrase.

Mouvement 1 (ligne 1 à 12) **:** Meursault, gêné par le soleil, avance d'un pas, alors qu'il est face à un homme venu pour en découdre.

Mouvement 2 (ligne .... à ....) **:**

....

....

....

....

....

Mouvement 3 (ligne .... à ....) **:**

....

....

....

....

....

Les conseils du prof !

- Aidez-vous des différents **paragraphes** et des indications données dans l'encadré ci-dessus pour délimiter les mouvements du texte.
- Vérifiez la **compréhension** que vous avez du texte en répondant aux questions suivantes : qui ? Où et quand ? Quoi ? Comment ?
- Entourez les **mots inconnus** et essayez de les définir à partir du contexte. Il faut éviter que des zones d'ombre persistent car cela risquerait de nuire à la pertinence de votre analyse.

Analyser le texte

ÉTAPE 1 Repérer les mots-clés et les procédés stylistiques

- **Relever les éléments caractéristiques du registre tragique :**
  – l'impuissance du protagoniste : emprisonnement de l'être dans une situation qui l'accable et le réifie (« Je savais […] que je ne me débarrasserais pas du soleil ») ;
  – la fatalité : évocation d'un point de bascule (« C'est alors que tout a vacillé ») qui entraîne la perte de l'équilibre. Le face-à-face dévie en affrontement.
- **Relever les éléments spécifiques à l'extrait :**
  – la douleur : le champ lexical de la souffrance représente le corps comme un étau ;
  – la perception : la perte des repères sensoriels et le manque de discernement rendent encore plus floue et précaire la situation de Meursault ;
  – la passivité : Meursault n'est qu'un pantin qui subit l'action.

ÉTAPE 2 Interpréter et regrouper les différentes observations

- **Regrouper et classer les éléments relevés :**
  – le personnage, Meursault, se retrouve dépouillé de sa capacité de décision. Il vit la situation malgré lui. On parle de processus de passivité, de réification ;
  – l'environnement se fait de plus en plus agressif et oppressant. Il fonctionne par compression sur le personnage, l'amenant ainsi à un acte irréversible ;
  – il semble exister un ordre supérieur, orchestrant toute l'action pour mieux enfermer le protagoniste dans une logique de fatalité et d'inexorabilité.

› Exercice

Repérez dans le texte les éléments renvoyant aux thèmes suivants, en les entourant dans la couleur correspondante :

☐ la souffrance

☐ la fatalité

☐ la tension de l'environnement

Les conseils du prof !

- L'analyse du texte est une étape essentielle car elle permet de dégager les éléments incontournables à partir desquels vous pourrez construire votre commentaire.
- Un crayon à la main, relevez tous les **tours**, c'est-à-dire les figures de style qui font la singularité et l'originalité du texte.

Mobiliser vos connaissances

ÉTAPE 1 Mobiliser son cours

- **Les deux pôles illustrés par les œuvres de Camus :**
  – l'absurde s'incarne dans Le *Mythe de Sisyphe* et *L'Étranger* ;
  – la révolte s'incarne dans *La Peste* et *Les Justes*.
- **L'absurde :**
  – c'est la morale établie par Camus ;
  – il s'agit de la prise de conscience du non-sens de la vie, qui mène l'homme à vivre « sans appel » et à épuiser les joies de cette terre ;
  – le personnage de Meursault cristallise cet absurde : dans la première partie du roman, il est l'homme avant la prise de conscience de l'absurde. Il manque de lucidité, reste empêtré dans une torpeur qui l'aliène.
- **La nature humaine :**
  – c'est la valeur qui donne à l'action du sens et des limites ;
  – l'homme peut se révolter pour conquérir un sens qui lui échappe.

ÉTAPE 2 Replacer le texte dans l'œuvre

- **Le basculement vers l'absurde :**
  – l'extrait étudié se place à la charnière de l'absurde. Il opère une bascule dans un clivage qui représente l'homme avant la prise de conscience de l'absurde, traduite par le cheminement de Meursault dans la première partie et l'avènement de la conscience dans la seconde partie ;
  – c'est le crime, résonnant comme un acte insensé et inconsidéré, qui permet la prise de conscience salvatrice.

› Exercice

Reliez vos connaissances sur l'œuvre à l'extrait étudié en donnant des exemples issus du texte pour chaque notion proposée.

Notion abordée dans l'œuvre	Éléments correspondants dans le texte
La confusion	....
Le non-sens vécu comme une fatalité	....
Le début d'une prise de conscience	« J'ai compris que j'avais détruit l'équilibre du jour, le silence exceptionnel d'une plage où j'avais été heureux. » (l. 29-30) ....

Les conseils du prof !

- Pour vous aider à acquérir des éléments de connaissance littéraire, n'hésitez pas à faire des **fiches de synthèse** qui récapitulent les grands mouvements littéraires, mais aussi les auteurs incontournables.
- Créez-vous une **frise** pour éviter tout anachronisme, mais également toute imprécision contextuelle.

Élaborer un plan

ÉTAPE 1 Définir une problématique

- La problématique est une **question de fond** qui recouvre tous les enjeux du texte. Pour la formuler, évitez les questions totales auxquelles on répond par « oui » ou « non ».
- Cet extrait construit une **bascule entre un avant et un après**. N'hésitez pas à proposer une question à double mouvement, interrogeant les modalités de la mise en tension de l'acte.
- **Problématique retenue :** comment la dynamique du tragique marque-t-elle un point de bascule dans l'évolution du personnage ?

ÉTAPE 2 Dégager les grands axes

- **I. Un personnage aliéné**
  A) La passivité
  B) L'exacerbation des sens : la douleur
  C) Une perception confuse
- **II. Les rouages inexorables de la fatalité**
  A) L'absurde
  B) L'étau des circonstances
  C) Le seuil

› Exercice

Complétez le tableau suivant en listant des éléments du texte pour chaque sous-partie.

Partie	Sous-partie	Éléments correspondants dans le texte
I. Un personnage aliéné	A) La passivité	....
	B) L'exacerbation des sens : la douleur	....
	C) Une perception confuse	....
II. Les rouages inexorables de la fatalité	A) L'absurde	....
	B) L'étau des circonstances	....
	C) Le seuil	....

Les conseils du prof !

- Pour construire votre plan, aidez-vous des regroupements effectués dans les étapes précédentes.
- **Votre plan devra comprendre :**
  – deux ou trois grandes parties, divisées en plusieurs sous-parties ;
  – des liens logiques avec des connecteurs entre les grandes parties ;
  – des transitions ;
  – un va-et-vient entre les remarques et leur analyse ;
  – des paragraphes, des alinéas et des sauts de ligne adaptés.

› Je rédige le commentaire

Imprimez votre copie pour rédiger

Dissertation 1

20 pts · 4 H → Corrigé p. 83

› « Lisez *La Peau de chagrin*, vous en avez pour trois nuits d'images éclatantes et terribles qui soulèveront les rideaux de votre alcôve, pour peu que la nature vous ait doué d'imagination », écrit Philarète Chasles dans un article du *Messager des Chambres* le 6 août 1831. En quoi cette critique illustre-t-elle *La Peau de chagrin* d'Honoré de Balzac ?

Parcours : Les romans de l'énergie : création et destruction

Analyser le sujet

ÉTAPE 1 Comprendre le sujet

- **Repérer et définir les mots-clés :**
  – « trois nuits » : allusion aux temps forts de l'œuvre, qui se déroulent la nuit, et à sa structure en triptyque (trois parties) ;
  – « images éclatantes et terribles » : l'écriture de Balzac est ainsi caractérisée. Il s'agit d'un style fin et puissant, amenant le lecteur à ouvrir son imaginaire, à vibrer avec énergie au récit ;
  – « alcôve » : renfoncement dans le mur d'une chambre, où l'on place un ou plusieurs lits. L'expression « rideaux de votre alcôve » met en évidence l'intimité, la dimension intérieure de la vie du protagoniste ;
  – « imagination » : faculté de l'homme à se représenter ce qui est immatériel ou abstrait. Le lecteur est convié à s'investir pour profiter pleinement de l'œuvre.
- **Distinguer les rapports logiques :** les expressions « images éclatantes et terribles », « rideaux de votre alcôve » et « imagination » sont liées par un faisceau logique. Leur combinaison permet de définir l'œuvre.

ÉTAPE 2 Identifier la problématique

- **Repérer le point de tension :** on peut convier des avis contraires à celui de Philarète Chasles, comme celui de Sainte-Beuve : « *La Peau de chagrin*, fétide et putride, spirituel, pourri, enluminé, papilloté et merveilleux par la manière de saisir et de faire briller les moindres petites choses ».
- **Reformuler la problématique :** quels procédés mis en œuvre façonnent la singularité de *La Peau de chagrin* comme roman fascinant, voire magnétique ?

› Exercice

Complétez le tableau suivant en mettant en évidence les aspects de l'œuvre qui, à votre sens, illustrent les trois expressions utilisées par Philarète Chasles dans sa critique de *La Peau de chagrin*.

Expression	Éléments correspondants dans *La Peau de chagrin*
« images éclatantes et terribles »	
« rideaux de votre alcôve »	
« imagination »	

Les conseils du prof !

- Pour mener à bien une dissertation sur une œuvre, il est essentiel d'en maîtriser l'histoire. Pour cela, n'hésitez pas à établir un **résumé**, mais aussi une **frise chronologique** sur laquelle vous placerez les différents événements.
- Lors de votre lecture, pensez à faire des **relevés thématiques**, c'est-à-dire à dégager les grands thèmes de l'œuvre tout en mettant en évidence les éléments qui s'y rapportent.
- Veillez à connaître les **passages-clés** et des **citations** qui vous permettront d'illustrer ces grands thèmes. Ne choisissez pas de longues citations, mais plutôt des fragments courts et significatifs.

Mobiliser vos connaissances

ÉTAPE 1 Mobiliser son cours

- **Un récit fantastique :**
  – la scène de rencontre avec le petit vieillard, créature étrange et inquiétante, est un moment crucial qui révèle un mystère se fondant sur la mise en évidence de la peau de chagrin ;
  – la peau de chagrin, objet magique qui va dominer la vie du protagoniste, Raphaël, est au cœur de l'intrigue.
- **Un miroir de la condition humaine :**
  – le personnage de Rastignac corrompt l'innocence de Raphaël, qui se damne pour un pacte. Sa lente et longue agonie, qui empêche son bonheur auprès de Pauline, le musèle dans le malheur ;
  – les portraits des déclassés, d'une jeunesse cynique et mondaine, révèlent une société débauchée car désenchantée et désabusée, où les bonheurs sont éphémères ;
  – le roman s'inscrit dans *La Comédie humaine*, œuvre gigantesque de Balzac formant une « histoire naturelle de la société » et constituée de près de cent ouvrages.

ÉTAPE 2 Sélectionner les informations adéquates

- **Une jeunesse cynique :**
  – elle est incarnée par la « joyeuse bande » qui emmène Raphaël à la soirée du banquier Taillefer, et notamment par Rastignac, archétype de l'opportuniste ;
  – les femmes sont décrites comme des créatures sensuelles et sans cœur, à l'image de la comtesse Fœdora, inaccessible égérie d'une société hypocrite et fausse, sur laquelle elle règne en maîtresse totale.
- **Textes-clés :** Shakespeare, *Hamlet* (1603) ; Balzac, *Jésus-Christ en Flandre* (1846) ; Flaubert, *La Tentation de saint Antoine* (1874).

› Exercice

Lisez l'extrait suivant, tiré de *Jésus-Christ en Flandre* de Balzac, puis mettez en évidence ses similitudes avec *La Peau de chagrin*.

Une femme desséchée me prit la main et me communiqua le froid le plus horrible aux nerfs. Ses os se voyaient à travers la peau ridée de sa figure blême[1] et presque verdâtre. Cette petite vieille froide portait une robe noire traînée dans la poussière, et gardait à son cou quelque chose de blanc que je n'osais examiner. Ses yeux fixes, levés vers le ciel, ne laissaient voir que le blanc des prunelles. Elle m'entraînait à travers l'église et marquait son passage par des cendres qui tombaient de sa robe. En marchant, ses os claquèrent comme ceux d'un squelette. À mesure que nous marchions, j'entendais derrière moi le tintement d'une clochette dont les sons pleins d'aigreur retentirent dans mon cerveau, comme ceux d'un harmonica.

— Il faut souffrir, il faut souffrir, me disait-elle.

Nous sortîmes de l'église, et traversâmes les rues les plus fangeuses[2] de la ville ; puis, elle me fit entrer dans une maison noire où elle m'attira en criant de sa voix, dont le timbre était fêlé comme celui d'une cloche cassée :

— Défends-moi, défends-moi !

Nous montâmes un escalier tortueux. Quand elle eut frappé à une porte obscure, un homme muet, semblable aux familiers de l'inquisition, ouvrit cette porte. Nous nous trouvâmes bientôt dans une chambre tendue de vieilles tapisseries trouées, pleine de vieux linges, de mousselines[3] fanées, de cuivres[4] dorés.

— Voilà d'éternelles richesses ! dit-elle.

Je frémis d'horreur en voyant alors distinctement, à la lueur d'une longue torche et de deux cierges, que cette femme devait être récemment sortie d'un cimetière. Elle n'avait pas de cheveux. Je voulus fuir, elle fit mouvoir son bras de squelette et m'entoura d'un cercle de fer armé de pointes. À ce mouvement, un cri poussé par des millions de voix, le hurrah[5] des morts, retentit près de nous !

Honoré de Balzac, *Jésus-Christ en Flandre*, 1846.

1. *Blême :* d'une pâleur extrême, maladive.
2. *Fangeux :* boueux.
3. *Mousseline :* tissu fin et transparent, fait de coton, soie ou laine.
4. *Cuivre :* objet ou ustensile en cuivre.
5. *Hurrah :* cri de guerre ou d'acclamation.

Thème ou motif	Éléments présents dans l'extrait	Éléments correspondants dans *La Peau de chagrin*
L'irruption du fantastique dans le réel	La rencontre avec une femme qui n'appartient pas à ce monde : c'est une silhouette d'outre-tombe qui vient influencer la destinée du personnage	La découverte de la peau de chagrin par Raphaël, avec l'inscription « Si tu me possèdes, tu posséderas tout. [...] Me veux-tu ? Prends. Dieu t'exaucera. Soit ! »
....	....	....
....	....	....
....	....	....
....	....	....

Les conseils du prof !

Si vous éprouvez des difficultés à remplir le tableau, vous pouvez procéder par étapes :

1) Complétez d'abord la **deuxième colonne**. Pour ce faire, analysez attentivement l'extrait et posez-vous les questions suivantes :
- Que se passe-t-il ?
- Quels sont les personnages ?
- Comment est décrite la scène ?
- Quels thèmes sont abordés ?

2) Complétez ensuite la **première colonne**. À partir de vos relevés sur l'extrait, dégagez un motif général. Cela peut être un thème ou une idée, un genre littéraire ou une tonalité, un personnage type...

3) Enfin, complétez la **troisième colonne**. Pour vous aider, appuyez-vous sur le contenu des deux autres colonnes, mais aussi sur l'exercice et les encadrés précédents.

Élaborer un plan

ÉTAPE 1 **Choisir le type de plan adapté au sujet**

- On adoptera un plan **thématique**, qui mettra en lumière chaque facette de la citation :
  – « trois nuits » : la première partie portera sur les **moments décisifs** qui dessinent la destinée du protagoniste ;
  – « les rideaux de votre alcôve » : la deuxième partie traitera de la **peinture de la nature humaine** que dessine *La Peau de chagrin* ;
  – « images éclatantes et terribles », « imagination » : la troisième partie évoquera les **spécificités de l'écriture** de Balzac, la façon dont il mêle réalisme et fantastique dans son œuvre.

ÉTAPE 2 **Dégager les grands axes**

- **I. Entre réalisme et fantastique : itinéraire romanesque**
  A) Le Talisman : le pacte scellé
  B) La Femme sans cœur : la perte des illusions
  C) L'Agonie : la révélation de l'amour
- **II. Le miroir de l'humanité : les types humains**
  A) La désespérance humaine : les femmes
  B) L'opportunisme : Rastignac, les parvenus
  C) Le cynisme : Fœdora
- **III. La transcendance de l'écriture**
  A) Tableaux parisiens : la société nocturne
  B) Des scènes saisissantes
  C) La symbolique du talisman

› Exercice

Dressez l'argumentaire du plan proposé : pour chaque sous-partie, trouvez un argument et un exemple.

Partie	Sous-partie	Argument et exemple
I. Entre réalisme et fantastique : itinéraire romanesque	A) Le Talisman : le pacte scellé	
	B) La Femme sans cœur : la perte des illusions	
	C) L'Agonie : la révélation de l'amour	
II. Le miroir de l'humanité : les types humains	A) La désespérance humaine : les femmes	
	B) L'opportunisme : Rastignac, les parvenus	
	C) Le cynisme : Fœdora	
III. La transcendance de l'écriture	A) Tableaux parisiens : la société nocturne	
	B) Des scènes saisissantes	
	C) La symbolique du talisman	

Les conseils du prof !

- La première partie s'appuie sur la **structure** de l'œuvre. *La Peau de chagrin* est constituée de trois parties :
  1) Le Talisman (ouverture du récit au fantastique) ;
  2) La Femme sans cœur ;
  3) L'Agonie (apogée de la tension narrative, achèvement de la destinée de Raphaël).
- La deuxième partie est construite autour des **personnages**. On rejoint ici l'optique de *La Comédie humaine* : « La société ne fait-elle pas de l'homme, suivant les milieux où son action se déploie, autant d'hommes différents qu'il y a de variétés en zoologie ? Il a donc existé, il existera de tout temps des espèces sociales comme il y a des espèces zoologiques. »
- La troisième partie étudie l'**écriture**, les spécificités du style de Balzac.

Construire la conclusion

ÉTAPE 1 Faire une synthèse

- La synthèse permet de **récapituler** ce qui a été démontré dans le développement. Elle doit commencer par un connecteur comme « Pour conclure ». On y reprend les mots-clés du sujet.
- Il faut d'abord répondre à la question posée par le sujet : celui-ci donne à s'interroger sur le **croisement du réalisme et du fantastique** pour mettre en lumière l'originalité de l'œuvre.

ÉTAPE 2 Faire une ouverture

- L'ouverture donne de **nouvelles perspectives** au sujet. Elle peut évoquer une œuvre, un auteur ou un aspect du sujet qui vient en prolongement.
- Après avoir répondu à la question posée par le sujet on peut rapprocher *La Peau de chagrin* d'une **autre œuvre** qui fonctionne sur la même dynamique ou qui utilise le même *topos*.

› Exercice

À partir du plan construit dans l'étape précédente et des indications données dans l'encadré ci-dessus, rédigez la conclusion de cette dissertation.

Synthèse :

....

....

....

....

....

....

....

Ouverture :

....

....

....

....

....

....

....

Les conseils du prof !

- Pour construire la conclusion, il est essentiel de reprendre les **axes majeurs** dégagés dans votre développement.
- Une conclusion suit toujours la même structure, à savoir une **synthèse** et une **ouverture**. Pour vous aider à en comprendre la logique, retenez la phrase suivante : « Pour conclure, on ferme la porte, puis on ouvre la fenêtre. »
- N'hésitez pas à utiliser des **termes techniques**. Par exemple, rappelez-vous que le mot *topos* (au pluriel, *topoï*) désigne un lieu commun, un motif très répandu.

› Je rédige la dissertation

Imprimez votre copie pour rédiger

Dissertation 2

20 pts 4 H → Corrigé p. 86

› **Entre raison et sensibilité, comment se marque la marginalité dans l'univers romanesque de *Manon Lescaut* de l'abbé Prévost ?**

Parcours : Personnages en marge, plaisirs du romanesque

Analyser le sujet

ÉTAPE 1 Comprendre le sujet

- **Repérer et définir les mots-clés :**
  - « raison » : du latin *ratio* qui désigne l'entendement, ce terme évoque la pensée, les facultés d'analyse de l'être humain ;
  - « sensibilité » : faculté de ressentir profondément des impressions, d'éprouver des sentiments, de vivre une vie affective intense ;
  - « marginalité » : qui est à la limite de l'exclusion d'un groupe par l'expression d'un caractère singulier.
- **Distinguer les rapports logiques :**
  - « entre » révèle une association, mais aussi un intermédiaire, c'est-à-dire un entre-deux d'où jaillit la marginalité ;
  - de fait, une logique cause/conséquence s'élabore : l'oscillation entre raison et sensibilité aboutit à la marginalité comme matrice de l'univers romanesque ;
  - il est donc essentiel de déterminer les différentes facettes de la raison et de la sensibilité tout en interrogeant la définition même de ces concepts, pour mieux mettre en lumière la contradiction menant à l'exclusion.

ÉTAPE 2 Identifier la problématique

- **Se poser les bonnes questions :**
  - Quelles sont les manifestations de la raison et de la sensibilité dans *Manon Lescaut* ?
  - Comment l'association de la raison et de la sensibilité aboutit-elle à la marginalité ?
  - Quelles sont les expressions de la marginalité dans le roman ?
- **Reformuler la problématique :** comment, dans *Manon Lescaut*, se manifeste la marginalité selon le clivage raison/sensibilité ?

› **Exercice**

Complétez le tableau suivant en y listant des aspects de la raison, de la sensibilité et de la marginalité tels qu'ils se manifestent dans *Manon Lescaut*.

Raison	Sensibilité	Marginalité
D.G choisit	→ amour D.G	société
l'amour	Manon	être
passionel	↓	passion amoureuse
destructeur	sensible aux	
de la moral	tromperies	
religieuse	de Manon	
(privilégie la	→ amitié	
liberté et	mise en déséquibre	
l'aventure, le fait de se sentir vivant	(Tiberge/D.G)	

Les conseils du prof !

Les termes « raison » et « sensibilité » doivent être envisagés dans le contexte des Lumières :
- la **raison** renvoie à l'ordre établi par la logique. Dumarsais la définit ainsi dans l'article « Philosophe » de l'*Encyclopédie* : « La raison est à l'égard du philosophe ce que la grâce est à l'égard du chrétien. La grâce détermine le chrétien à agir ; la raison détermine le philosophe » ;
- la **sensibilité** renvoie à l'ordre établi par l'émotion. Elle évoque le sentiment qui, en naissant, transforme l'être. Elle incite à la compassion et mène à la vertu morale.

Mobiliser vos connaissances

ÉTAPE 1 Mobiliser son cours

- **Un roman des Lumières :**
  – *Manon Lescaut* s'inscrit dans le siècle des Lumières, qui prônent la libération de la pensée et érigent la raison comme principe fondateur de la progression de l'homme ;
  – c'est la raison qui doit valider chaque idée, loi et coutume car la vérité peut être prouvée grâce à la logique ou à l'observation scientifique ;
  – le philosophe lutte contre les préjugés, et ce dans tous les domaines. Il défend la libre-pensée et prône la tolérance ;
  – le progrès passe par l'éducation, et surtout par la propagation de l'idéal des Lumières.
- **La sensibilité :**
  – elle mène à la compassion, et donc à la vertu. Il est important pour l'homme d'être attentif à ses émotions pour pouvoir progresser ;
  – la sensibilité est en lien avec la réflexion sur la nature et sa contemplation ;
  – le courant sensible rappelle combien l'amour est prédestiné et qu'il est important de savoir se protéger des affres de la passion, qui demeure fatale.

ÉTAPE 2 Sélectionner les informations adéquates

- **Textes-clés :**
  – sur la raison : Voltaire, *Zadig* (1747) ; Diderot, l'*Encyclopédie* (1751), *Supplément au Voyage de Bougainville* (1796) et *Le Neveu de Rameau* (1805) ;
  – sur la sensibilité : Marivaux, *Le Jeu de l'amour et du hasard* (1730) ; Rousseau, *Julie ou la Nouvelle Héloïse* (1761) ; Goethe, *Les Souffrances du jeune Werther* (1774).

› Exercice

Resituez les citations suivantes de *Manon Lescaut* dans l'œuvre, puis analysez-les.

Citation 1 : « La douceur de ses regards, un air charmant de tristesse en prononçant ces paroles, ou plutôt l'ascendant de ma destinée, qui m'entraînait à ma perte, ne me permirent pas de balancer un moment sur ma réponse. »

Place dans l'œuvre : ....

....

Analyse : ....

....

Citation 2 : « Vénus et la fortune n'avaient point d'esclaves plus heureux et plus tendres. Dieux ! Pourquoi nommer le monde un lieu de misères, puisqu'on y peut goûter de si charmantes délices ! »

Place dans l'œuvre : ....

....

Analyse : ....

....

Citation 3 : « Vivre en Europe, vivre en Amérique, que m'importait-il en quel endroit vivre, si j'étais sûr d'y être heureux en y vivant avec ma maîtresse ? Tout l'univers n'est-il pas la patrie de deux amants fidèles ? »

Place dans l'œuvre : ....

....

Analyse : ....

....

Les conseils du prof !

- Assurez-vous de bien connaître la **structure** et les **passages-clés** de l'œuvre.
- Veillez également à vous constituer un petit stock de **citations**. Vous devez pouvoir les replacer dans le roman et être capable de les analyser. Pour vous aider, posez-vous les questions suivantes :
  – Dans quel passage du roman cette citation s'inscrit-elle ? S'agit-il d'un moment important de l'œuvre ?
  – Quelle idée cette citation véhicule-t-elle ?
  – Quel thème est ici abordé ? Comment ce thème est-il traité dans le reste du roman ?

Élaborer un plan

ÉTAPE 1 Trouver le cheminement logique

- Le sujet demande à être décliné selon ses différents aspects. C'est pourquoi il est essentiel d'en cerner les **sphères d'application**.
- Dans *Manon Lescaut*, la **marginalité** est incarnée par les protagonistes qui, par leurs actes, se mettent au ban de la société. Elle se décline sous plusieurs aspects :
  – la psychologie (la contradiction) ;
  – le lieu (l'exil) ;
  – les actes répréhensibles aux yeux de la société (la passion considérée comme coupable).
- Pour traiter du thème de la marginalité dans le roman de l'abbé Prévost, voici les trois axes que l'on peut envisager :
  – les **personnages** (leur construction et leur évolution) ;
  – la **société** (les lieux et les codes) ;
  – la **passion** (ses causes et ses conséquences).

ÉTAPE 2 Dégager les grands axes

- **I. La marginalité de l'être**
- **II. La marginalité de la société**
- **III. La marginalité du cœur**

› Exercice

Complétez le plan proposé : trouvez les sous-parties et écrivez une phrase de transition entre chaque partie.

I. La marginalité de l'être

A) être libertin, immoral

B) un être moral pervertit

C) ……………………

Phrase de transition : ……………………

……………………

II. La marginalité de la société

A) société religieuse

B) société libertine

C) influence l'une sur l'autre

Phrase de transition : ……………………

……………………

III. La marginalité du cœur

A) ……………………

) ……………………

……………………

Les conseils du prof !

- Avant de commencer à chercher le plan, recopiez la problématique pour bien la mettre en lien avec le **cheminement logique** proposé.
- Pour trouver les sous-parties des grands axes, vous devez travailler à partir de vos connaissances, mais également utiliser les idées que vous aurez eues dès le début du temps de composition. C'est pourquoi il est fortement conseillé de noter toutes ces idées sur un **brouillon** à part. Elles pourront se révéler essentielles.

…ge la dissertation Imprimez votre copie pour rédiger

Dissertation 3

20 pts · 4 H → Corrigé p. 88

› Dans *Les Vrilles de la vigne* et *Sido* de Colette, en quoi l'hommage à la nature participe-t-il à l'exaltation du moi et à la célébration du monde ?

Parcours : La célébration du monde

Analyser le sujet

ÉTAPE 1 Comprendre le sujet

- **Repérer et définir les mots-clés :**
  – « hommage » : marque de respect, de reconnaissance envers quelqu'un ou quelque chose, impliquant une vision méliorative, voire un éloge ;
  – « nature » : thématique-clé de Colette ;
  – « moi » : renvoie à l'individualité de la narratrice.
- **Distinguer les rapports logiques :**
  – « en quoi » peut être remplacé par « dans quelle mesure ». On envisage ici les points de convergence dans l'équivalence suivante : hommage à la nature = exaltation du moi + célébration du monde. La nature se distingue comme le prisme unissant l'individualité de la narratrice et son lien au monde ;
  – « et » : conjonction de coordination indiquant l'union entre l'exaltation du moi et la célébration du monde.

ÉTAPE 2 Identifier la problématique

- **Se poser les bonnes questions :**
  – Comment est représentée la nature dans l'œuvre de Colette ? Quel lien existe-t-il entre Colette et la nature ?
  – L'hommage à la nature participe-t-il à la vérité de l'être et à son lien avec le monde ? Peut-on ainsi définir la nature comme un intermédiaire entre l'homme et l'autre ?
  – L'œuvre de Colette s'impose-t-elle comme un hymne à la nature et donc au monde ?
  – Par l'écriture, la narratrice devient-elle le chantre de la création naturelle ?
- **Reformuler la problématique :** comment l'œuvre de Colette s'élève-t-elle en hymne à la nature et au monde, permettant l'union de l'être au monde ?

› Exercice

Le sujet aborde trois thématiques : l'hommage à la nature, l'exaltation du moi et la célébration du monde. À quelle thématique correspond chaque citation ? Vous justifierez votre choix.

Citation 1 : « Ô géraniums, ô digitales… Celles-ci fusant des bois-tallis, ceux-là en rampe allumés au long de la terrasse, c'est de votre reflet que ma joue d'enfant reçut un don vermeil. » (*Les Vrilles de la vigne*, « Dialogue de bêtes »)

Thématique : ....

....

Citation 2 : « Ainsi immobile et les yeux clos, elle habite chaque pelouse, chaque arbre, chaque fleur. » (*Les Vrilles de la vigne*, « Dialogue de bêtes »)

Thématique : ....

....

Citation 3 : « Car j'aimais tant l'aube, déjà, que ma mère me l'accordait en récompense. J'obtenais qu'elle m'éveillât à trois heures et demie, et je m'en allais, un panier vide à chaque bras, vers des terres maraîchères qui se réfugiaient dans le pli étroit de la rivière, vers les fraises, les cassis et les groseilles barbues. » (*Sido*)

Thématique : ....

....

Les conseils du prof !

- Afin de nourrir votre réflexion sur le sujet, vous devez vous familiariser avec l'œuvre de Colette. Quels **passages** et quelles **citations** ces trois thématiques vous évoquent-elles ? Cet exercice vous donnera quelques pistes.
- Veillez à bien comprendre le texte et assurez-vous de connaître les mots employés par Colette. Pour vous y aider, n'hésitez pas à consulter un **dictionnaire**, voire à constituer un petit **lexique**.
- Par exemple, pour la **citation 1** :
  – *géraniums, digitales :* plantes aux fleurs souvent rouges, roses ou violettes ;
  – *taillis :* partie d'une forêt constituée d'arbres de petite dimension ;
  – *vermeil :* d'un rouge vif.

Mobiliser vos connaissances

ÉTAPE 1 Mobiliser son cours

- **Un recueil hétéroclite :**
  – *Les Vrilles de la vigne* (1908) sont une série de nouvelles mettant en scène une pluralité de sujets, notamment des animaux ;
  – dans cette œuvre bucolique et d'inspiration autobiographique, Colette évoque avec nostalgie son village d'enfance ;
  – le recueil est constitué de nouvelles disparates, empruntant à différents genres : chroniques, poèmes en prose, scènes de théâtre…
- **Un autoportrait de l'enfance :**
  – *Sido* (1930) est une œuvre autobiographique dans laquelle Colette évoque des souvenirs romancés ;
  – la première partie de l'œuvre est consacrée à sa mère (« Sido »), la deuxième à son père (« Le capitaine ») et la troisième à ses frères (« Les sauvages »).

ÉTAPE 2 Sélectionner les informations adéquates

- **Le triptyque nature-moi-monde :**
  – Colette associe célébration du monde et exaltation du moi dans un rapport d'osmose, voire de symbiose ;
  – cette association repose sur les procédés de l'écriture du « je », de l'autobiographie, de la thématique bucolique et de l'hommage ;
  – dépeignant une nature idéalisée, l'œuvre de Colette s'inscrit dans le *topos* du *locus amoenus* (« lieu idyllique »), qui se double, sous l'influence du romantisme, d'un paysage intérieur.
- **Œuvres-clés :**
  – en littérature : George Sand, *La Mare au diable* (1846), roman champêtre mettant en scène la quête de l'amour par un jeune paysan veuf ;
  – en peinture : Claude Monet, *Meules* (1891) ; Raoul Dufy, *La Grille du jardin* (1942).

› Exercice

En prenant appui sur la citation suivante et sur l'exercice précédent, relevez les aspects essentiels de la célébration du monde, de l'exaltation du moi et de la symbiose avec la nature dans *Les Vrilles de la vigne* et *Sido*. À partir de vos relevés, créez le champ lexical de chaque aspect évoqué.

« Elle observe, elle perçoit, elle multiplie les sensations à l'infini, elle prête une vie à tout, parce qu'elle sent tout, et elle chante un hymne à cette vie, à cette nature. » (Pierre Trahard, *L'Art de Colette*)

	Célébration du monde	Exaltation du moi	Symbiose avec la nature
Relevés (citations, passages)	………………	………………	………………
Champ lexical	………………	………………	………………

Les conseils du prof !

- La **célébration du monde** relève de l'éloge. Elle engage donc un vocabulaire laudatif (élogieux, flatteur) et des descriptions mélioratives. Pour Colette, il s'agit de célébrer l'union, et donc l'osmose, entre l'être humain et son rapport au monde.
- L'**exaltation du moi** passe par l'extase et le ravissement de l'intimité. Chez Colette, elle s'exprime via le lyrisme, mais aussi via la dimension autobiographique qui apparaît dans les deux œuvres, sur des modalités différentes.
- La **symbiose avec la nature** transparaît dans la thématique bucolique, chère à Colette. Sous sa plume, des lieux emblématiques deviennent le symbole des protagonistes. Ainsi, le jardin est indissociable de la mère dans *Sido*.

Élaborer un plan

ÉTAPE 1 Choisir le type de plan adapté au sujet

- Le plan à adopter est à la fois **thématique** et **analytique** :
  – **thématique** car il reprend les différentes facettes du sujet (la nature, le moi, le monde) ;
  – **analytique** car il présente le cheminement amenant au plein accomplissement de l'être dans l'écriture.
- Il est essentiel de savoir mobiliser les procédés de l'autobiographie, du lyrisme et de l'expérience de l'écriture, scellant ainsi l'union de l'être au monde.

ÉTAPE 2 Dégager les grands axes

- **I. L'hymne à la nature**
  A) Une nature globalisée : faune et flore
  B) Sensation et nature
  C) *Locus amoenus*
- **II. La reconstruction du moi**
  A) Le temps des souvenirs
  B) Les ombres du passé
  C) La poétique du moi
- **III. La symbiose du moi et du monde**
  A) Communion et union
  B) *Carpe diem*
  C) L'achèvement de l'écriture

› Exercice

Dressez l'argumentaire du plan proposé : pour chaque sous-partie, trouvez un argument et un exemple.

Partie	Sous-partie	Argument et exemple
I. L'hymne à la nature	A) Une nature globalisée : faune et flore	....
	B) Sensation et nature	....
	C) *Locus amoenus*	....
II. La reconstruction du moi	A) Le temps des souvenirs	....
	B) Les ombres du passé	....
	C) La poétique du moi	....
III. La symbiose du moi et du monde	A) Communion et union	....
	B) *Carpe diem*	....
	C) L'achèvement de l'écriture	....

Les conseils du prof !

- Pour trouver les **arguments**, pensez à analyser les procédés utilisés par Colette. Appuyez-vous sur vos connaissances concernant la tonalité lyrique, le genre de l'autobiographie, la structure de l'œuvre, la vie de l'auteure…
- Pour trouver les **exemples**, aidez-vous des citations et des relevés effectués dans les exercices précédents. Rappelez-vous que vos exemples doivent illustrer et appuyer vos arguments.

› Je rédige la dissertation

Imprimez votre copie pour rédiger

Commentaire → p. 64

Corrigé rédigé

Paru en 1942, *L'Étranger* inaugure ce qu'Albert Camus nommera lui-même « le cycle de l'absurde ». En effet, l'homme, plongé dans une vie quotidienne routinière, se confronte à un non-sens existentiel. Mais comme l'écrit Camus dans *Le Mythe de Sisyphe*, « un jour seulement le "pourquoi" s'élève et tout commence dans cette lassitude teintée d'écœurement ». C'est ce drame de l'existence qui se heurte à l'étrangeté de la nature, à ce manque de sens face à une seule certitude : celle de la mort. Dans *L'Étranger*, le cheminement du protagoniste, Meursault, illustre un homme médiocre, prisonnier d'une torpeur, d'une étrange indifférence. C'est un modeste employé de bureau qui travaille à Alger, qui apprend dès le début du roman la mort de sa mère et ne manifeste pas de réelle empathie face à cette triste nouvelle. Ainsi, l'extrait présenté met en évidence un moment-clé de l'œuvre où Meursault va commettre l'irréparable : le meurtre d'un homme. De fait, une question émerge : comment la dynamique du tragique marque-t-elle un point de bascule dans l'évolution du personnage ? Dans un premier temps sera envisagée l'aliénation de Meursault, puis seront évoqués les rouages inexorables de la fatalité.

I. Un personnage aliéné

A) La passivité

Le protagoniste est pris dans un étau, dans une situation dans laquelle il n'a pas de prise. Il est complètement passif et connaît alors un processus de réification. C'est sur le mode de la passivité que se joue la scène. En effet, le personnage connaît une réelle pression, génératrice de tension. L'ancrage situationnel le représente esseulé, sur une plage qui le submerge émotionnellement.

La phrase « Mais toute une plage vibrante de soleil se pressait derrière moi » pose Meursault comme captif d'un environnement qui l'assaille. Cet antagonisme est marqué par une poussée, une impulsion suggérée par le verbe « se pressait ». Le jeu des pronoms agents « se » et « moi » évoque un rapport de force. Meursault est impacté par l'agressivité du lieu et des éléments. La comparaison « c'était comme une longue lame étincelante qui m'atteignait au front » cristallise l'attaque invasive de l'environnement sur le protagoniste, heurté par une violence totale.

B) L'exacerbation des sens : la douleur

Les quatre éléments assaillent le personnage. En effet, c'est une fusion élémentale qui se joue par l'influence de l'eau (la mer), de l'air (la chaleur),

Je comprends les corrigés

Afin d'enrichir votre réflexion, n'hésitez pas à vous appuyer sur d'**autres œuvres** de l'auteur dans l'introduction ou la conclusion de votre commentaire.

L'introduction est composée de trois parties :
- l'**accroche** ;
- la **problématique** (soit le projet de lecture) ;
- le **plan en deux parties**.

Pensez à **replacer l'extrait dans l'œuvre** en le situant dans l'intrigue générale du roman.

- **torpeur** : léthargie, engourdissement général.
- **aliénation** : fait de perdre son libre arbitre ou d'être dépossédé de sa raison d'être.
- **inexorable** : à quoi on ne peut se soustraire.

réification : déshumanisation, transformation d'un être vivant en chose, en niant certaines de ses caractéristiques.

Veillez à bien étudier le **contexte** de la scène : où se déroule-t-elle ? Dans quelles circonstances ? Comment est décrit le personnage ?

antagonisme : opposition entre deux forces, doctrines ou concepts.

comparaison : rapprochement de deux choses ou personnes à l'aide d'un **outil de comparaison**.

- **exacerbation** : fait d'intensifier, de pousser quelque chose à son paroxysme.
- **élémental** : qui relève des éléments.

de la terre (le sable) et du feu (le soleil). L'environnement prend possession de Meursault. Le champ lexical de la chaleur (« soleil », « brûlure », « brûlante », « ardent »,« feu ») renvoie à la souffrance qu'il endure.

Par ailleurs, la douleur qu'il ressent dans son corps se double d'un tourment physique et moral. Les verbes de maltraitance (« battaient », « rongeait », « fouillait ») élèvent la tension de l'individu. Meursault se détache d'un environnement qui le confronte à une douleur toujours plus violente, soumettant ainsi le personnage à une perception confuse.

• Relevez et commentez les différents **champs lexicaux** du texte. Ils vous aideront à trouver les thèmes de l'extrait.
• Ici, le thème de la douleur se trouve entremêlé avec celui des éléments, et plus particulièrement de la chaleur qui accable le protagoniste.

C) Une perception confuse

Meursault, apercevant l'Arabe, le décrit ainsi : « il avait l'air de rire ». La réalité de la scène échappe au protagoniste, qui se retrouve dépouillé de tout contrôle, de toute maîtrise de la situation. Ses sens sont trompeurs et lui renvoient une image faussée du comportement de l'autre personnage. Tous ses organes sensoriels sont brouillés, comme altérés dans leur capacité à saisir la justesse de la situation. Par l'évocation des « yeux douloureux » du protagoniste, le texte renvoie l'image d'un corps en détresse, dont tous les symptômes organiques sont amplifiés. De fait, tous les capteurs sensoriels se brouillent dans une opacité qui aliène Meursault, confronté à une réalité et un sens qui se dérobent.

• **dépouillé** : privé.
• **organique** : qui relève des organes, du corps.
• **opacité** : caractère de ce qui est obscur, incompréhensible.

La phrase « Au même instant, la sueur amassée dans mes sourcils a coulé d'un coup sur les paupières et les a recouvertes d'un voile tiède et épais » révèle le trouble organique dont est victime Meursault. Sa raison est aliénée par des réponses corporelles exacerbées : la sueur tombe en rideau opaque qui altère la compréhension et dénie tout sens à la situation. De cette situation naît la fatalité. Du latin *fatum*, ce terme désigne une volonté supérieure qui échappe à l'homme, mais surtout qui prend des décisions réifiant l'individu. C'est une instance décisionnaire inexorable et implacable, qui détruit l'homme dans une dynamique tragique.

• ***fatum*** : « ce qui est dit ».
• N'hésitez pas à donner l'étymologie de certains mots ou concepts pour appuyer vos propos.

• **implacable** : à quoi on ne peut échapper.
• La tonalité **tragique** caractérise une situation conflictuelle et douloureuse, dans laquelle une personne est prise comme dans un piège dont elle ne peut s'échapper.

II. Les rouages inexorables de la fatalité

A) L'absurde

Les tournures passives font de Meursault un patient, c'est-à-dire un personnage qui subit les événements, eux-mêmes dénués de tout sens. Les objets semblent mus par une volonté propre, déterminant une action qui échappe à l'entendement du protagoniste. Destructeur, le monde inanimé s'emballe : « La gâchette a cédé, j'ai touché le ventre poli de la crosse ». Les instruments mortifères, capables d'annihiler la vie, envahissent le texte : « son couteau », « le revolver », « les balles »…

• **entendement** : faculté de comprendre.
• **mortifère** : qui peut causer la mort.
• **annihiler** : anéantir.
• **s'étioler** : se dégrader, s'affaiblir.

Le sens se dérobe dans ce théâtre d'objets mus par une action propre. La logique situationnelle s'étiole par lambeaux, enfermant Meursault dans un scénario absurde, contraire à la raison et au sens commun. Les conséquences paraissent aléatoires, ce qui est souligné par le connecteur « Alors » et la tournure privative « Sans qu'il y parût ».

• Les **connecteurs** sont des éléments linguistiques qui permettent de mettre en relation les différentes étapes d'un raisonnement ou de souligner leurs liens logiques.
• Ici, le dernier « Alors » du texte, qui devrait exprimer une conséquence, semble au contraire déconnecté de la phrase précédente.

B) L'étau des circonstances

L'acte de Meursault constitue un point de bascule. Le verbe « a vacillé », dans la phrase « C'est alors que tout a vacillé », marque une charnière, un clivage dans les rouages de l'action. L'environnement se fait plus intense, plus mouvant pour déstabiliser le personnage. La situation s'anime de mouvements irréguliers, qui entraînent un déséquilibre et provoquent la chute.

- **charnière** : point de jonction ou de transition entre deux domaines ou périodes.
- **clivage** : séparation, division.

Le personnage ne réagit que par des gestes saccadés, témoins d'une tension latente : « Tout mon être s'est tendu et j'ai crispé ma main sur le revolver. » Tel un automate, Meursault s'exécute, se détachant de sa propre volonté et devenant un bourreau malgré lui.

- **saccadé** : irrégulier, haché.
- **latent** : caché, secret.

C) Le seuil

Ce moment-clé n'est pas qu'une fin, mais aussi un commencement. Paradoxalement sont énoncées des ruptures annonciatrices d'un nouvel état, d'une logique situationnelle renouvelée. C'est un stimulus sensoriel, basé sur la métaphore du « bruit à la fois sec et assourdissant » qui en annonce les prémices.

- **stimulus** : élément pouvant déclencher des phénomènes dans l'organisme.
- **métaphore** : rapprochement de deux choses ou personnes sans outil de comparaison.
- **prémices** : début, premières manifestations de quelque chose.

Cette théâtralisation de l'action repose sur une dissolution de la matière dans un tout qui fusionne, fait de « sueur et [d]e soleil ». Ce zeugme évoque un deuil : celui d'une période faste de la vie du protagoniste. C'est la seule certitude qui s'énonce : celle de l'avènement d'une fin, soulignée par la valeur de période révolue du plus-que-parfait dans la phrase « J'ai compris que j'avais détruit l'équilibre du jour, le silence exceptionnel d'une plage où j'avais été heureux. » La stabilité est rompue, déchaînant des forces funestes, annonciatrices de la mort à venir.

- **zeugme** : procédé stylistique consistant à rattacher syntaxiquement à un mot polysémique deux compléments (ou plus) qui ne se construisent pas de la même façon ou qui ne correspondent pas au même emploi de ce mot.
- **faste** : favorable, heureux.
- Dans un texte littéraire, le choix d'un temps ne s'effectue pas au hasard et a souvent un sens. N'hésitez donc pas à recourir aux **valeurs des temps**.

La symbolique théâtrale des « quatre coups brefs [frappés] sur la porte du malheur » rappelle le motif littéraire du passage, de la porte comme seuil entre un passé heureux, mais achevé, et un futur incertain et malsain. Meursault devient l'égal des personnages tragiques, qui voient leur vie détruite par une force supérieure : les rouages implacables de la fatalité.

Au théâtre, il est d'usage de **frapper trois coups** sur le sol avec un bâton avant le début d'une représentation.

Pour conclure, Meursault se heurte au drame de sa vie : le meurtre d'un autre homme. Pourtant, cette tragédie résulte d'un enchaînement aveugle de circonstances qui semblent faire du protagoniste le jouet d'une fatalité aveugle et inexorable. L'être est livré à lui-même, face à l'absurdité constante de l'existence humaine. Cependant, ce n'est qu'à la fin de l'œuvre, quand la sentence de la peine de mort tombe, que Meursault commence à prendre conscience de la vie et de son sens, de « cette nuit chargée de signes et d'étoiles ».

La conclusion est composée de deux parties :
- la **synthèse** du développement, qui répond à la problématique ;
- l'**ouverture**, qui propose de nouvelles perspectives.

Dissertation 1 → p. 69

Corrigé rédigé

Lorsque paraît *La Peau de chagrin* en 1831, Balzac met en lumière les thèmes chers à son œuvre et à son inspiration : le fantastique, les femmes, le désir et la passion, la richesse et la pauvreté, la société et Paris. Par ce roman, il signe une des premières œuvres avec lesquelles se dessine déjà *La Comédie humaine*, ensemble systémique rassemblant sa gigantesque fresque sociale. Placée entre les *Études de mœurs* et les *Études philosophiques*, *La Peau de chagrin* est célébrée par une grande partie de la critique de l'époque. Ainsi, Philarète Chasles écrit à son propos, dans un article du *Messager des Chambres* le 6 août 1831 : « Lisez *La Peau de chagrin*, vous en avez pour trois nuits d'images éclatantes et terribles qui soulèveront les rideaux de votre alcôve, pour peu que la nature vous ait doué d'imagination ». De fait, une question émerge : quels procédés mis en œuvre façonnent la singularité de *La Peau de chagrin* comme roman fascinant, voire magnétique ? Dans un premier temps sera envisagé l'itinéraire romanesque entre réalisme et fantastique, dans un deuxième temps sera abordé le miroir de l'humanité, et dans un troisième temps sera traitée la transcendance de l'écriture par l'imagination.

> L'introduction est composée de trois parties :
> – l'**accroche** ;
> – la **problématique** (soit le sujet reformulé sous forme interrogative) ;
> – le **plan en trois parties**.

> **systémique** : relatif à un ensemble cohérent, organisé en système.

> Les ***Études de mœurs*** et les ***Études philosophiques*** sont deux des trois grands ensembles autour desquels s'organise *La Comédie humaine*. Les premières traitent des passions et de l'histoire générale de la société, tandis que les secondes en expliquent les causes.

I. Entre réalisme et fantastique : itinéraire romanesque

A) Le Talisman : le pacte scellé

Le protagoniste suit un cheminement qui oscille entre réalisme et fantastique où se consument ces « trois nuits », temps fondateurs et forts de l'itinéraire romanesque.

La première étape dans la construction de Raphaël reprend les rouages du fantastique : le pacte avec une instance démoniaque qui saura perdre le jeune homme dans ses entrelacs vénéneux.

> **entrelacs** : ensemble de choses entrelacées.

C'est lors d'une nuit de désespoir que Raphaël entre dans le magasin maudit qui va infléchir à jamais sa destinée. La description colorée et pittoresque du lieu place d'emblée dans un cadre spatio-temporel nocturne et insolite.

> • **infléchir** : modifier la direction, influer sur l'évolution de quelque chose.
> • **pittoresque** : qui charme ou attire l'attention par son aspect original.

Raphaël ne prend pas garde aux avertissements de l'homme, qui lui explique combien la peau de chagrin, malgré son apparence piteuse, reste un objet hors norme : « J'ai offert le terrible pouvoir que donne ce talisman à des hommes doués de plus d'énergie que vous ne paraissez en avoir ; mais, tout en se moquant de la problématique influence qu'il devait exercer sur leurs destinées futures, aucun n'a voulu se risquer à conclure ce contrat si fatalement proposé par je ne sais quelle puissance. » Une fois le pacte scellé, la destinée de Raphaël bascule dans le fantastique, condamnée à jamais.

> **piteux** : pitoyable.

> Pensez à illustrer et appuyer vos arguments par des **citations** de l'œuvre.

B) La Femme sans cœur : la perte des illusions

L'itinéraire du protagoniste se façonne sur la perte de ses illusions, montrant à quel point l'homme se voit influencé et abîmé par la société. Raphaël possède pourtant bon nombre d'espérances et de rêves. Mais les difficultés économiques et la rencontre avec des âmes sombres vont le pervertir et le pousser au désenchantement : le monde n'est qu'une lie où les êtres infâmes dominent.

- **lie** : rebut, fraction la plus basse ou la plus vile d'une société.
- **infâme** : qui provoque le dégoût par son caractère vil ou bas.

Autant s'adonner alors au faste des fêtes, à l'étourdissement des plaisirs pour mieux se perdre et détruire le peu de candeur qui reste. La veuve Fœdora, femme insensible au cœur de pierre, incarne cet état d'esprit. Pour faire le deuil de ses espérances, Raphaël se perd dans des bacchanales sans fin.

- **faste** : luxe.
- **candeur** : pureté, innocence.
- **bacchanales** : fêtes débridées, orgies.

C) L'Agonie : la révélation de l'amour

Pourtant, l'itinéraire de Raphaël se clôt sur une promesse d'espérance, celle qui aurait pu le sauver en faisant rayonner le bonheur dans son existence déchue. Pauline, la jeune innocente rencontrée au moment le plus heureux de sa vie, cristallise la pureté, cette promesse de candeur, mais aussi de fragilité d'un bonheur si vite enfui. Auprès d'elle, Raphaël connaît la nature même du bonheur, lui qui est damné par ce pacte scellé.

- **déchu** : privé d'un état de grâce, dépossédé d'une position supérieure ou d'un avantage.
- **cristalliser** : concrétiser, rassembler en un tout.

L'itinéraire romanesque de Raphaël suit une dynamique enclenchée par l'irruption du fantastique. Toutefois, *La Peau de chagrin* est également un miroir de la condition humaine : le roman en révèle la perversion et la déchéance, dans une critique sans appel de la société de l'époque.

Pensez à rédiger une transition entre vos parties. Celle-ci doit se présenter en deux étapes : la **synthèse** de ce qui vient d'être démontré, puis l'**amorce** de ce qui va être abordé dans la partie suivante.

II. Le miroir de l'humanité : les types humains

type : catégorie ou modèle générique, défini(e) par un ensemble de traits et de caractères.

A) La désespérance humaine : les femmes

L'humanité, abreuvée par le désespoir, se perd et se réfugie dans un présent éphémère : celui de la jeunesse.

Dans *La Peau de chagrin*, les femmes sont d'une lucidité déconcertante. Dans cette macabre comédie, elles savent déjà quelle sera leur future destinée. Ainsi, la courtisane Aquilina entend bien profiter de sa jeunesse et de sa beauté, empreinte de vulgarité et de sensualité, tant qu'elle le peut : « je prétends faire de mon existence une longue partie de plaisir ». Pour elle, le futur représente la perte de la jeunesse et de la beauté, la vieillesse implacable qui l'attend la vouant à une vie de misère et à l'oubli de ce qu'elle a été.

- **macabre** : sinistre, qui évoque la mort.
- **implacable** : à quoi on ne peut échapper.

B) L'opportunisme : Rastignac, les parvenus

La philosophie de cette société gangrenée est celle de l'opportunisme, incarné à la perfection par Rastignac : « Moi, je suis propre à tout et bon à rien, paresseux comme un homard : eh bien, j'arriverai à tout ! Je me répands, je me pousse, l'on me fait place ; je me vante, l'on me croit ».

Il s'agit là du triste aveu d'une jeunesse avide et sans scrupules, qui n'affiche que cynisme et immoralité.

- **opportunisme** : attitude consistant à tirer le meilleur profit possible des circonstances, quitte à abandonner ses principes moraux.
- **parvenu** : personne qui s'est élevée à une condition supérieure sans en avoir acquis les manières.
- **gangrené** : corrompu, pourri.

C) Le cynisme : Fœdora

Il est une femme qui cristallise tous ces aspects : l'inaccessible veuve Fœdora. Cette maîtresse implacable de Paris est toute-puissante par sa beauté et sa fortune. C'est elle qui dicte les lois de cet enfer parisien.

En s'y confrontant, Raphaël perd les lambeaux de ses maigres espérances dans le terrifiant ballet d'un drame social et sociétal.

Le nom de la comtesse **Fœdora** renvoie au latin *fœderis*, qui désigne un pacte entre plusieurs parties. Il pourrait s'agir d'une allusion au *topos* du pacte avec le diable, très présent dans *La Peau de chagrin*.

III. La transcendance de l'écriture

transcendance : caractère de ce qui va au-delà de quelque chose.

A) Tableaux parisiens : la société nocturne

Les tableaux parisiens dépeints dans *La Peau de chagrin* présentent une société toujours en mouvement, flamboyante de désespérance et animée de scènes saisissantes.

Les descriptions de Balzac évoquent un monde luxueux et tapageur, digne des plus incroyables bacchanales antiques. Cette déferlante de descriptions témoigne d'une splendeur outrancière, presque baroque : « la soie et l'or tapissaient les appartements, de riches candélabres supportant d'innombrables bougies faisaient briller les plus légers détails des frises dorées, les délicates ciselures du bronze et les somptueuses couleurs de l'ameublement ». Ces descriptions vives et audacieuses incarnent la somptuosité d'un état de l'être factice et pourtant fascinant.

L'expression « **tableaux parisiens** » fait référence à une section du recueil *Les Fleurs du mal* de Charles Baudelaire. Cette expression désigne le portrait qui est dressé de la vie parisienne, de la ville et de ses habitants.

- **déferlante** : raz de marée.
- **outrancier** : excessif, démesuré.
- **baroque** : style artistique qui se caractérise par la profusion des ornements.
- **factice** : faux, artificiel.

B) Des scènes saisissantes

La société nocturne est présentée sans fard. Les personnages sont croqués avec exactitude et le protagoniste, Raphaël, se révèle dans son intimité physiologique : « Une sueur glacée sortit de ses pores ».

Les portraits sont impitoyables de crudité, voire de cruauté. Le lendemain des fêtes, après les orgies, « les honteux stigmates de l'ivresse » s'affichent sans état d'âme.

C) La symbolique du talisman

Véritable apothéose de cette écriture sublime, certaines scènes résonnent comme des chefs-d'œuvre.

La boutique du petit vieillard est un cabinet de curiosités accueillant des objets plus fabuleux les uns que les autres. Cette scène, baignée de mystère par l'atmosphère crépusculaire qui s'en dégage, plonge le lecteur dans le frisson délicieux d'une incertitude fantastique, qui fascine tout en effrayant.

Apparus à la Renaissance, les **cabinets de curiosités** sont des lieux qui présentent une collection personnelle d'objets singuliers, relatifs à l'histoire, à la science ou à l'art. Détrônés par les musées, ils ont progressivement disparu au XIXe siècle.

Pour conclure, *La Peau de chagrin* cristallise la rencontre du fantastique et du réalisme pour créer un récit flamboyant où se lit le cheminement de Raphaël, mortel tenté par le désespoir de ce monde qui se retrouve à sceller sa destinée par un pacte surnaturel. L'interférence d'une puissance fantastique dans la vie d'un être humain reste l'un des *topoï* privilégiés de la littérature. Déjà dans la destinée de Faust se lit la tentation de l'absolu par l'homme qui, inconscient du prix à payer, se lie avec des puissances démoniaques au prix de son propre salut. Lamartine, dans son poème « L'Homme », rappelle à son tour cette tentation de l'absolu ressentie par tout être humain : « Borné dans sa nature, infini dans ses vœux, / L'homme est un dieu tombé qui se souvient des cieux. »

topos : lieu commun, archétype.

- La conclusion est composée de deux parties :
  – la **synthèse** du développement, qui répond à la problématique ;
  – l'**ouverture**, qui propose de nouvelles perspectives.
- Ici, l'ouverture se fait en explorant le *topos* du pacte avec le diable, avec la référence à la figure bien connue de **Faust** et à un **poème de Lamartine**.

Dissertation 2 → p. 74

Plan détaillé

Quand paraît *Manon Lescaut* en 1731, l'abbé Prévost signe une œuvre qui dépeint les affres de la passion humaine. En effet, un jeune homme de qualité, le chevalier Des Grieux, raconte sa vie teintée de tragédie par la mort de sa bien-aimée, la jeune Manon Lescaut. Cette histoire souligne combien peut être fatal l'amour et révèle toute la marginalité de l'être, mais aussi de la société. De fait, une question émerge : comment, dans *Manon Lescaut*, se manifeste la marginalité selon le clivage raison/sensibilité ? Dans un premier temps sera abordée la marginalité de l'être, puis celle de la société, et enfin celle du cœur.

L'introduction est composée de trois parties :
– l'**accroche** ;
– la **problématique** (soit le sujet reformulé sous forme interrogative) ;
– le **plan en trois parties**.

- **affres** : tourments, angoisses.
- **clivage** : séparation, division.

I. La marginalité de l'être

A) Les tiraillements de l'être

• Une construction par la marginalité :
➔ l'homme de qualité qu'est le chevalier Des Grieux, issu d'une classe sociale aisée, se retrouve animé d'un amour sans faille pour une déclassée : Manon Lescaut.

déclassé : personne qui est déchue de sa position sociale, qui n'appartient plus à sa classe sociale.

B) Des personnages ambivalents

- Une passion à la pureté paradoxale :
➔ la passion qui anime Des Grieux et Manon est pure ;
➔ mais la jeune fille s'impose comme une « catin », obligée de vendre son corps pour survivre.

- Un protagoniste à la qualité ambiguë :
➔ le héros-narrateur expose sa qualité ;
➔ mais celle-ci est confrontée aux épreuves de la dégradation : il devient tricheur, escroc, assassin et prisonnier.

ambivalence : caractère de ce qui présente deux aspects, comportements ou sentiments contraires.

Pensez à évoquer des **passages-clés** ou à insérer des citations du roman dans votre dissertation pour illustrer vos propos.

C) La désespérance de la condition humaine

- La désespérance, source de marginalité :
➔ la marginalité résulte des contrastes, impliquant fêlures et failles dans l'évolution du protagoniste ;
➔ capable du pire comme du meilleur, le cœur humain est interrogé : il demeure énigmatique, tourmenté et accablé devant une destinée contrastée.

Le thème de la **destinée**, placée sous le signe d'un amour passionnel et fatal, est essentiel dans *Manon Lescaut* (voir les citations p. 75).

II. La marginalité de la société

A) Le clivage topographique

- Une société structurée sur une topographie clivée :
➔ les parias sont déportés en Amérique.

- Le désert, lieu de l'isolement :
➔ cet endroit devient le funeste théâtre de la mort de Manon dans les bras de son amant.

- **topographie** : disposition, organisation d'un lieu.
- **paria** : être en marge, méprisé et exclu socialement.

Aride et sans vie, le **désert** incarne à la perfection le lieu de l'exil.

B) L'ambivalence de la logique sociétale

- Une société régie par une logique du paraître :
➔ en public, chacun joue son rôle : tous mettent un masque et se comportent d'une manière jugée honorable ;
➔ dans les coulisses se jouent tous les vices : Manon se prostitue, se nourrissant de la corruption sociétale latente.

- **vice** : péché, mauvais penchant réprouvé par la société ou la morale.
- **latent** : caché, secret.

C) L'infamie

- Une immoralité universelle :
➔ l'immoralité, qui touche les hommes corrompus, agit sur tous les niveaux de la société.

- Une infamie funeste, qui scelle les destins :
➔ la perversion abîme même les cœurs purs et entraîne leur exil.

- **infamie** : état de honte, d'ignominie.
- C'est l'infamie qui permet le drame de *Manon Lescaut*.

III. La marginalité du cœur

A) Nature et religion

- La religion, une solution incertaine :
➔ c'est le conflit central du roman, qui oppose les « délices de l'amour » à son antithèse : les aspirations religieuses ;

antithèse : personne, chose ou idée nettement opposée à une autre.

➔ malgré la tentative du protagoniste de se vouer à la religion, sa douleur subsiste.

• La révélation d'une société corrompue :
➔ l'ordre ancien mis en place par le christianisme révèle finalement le cynisme d'une société corrompue par l'argent.

B) Amour et tragédie

• Un amour fatal :
➔ l'amour est par essence source de perte et de perversion : il éblouit et aveugle l'être humain, qui se retrouve soumis à des actes irrévérencieux (tricherie, vol, meurtre…) ;
➔ l'amour est le ressort de la passion tragique.

C) Raison et passion

• Une passion irraisonnée et aveugle :
➔ l'amour authentique réifie l'être, soumis à « l'aveuglement d'un amour fatal » ;
➔ l'irrationalité brise toute logique, tout bon sens pour déposséder l'être et le condamner à la marginalité.

Pour conclure, la marginalité est le creuset de l'univers romanesque de *Manon Lescaut* qui, par les itinéraires des protagonistes, révèle un ordre sociétal corrompu. La marque de l'infamie dont sont victimes Manon et Des Grieux apporte une réflexion sur les enjeux mêmes de la tragédie d'un amour ambivalent, où seule la désespérance accable l'être. La sensibilité fait appel à l'émotion pour mieux rappeler combien les tiraillements de la conscience humaine se heurtent à une fatalité toute-puissante, évoquant ainsi la logique tragique de l'écrasement racinien.

irrévérencieux : qui manque de respect, qui fait preuve d'impertinence.

La **passion**, qui dévore et écrase l'être, est un concept central de la tragédie classique, et notamment de la tragédie racinienne (voir p. 132).

réification : déshumanisation, transformation d'un être vivant en chose, en niant certaines de ses caractéristiques.

creuset : lieu où diverses choses se mêlent.

La conclusion est composée de deux parties :
– la **synthèse** du développement, qui répond à la problématique ;
– l'**ouverture**, qui propose de nouvelles perspectives.

DISSERTATION 3 ➔ p. 77

Plan détaillé

Célébrer le monde, chanter la nature : ces deux veines créatrices peuvent qualifier l'œuvre de Colette. Celle-ci passe son enfance et son adolescence dans le creuset végétal de Saint-Sauveur-en-Puisaye, entre sa mère, Sido, nymphe de son jardin, et son père, le capitaine, silhouette superbe d'un ancien officier ayant laissé sa jambe au combat. *Sido* et *Les Vrilles de la vigne* évoquent les souvenirs de cette période bénie de sa vie, où la candeur naturelle a su porter Colette dans la réalisation de son moi, célébrant ainsi son union avec le monde. Ainsi émerge une question : comment l'œuvre de Colette s'élève-t-elle en hymne à la nature et au monde, permettant l'union de l'être au monde ? Dans un premier temps sera évoqué l'hymne à la nature, puis la reconstruction du moi, et enfin la symbiose du moi et du monde.

L'introduction est composée de trois parties :
– l'**accroche** ;
– la **problématique** (soit le sujet reformulé sous forme interrogative) ;
– le **plan en trois parties**.

• **creuset** : lieu où diverses choses se mêlent.
• **nymphe** : dans la mythologie grecque et romaine, divinité de la nature représentée sous les traits d'une jeune fille.
• **candeur** : pureté, innocence.

I. L'hymne à la nature

A) Une nature globalisée : faune et flore

- L'omniprésence de la nature :

➔ la faune (rossignol, rouge-gorge, guêpe, frelon...) et la flore sont au centre des deux œuvres ;

➔ le jardin de la mère, présenté comme un refuge, est un lieu central dans *Sido* ;

➔ dans *Les Vrilles de la vigne*, les animaux deviennent de vrais personnages (Toby-Chien et Kiki la Doucette).

- **globaliser** : réunir en un tout des éléments divers.
- Chez Colette, les différents éléments du monde sauvage (animaux, végétaux, terre, cours d'eau...) sont les manifestations d'une seule et même entité : la nature.

B) Sensation et nature

- Un hymne à la sensation :

➔ tous les sens sont convoqués pour mieux jouir de l'appel de la Terre : « À trois heures et demie, tout dormait dans un bleu originel, humide et confus, et quand je descendais le chemin de sable, le brouillard retenu par son poids baignait d'abord mes jambes, puis mon petit torse bien fait, atteignant mes lèvres, mes oreilles, mes narines plus sensibles que tout le reste de mon corps » (*Sido*) ;

➔ telles des gardiennes tutélaires, mère et fille semblent en communion avec la nature : « Écoute encore » (*Sido*).

Les cinq sens sont ici évoqués : d'abord la **vue** (par l'évocation d'une couleur), puis le **toucher** (par la sensation du brouillard sur le corps), et enfin le **goût**, l'**ouïe** et l'**odorat** (par la mention des organes correspondants).

- **tutélaire** : qui a un rôle protecteur.
- **communion** : parfait accord d'idées, de sentiments entre plusieurs personnes ou entités.

C) *Locus amoenus*

- Le jardin d'Éden :

➔ le jardin de Sido devient un *locus amoenus*, évoquant le motif du paradis originel.

locus amoenus : « lieu idyllique », *topos* littéraire ou artistique qui désigne un lieu idéalisé, renvoyant généralement au jardin d'Éden.

II. La reconstruction du moi

Le **moi** est ce qui constitue l'individualité, la personnalité d'une personne.

A) Le temps des souvenirs

- Des épisodes fondateurs :

➔ dans *Sido*, Colette évoque deux périodes où se construit le moi par le contact avec la famille : l'enfance et l'adolescence ;

➔ l'œuvre nous présente la genèse de l'être : « J'aimais tant l'aube, déjà, que ma mère me l'accordait en récompense » (*Sido*) ;

➔ sont relatées les premières expériences, notamment celle de la séduction avec Adrienne, la « singulière amie » de la mère.

L'idée d'un **commencement** apparaît dans les mots « aube » (qui renvoie au début de la journée) et « déjà » (qui rappelle que l'auteure était alors une enfant dont l'identité commençait à se former).

- La volonté de ne rien occulter :

➔ tout est évoqué, même les souvenirs les moins plaisants comme le mariage de la sœur aînée, qui apparaît comme une faille dans l'harmonie familiale.

occulter : dissimuler quelque chose, le passer sous silence.

B) Les ombres du passé

- La reconstruction des ombres du passé :

➔ dans *Sido*, Colette fait le portrait de ses parents, de ses frères et de sa demi-sœur ;

➔ mais ceux-ci sont fictionnalisés par le surnom que leur donne l'auteure : ses frères deviennent « les sauvages », sa mère « Sido » et son père « le capitaine ».

C) La poétique du moi

- Le moi au centre de l'écriture :
→ œuvre autobiographique, *Sido* décrit une expérience sensuelle et personnelle du monde.

- La nostalgie d'un monde perdu :
→ *Sido* évoque avec lyrisme un monde perdu, qui réapparaît dans le creuset de l'écriture.

- **lyrisme** : expression poétique et exaltée des sentiments, des passions.
- La tonalité lyrique est très présente en poésie et dans le genre de l'autobiographie. C'est aussi une composante essentielle du romantisme.

III. La symbiose du moi et du monde

symbiose : union étroite et harmonieuse.

A) Communion et union

- L'osmose avec la nature :
→ l'auteure entre en osmose avec la nature, dont elle n'est plus qu'une composante : « Ainsi immobile et les yeux clos, elle habite chaque pelouse, chaque arbre, chaque fleur » (*Les Vrilles de la Vigne*, « Dialogue de bêtes ») ;
→ l'union avec la nature donne lieu à des identités surnaturelles, en lien avec les éléments : les frères sont des sylphes.

- **osmose** : influence réciproque, profonde interpénétration entre plusieurs personnes ou entités.
- **sylphe** : dans la mythologie celte et germanique, esprit de l'air.

B) *Carpe diem*

- La jouissance des instants passés :
→ le souvenir des moments passés mène à l'apaisement de soi et revivifie le présent en permettant de retrouver qui l'on a été ;
→ le retour au passé rappelle que c'est l'épicurisme qui façonne notre identité et notre vie.

- ***carpe diem*** : « cueille le jour », expression du poète latin Horace rappelant que la vie est courte et incitant par conséquent à profiter du moment présent.
- **épicurisme** : doctrine ayant pour objectif l'atteinte du bonheur par la satisfaction des plaisirs naturels et nécessaires.

C) L'achèvement de l'écriture

- Un moi exalté par son lien au monde :
→ l'écriture modèle une psychologie de soi qui dépasse le cadre de l'autobiographie pour devenir un creuset lyrique où se mêle la poétique du moi avec la richesse de l'univers ;
→ se construit une écriture où se lit le bonheur d'exister dans un monde célébré.

Pour conclure, entre lyrisme et célébration du monde, le moi se dessine dans son union avec la nature, qui le berce pour mieux le définir. Ainsi en va-t-il de Sido, figure étrange mais exaltée par l'expérience d'un jardin rappelant l'Éden perdu, nostalgie d'un temps passé qui ressuscite, le temps de l'écriture, ce que l'être a été et comment il a été habité par les ombres de ceux qui ne sont plus. Pourtant, le passé n'a jamais été aussi présent, vibrant dans le creux d'une nature célébrée où le temps devient une aide précieuse car, comme l'écrit Colette, « il faut du temps à l'absent pour prendre sa vraie forme en nous. Il meurt – il mûrit, il se fixe », rappelant ainsi que tout être est végétal par ce qu'il est, lié à la vie par les vrilles « cassantes, tenaces […] d'une vigne amère ».

- La conclusion est composée de deux parties :
  - la **synthèse** du développement, qui répond à la problématique ;
  - l'**ouverture**, qui propose de nouvelles perspectives.
- Ici, l'ouverture se fait en soulevant les thématiques du temps et de la mort, avec les citations de Colette qui renvoient à ***Sido*** et aux ***Vrilles de la vigne***, ce qui permet de lier les deux œuvres.

SUJET 4

20 pts — 4 H

Le théâtre du XVIIe siècle au XXIe siècle

Vous traiterez au choix un des sujets.

Commentaire 20 pts 4 H → Corrigé p. 109

› Vous proposerez un commentaire de cet extrait de *Thésée* de Philippe Quinault.

TEXTE ***Thésée*, Philippe Quinault**

Dans cette pièce lyrique, Thésée, fils du roi d'Athènes, cache son origine royale. Il veut être reconnu uniquement par ses mérites. Æglé et lui s'aiment d'un amour passionné. Mais la puissante magicienne Médée est tombée amoureuse de Thésée, tandis qu'Æglé est aimée d'Égée. Finalement, le couple Thésée-Æglé connaîtra une fin heureuse puisqu'ils triompheront de ces rivalités.

THÉSÉE
Æglé ne m'aime plus, et n'a rien à me dire.
Qu'avez-vous fait des nœuds que l'Amour fit pour nous ?
Quoi ! Pour les briser tous,
Un jour, un seul jour peut suffire ?
J'aurais abandonné le plus puissant empire
Pour garder des liens si doux.

ÆGLÉ
Cessez d'aimer une volage ;
Servez-vous de votre courage
Pour chercher un plus heureux sort.

THÉSÉE
Je ne m'en servirai que pour chercher la mort.
Si la belle Æglé m'est ravie,
Je ne prétends plus rien ;
Je perds l'unique bien
Qui m'aurait fait aimer la vie.

ÆGLÉ
Hélas !

THÉSÉE
Ah ! Quel soupir échappe à votre cœur !

ÆGLÉ
Ce soupir échappé n'est que pour la grandeur.

THÉSÉE
Vos beaux yeux répandent des larmes !

ÆGLÉ
Non, non ; sans m'attendrir je verrai vos douleurs.

THÉSÉE
Vous voulez me cacher vos pleurs !
Pourquoi m'en dérober les charmes ?

ÆGLÉ
Ah ! Que vous me donnez de mortelles alarmes !
On vous a peut-être entendu,
Thésée, et vous êtes perdu.

THÉSÉE
On ne nous entend point ; non, ma belle princesse ;
Si vous m’aimez toujours, ne craignez rien pour moi.

ÆGLÉ
Oh ! Que nous paierons cher l’excès de ma tendresse !
Il y va de vos jours ; j’épouserai le roi.

Philippe Quinault, *Thésée*, acte IV, scène 5, 1675.

Comprendre le texte

ÉTAPE 1 Lire le texte

- **Lire le texte plusieurs fois** afin d’en saisir le sens général.
- **Repérer et définir les mots-clés :**
  – « le plus puissant empire » : force du sentiment amoureux ;
  – « soupir » : tonalité élégiaque mettant en évidence le tourment de l’être qui ne se croit plus aimé ;
  – « mortelles alarmes » : évocation des opposants, possibilité de danger.

ÉTAPE 2 Extraire les informations pertinentes

- **Situer l’extrait dans l’œuvre :** il s’agit du début de la scène 5 de l’acte IV, qui présente un face-à-face entre les deux amants. À la fin de la scène, Thésée révèle sa condition royale.
- **Se poser les questions essentielles :**
  – Quel moment est ici évoqué ?
  ➔ Pour sauver Thésée, Æglé tente de lui faire croire qu’elle ne l’aime plus. Mais la force de son amour est intense et ne permet pas la duperie.
  – Comment est-il présenté ?
  ➔ Il faut bien mettre en évidence la tonalité élégiaque (expression de la plainte), le *lamento* (chant triste, lamentation) de deux être désespérés.

› Exercice

Donnez le thème principal de l’extrait et relevez les mots-clés qui y sont liés.

Thème : ....

....

Mots-clés : ....

....

....

Les conseils du prof !

- Lors de votre première lecture, vous devez repérer quel **thème** est développé. Portez votre attention sur le vocabulaire, la ponctuation, la construction des phrases.
- N’hésitez pas à annoter le texte au crayon à papier pour vous aider dans vos repérages.

Analyser le texte

ÉTAPE 1 Repérer les mots-clés et les procédés stylistiques

- **Analyser la versification :**
  – identifiez les mètres : alexandrins (12 syllabes), octosyllabes (8 syllabes), heptasyllabes (7 syllabes), hexasyllabes (6 syllabes) ;
  – relevez les cas d'hétérométrie (mélange de différents types de vers) : quel est l'effet produit ?
  – trouvez la césure : la coupe se fait-elle à l'hémistiche (moitié du vers) ou est-elle irrégulière ?
- **Identifier les différents types de phrases :**
  – La phrase est-elle déclarative ? exclamative ? interrogative ?
  – Quel est l'effet produit ?
- **Relever les principaux champs lexicaux.**

ÉTAPE 2 Interpréter et regrouper les différentes observations

- **Dégager le sens des éléments relevés :**
  – les exclamations, les interjections et les onomatopées véhiculent les émotions des personnages et confèrent au texte une tonalité lyrique ;
  – les tournures négatives et l'antithèse « volage » / « courage » montrent qu'Æglé dresse volontairement une image peu flatteuse d'elle-même.
- **Regrouper et classer les éléments relevés :**
  – l'hétérométrie, le rythme irrégulier de certains vers, les phrases exclamatives, le vocabulaire du sensible et de la plainte expriment le *lamento* des deux amants ;
  – les nombreuses négations traduisent leurs craintes, leur désespoir, mais aussi la tentative d'Æglé de détourner Thésée d'elle.

› Exercice

Dans le tableau suivant, les éléments significatifs de l'extrait ont été relevés et analysés dans l'ordre du texte.

Classez ces éléments en les associant aux notions auxquelles ils se rattachent. Surlignez dans le tableau :

– en **rouge**, les éléments liés au sentiment amoureux ;

– en **bleu**, les éléments exprimant la plainte, le *lamento* des deux amants ;

– en **vert**, les éléments relevant de la dissimulation ;

– en **jaune**, les éléments évoquant la peur du danger, la crainte d'un avenir funeste.

Les conseils du prof !

- Pour vous aider, appuyez-vous sur les indications données dans l'encadré précédent.
- N'hésitez pas à suivre un ordre particulier : par exemple, vous pouvez classer en premier lieu les **champs lexicaux**, puis les éléments en rapport avec le **rythme de la phrase**, etc.

Passage du texte	Procédés	Sens
v. 1-6 (Thésée)	• Alexandrins (v. 1-2 et 5), hexasyllabe (v. 3) et octosyllabes (v. 4 et 6) : rythme heurté • Négation : – dans la syntaxe : « Æglé ne m'aime plus, et n'a rien à me dire » – dans le vocabulaire : « briser », « abandonné » • Types de phrases : – déclarative (v. 1, 5-6) : constat – interrogative (v. 2, 4) : hésitations, doutes – exclamative (v. 3) : émotion • Champ lexical du sentiment amoureux : « m'aime », « nœuds », « Amour », « plus puissant empire », « liens si doux »	• Évocation d'une crainte de la rupture • Peur de la fin du sentiment amoureux : amour illusoire, éphémère

v. 7-9 (Æglé)	• Heptasyllabe (v. 7) et octosyllabes (v. 8-9) : déploiement croissant des phrases • Phrase injonctive : « Cessez », « Servez-vous » • « volage » / « courage » : antithèse	• Æglé encourage Thésée à trouver un autre amour, le confortant dans ses craintes • Revirement du sentiment amoureux et de la relation entre les amants
v. 10-14 (Thésée)	• Alexandrin (v. 10), octosyllabes (v. 11 et 14) et hexasyllabes (v. 12-13) • Vocabulaire de la perte et de la désillusion • Temps et modes verbaux : – « servirai » : futur simple de l'indicatif – « aurait » : conditionnel présent • « Si la belle Æglé m'est ravie » : hypothèse	• Avenir déceptif et désillusionné • Projection dans un futur sombre, marqué par la perte de l'être aimé • Détournement du courage dans le souhait de la mort
v. 15 (Æglé et Thésée)	Vers en deux temps : • « Hélas ! » : interjection, phrase exclamative • « Ah ! Quel soupir échappe à votre cœur ! » : onomatopée, registre de l'amour, reprise de l'exclamation	• Plainte et souffrance d'Æglé • Plainte partagée par Thésée : lamento du duo amoureux, tonalité élégiaque
v. 16 (Æglé)	• Alexandrin • Phrase déclarative + négation restrictive (« ne… que ») • Corrélation entre « soupir » et « grandeur »	• Tentative de cacher la vraie raison du soupir • Mise en place d'une stratégie pour détourner l'amant de sa maîtresse : Æglé tente de se faire passer pour quelqu'un de vénal et d'ambitieux
v. 17 (Thésée)	• Octosyllabe • Phrase exclamative • « larmes » : vocabulaire du sensible	• Sincérité du corps d'Æglé, qui traduit ses véritables sentiments • Rôle des yeux, traditionnellement reconnus comme le miroir de l'âme
v. 18 (Æglé)	• Alexandrin : rythme heurté avec coupe secondaire après « non » • Répétition de la négation : « non » x 2 + « sans » • Verbe de perception : « verrai » • « douleurs » : multiplicité des souffrances (pluriel)	• Poursuite de la stratégie d'Æglé pour se discréditer aux yeux de Thésée • Constat de la douleur et de la souffrance de Thésée
v. 19-20 (Thésée)	• Octosyllabes • Types de phrases : – exclamative (v. 19) : constat – interrogative (v. 20) : recherche de la vérité • Vocabulaire du sensible et de la dissimulation	• Thésée perce à jour Æglé et comprend l'authenticité de son amour
v. 21-23 (Æglé)	• Alexandrin (v. 21) et octosyllabes (v. 22-23) • Types de phrases : – exclamative (v. 21) – déclarative (v. 22-23) • « mortelles alarmes » : hyperbole • « On » : présence d'adversaires indéfinis	• Trouble d'Æglé • Crainte d'un événement extérieur : menaces sous-jacentes de Médée et d'Égée
v. 24-25 (Thésée)	• Alexandrins • Négation : « ne… point », « non », « ne… rien » • « toujours » : adverbe de temps soulignant la pérennité du sentiment amoureux	• Confirmation de l'amour d'Æglé, qui s'est trahie par ses craintes • Négation du danger et de la menace extérieure par Thésée
v. 26-27 (Æglé)	• Alexandrins : rythme heurté pour le premier vers (coupes secondaires), régulier pour le second (coupe à l'hémistiche) • Types de phrases : – exclamative (v. 26) : renforcement de l'émotion avec l'onomatopée et l'adverbe « Que » – déclarative (v. 27) : affirmation pleine de résolution • Vocabulaire du sensible : « tendresse », « excès de »	• Revirement d'Æglé, qui avoue son amour pour Thésée • Affirmation par Æglé de la nécessité d'épouser Égée pour sauver Thésée

Mobiliser vos connaissances

ÉTAPE 1 Mobiliser son cours

- **Le *lamento* amoureux :**
  – omniprésence du sentiment amoureux, de la passion ;
  – tonalité élégiaque (expression de la plainte, de la douleur).
- **La tragédie :**
  – les deux amants sont soumis à des opposants (Médée et Égée) qui incarnent la fatalité ;
  – le dispositif situationnel est également tragique : Æglé tente de repousser Thésée en lui mentant. La vérité éclate ensuite sur l'origine royale de Thésée.

ÉTAPE 2 Replacer le texte dans l'objet d'étude

- **Les caractéristiques des tragédies raciniennes :**
  – le héros est soumis à la fatalité : il ne peut pas lutter contre le destin, ses actions le mènent à l'échec ;
  – le héros est partagé entre des désirs individuels (l'amour) et des devoirs moraux (le pouvoir) qui se contredisent et le déchirent ;
  – Racine propose un théâtre de la passion dont se dégage un enseignement moral ;
  – il applique les règles du théâtre classique : unités de ton, de lieu, de temps et d'action.

› Exercice

Confrontez *Thésée* à vos connaissances sur les tragédies raciniennes : pour chaque caractéristique listée dans le tableau suivant, donnez un exemple similaire ou opposé dans la pièce de Quinault.

Caractéristiques des tragédies raciniennes	Éléments correspondants dans *Thésée*
La pièce est centrée sur une intrigue passionnelle	………………
Les personnages sont nobles, d'un statut social élevé	………………
Le héros rencontre des obstacles intérieurs et/ou extérieurs qui le font souffrir	………………
Le héros est partagé entre des désirs individuels et des devoirs moraux	………………
La fin est tragique, les actions du héros se soldent par un échec	………………

Les conseils du prof !

Pensez à reprendre les éléments du texte, mais aussi les indications données dans le **paratexte**, au-dessus de l'extrait. Elles vous fourniront des informations précieuses sur l'œuvre et son intrigue.

Élaborer un plan

ÉTAPE 1 **Définir une problématique**

- La problématique détermine un **projet de lecture**.
- Ici, nous pouvons questionner les **procédés** mis en œuvre pour illustrer le face-à-face entre les deux amants pris entre amour et peur.

- **Problématique retenue :** comment cette scène associe-t-elle *lamento* amoureux et expression du tragique ?

ÉTAPE 2 Dégager les grands axes

- **I. Un *lamento* amoureux**
- **II. Le tragique : menace et résolution**

› Exercice

Complétez le tableau suivant en trouvant les sous-parties pour chaque grande partie.

Partie	Sous-partie	Éléments correspondants dans le texte
I. Un *lamento* amoureux	A)	....
	B)	....
	C)	....
II. Le tragique : menace et résolution	A)	....
	B)	....
	C)	....

Les conseils du prof !

- Pour construire votre plan, aidez-vous des regroupements effectués dans les exercices précédents.
- Ce texte se structure sur un ***lamento*** qui s'achève sur une **résolution** : celle d'Æglé d'épouser Égée. Le plan doit montrer ces deux aspects.

Construire la conclusion

ÉTAPE 1 **Faire une synthèse**

- Il faut d'abord résumer chaque grande partie du développement : on peut rappeler en quoi le texte exprime à la fois le tendre et le tragique, en mettant en évidence la présence de la **fatalité** qui menace un **amour sincère**.

ÉTAPE 2 **Faire une ouverture**

- En guise d'ouverture, on peut proposer une réflexion sur la **notion de tragique**, par la comparaison entre la pièce de Quinault et le tragique racinien : dans *Thésée*, la fin est heureuse, à la différence des pièces de Racine qui se concluent par un écrasement.

› Exercice

À partir du plan construit dans l'étape précédente et des indications données dans l'encadré ci-dessus, rédigez la conclusion de ce commentaire.

Synthèse : ....

....

....

....

....

....

Ouverture : ....

....

....

....

....

....

....

....

Les conseils du prof !

- Pour rédiger une conclusion pertinente, vous devez reprendre tous les mots-clés dans la synthèse.
- Afin de vous aider dans la rédaction de la synthèse, n'hésitez pas à résumer chaque grande partie en une phrase au brouillon.

› Je rédige le commentaire

Imprimez votre copie pour rédiger

DISSERTATION 1

20 pts — 4 H — → Corrigé p. 111

› *Le Malade imaginaire*, simple divertissement ou satire des mœurs de la société de Molière ?

Parcours : Spectacle et comédie

Analyser le sujet

ÉTAPE 1 Comprendre le sujet

- **Repérer et définir les mots-clés :**
  – « divertissement » : à l'origine, le terme désigne toute activité permettant à l'esprit de se détourner des contraintes quotidiennes. Le mot a ensuite évolué vers le sens d'amusement, de distraction ;
  – « satire » : genre littéraire apparu à l'époque romaine, notamment avec Horace et Juvénal, désignant des œuvres qui dénoncent les défauts de la société. La satire est donc devenue un écrit par lequel on critique un point particulier, voire une personne ;
  – « mœurs » : habitudes et manières de vivre d'un groupe, d'une société ou d'une culture.
- **Distinguer les rapports logiques :**
  – la conjonction de coordination « ou » exprime un rapport logique d'alternative ;
  – vous devez donc faire un choix entre les deux propositions avancées par le sujet : *Le Malade imaginaire* serait soit un simple divertissement, soit une satire des mœurs de la société de Molière.

ÉTAPE 2 Identifier la problématique

- **Se poser les bonnes questions :**
  – À quelle époque *Le Malade imaginaire* a-t-il été écrit et joué pour la première fois ?
  – Quel est le but de Molière lorsqu'il écrit cette pièce ? Souhaite-t-il proposer un divertissement ou une satire ? Cherche-t-il à produire les deux effets ?
  – Les deux propositions du sujet sont-elles réellement en opposition ?
- **Reformuler la problématique :** Molière a-t-il écrit *Le Malade imaginaire* pour amuser son public ou souhaitait-il avant tout le faire réfléchir sur certains problèmes rencontrés à l'époque ?

› **Exercice**

Complétez le tableau suivant en indiquant dans chaque colonne les éléments relevant du divertissement ou de la satire dans *Le Malade imaginaire*.

	Le Malade imaginaire en tant que divertissement	*Le Malade imaginaire* en tant que satire
Éléments contextuels	....	....
Éléments dans la pièce	....	....

Les conseils du prof !

- Dans la ligne « Éléments contextuels », penchez-vous sur le **contexte biographique, historique et littéraire** dans lequel Molière a écrit *Le Malade imaginaire* : quel était son objectif premier ? En quoi l'importance de faire vivre sa troupe a-t-elle pu peser sur le contenu de ses pièces ?
- Dans la ligne « Éléments dans la pièce », relevez des **scènes, passages ou citations** du *Malade imaginaire*. Analysez aussi sa **forme** : quelles sont l'histoire et la construction de la comédie-ballet ? Que signifie le choix de cette forme ?

Mobiliser vos connaissances

ÉTAPE 1 Mobiliser son cours

- **Le contexte historique et littéraire :**
  – Molière était très apprécié de Louis XIV, qui aimait beaucoup la danse et organisait de grandes fêtes à Versailles ;
  – outre *Le Malade imaginaire* (1673), Molière a écrit plusieurs pièces sur les médecins : *L'Amour médecin* (1665), *Le Médecin malgré lui* (1666), *Monsieur de Pourceaugnac* (1669).
- **La comédie-ballet :**
  – la comédie-ballet est un genre théâtral inventé par Molière et Lully ;
  – il s'agit d'un spectacle complet prenant la forme d'actes entrecoupés d'intermèdes musicaux.
- **La *commedia dell'arte* :**
  – la pièce s'inspire de certains éléments de la *commedia dell'arte* italienne ;
  – on y retrouve des archétypes de personnages issus de la *commedia dell'arte* : le valet rusé (Arlequin/Toinette), la jeune fille amoureuse (Colombine/Angélique), le vieillard avare (Pantalon/Argan)…
- **La farce :**
  – la pièce reprend aussi des éléments de la farce ;
  – il s'agit d'une pièce de théâtre bouffonne mettant en scène des personnages souvent grotesques et présentant généralement un comique de mots, de gestes ou de situation.

ÉTAPE 2 Sélectionner les informations adéquates

- **Les thématiques de la pièce :** les médecins et la maladie, l'argent, la famille, le déguisement, le mariage forcé…
- **La mise en abyme :** les personnages jouent du Molière en parlant des pièces de Molière.

› Exercice

Cherchez dans la pièce des exemples de différents types de comique.

Comique de caractère	Comique de situation	Comique de mots	Comique de gestes

Les conseils du prof !

Les pièces de Molière exploitent plusieurs types de comique :
– le **comique de caractère** est alimenté par des personnages archétypaux et caricaturaux ;
– le **comique de situation** se nourrit des quiproquos et des rebondissements ;
– le **comique de mots** provient de l'usage de jeux de mots, de jurons ou de patois ;
– le **comique de gestes** trouve sa source dans la gestuelle, la posture et les actions des personnages.

Élaborer un plan

ÉTAPE 1 Choisir le type de plan adapté au sujet

- On adoptera un plan **dialectique**, qui suivra le cheminement suivant :
  – la première partie traitera des éléments relevant du **divertissement** dans *Le Malade imaginaire* ;
  – la seconde partie abordera les éléments relevant de la **satire** dans la pièce de Molière.
- Pour construire votre plan, vous devrez vous appuyer sur l'**étude des personnages** ainsi que sur la **construction de la pièce** en général.

ÉTAPE 2 Dégager les grands axes

- **I. *Le Malade Imaginaire*, un simple divertissement**
  A) La volonté de divertir le peuple et le roi Louis XIV
  B) Les différents types de comique
  C) Les rapports avec la farce et la *commedia dell'arte*
- **II. *Le Malade Imaginaire*, une satire des mœurs de la société de Molière**
  A) La satire des rapports sociaux et familiaux
  B) La satire de l'avarice
  C) La satire de l'hypocrisie et des médecins

› Exercice

Complétez le tableau suivant en listant des éléments du texte pour chaque sous-partie.

Partie	Sous-partie	Éléments correspondants dans le texte
I. *Le Malade imaginaire,* un simple divertissement	A) La volonté de divertir le peuple et le roi Louis XIV	…………
	B) Les différents types de comique	…………
	C) Les rapports avec la farce et la *commedia dell'arte*	…………
II. *Le Malade imaginaire*, une satire des mœurs de la société de Molière	A) La satire des rapports sociaux et familiaux	…………
	B) La satire de l'avarice	…………
	C) La satire de l'hypocrisie et des médecins	…………

Les conseils du prof !

- Pour construire votre plan, aidez-vous des éléments dégagés dans les exercices précédents.
- Les éléments à inscrire dans la dernière colonne peuvent être de différentes natures : scènes, citations, thèmes évoqués, liens entre les personnages, utilisation d'accessoires…
- On retrouve souvent des **thèmes communs** ou certains **types de personnages** dans les pièces de Molière. Pensez à lire ses autres comédies. : vous pourrez y trouver des exemples pour appuyer vos arguments.
- Cet exercice vous aidera à trouver des **arguments** et des **exemples** qui vous permettront de soutenir le propos défendu dans chaque sous-partie.

› Je rédige la dissertation

Imprimez votre copie pour rédiger

Dissertation 2

20 pts · 4 H · → Corrigé p. 115

› Masques et vérité, quels enjeux dans *Les Fausses Confidences* de Marivaux ?

Parcours : Théâtre et stratagème

Analyser le sujet

ÉTAPE 1 Comprendre le sujet

- **Repérer et définir les mots-clés :**
  – « masques » : au sens physique, ce terme désigne un objet recouvrant en totalité ou en partie le visage. Au sens métaphorique, il désigne une volonté de cacher ;
  – « vérité » : désigne une vérité juste et authentique ;
  – « enjeux » : ce qui est en jeu, ce que l'on peut perdre ou gagner.
- **Distinguer les rapports logiques :**
  – les rapports logiques sont implicites dans la mesure où ils sont suggérés par la ponctuation ;
  – la virgule et la conjonction de coordination « et » indiquent la relation qui lie les deux notions ;
  – il faut donc définir le rapport entretenu par les deux thèmes, masques et vérité.

ÉTAPE 2 Identifier la problématique

- **Se poser les bonnes questions :**
  – Que sont les masques dans *Les Fausses Confidences* ?
  – Quelle vérité est atteinte dans la pièce de Marivaux ?
  – Comment s'y articulent les masques et la vérité ?
  – Chez Marivaux, la vérité s'oppose-t-elle aux masques ou les masques amènent-ils à la vérité ?
- **Repérer le point de tension :** la relation entretenue entre les masques et la vérité est primordiale. Couramment, les masques relèvent de la dissimulation et du mensonge. Ils s'opposent donc à la vérité. Mais est-ce le cas dans la pièce de Marivaux ?
- **Reformuler la problématique :** dans *Les Fausses Confidences*, les masques amènent-ils ou s'opposent-ils à la vérité ?

› Exercice

Quels masques retrouve-t-on dans *Les Fausses Confidences* ?

Complétez le tableau suivant en indiquant les stratagèmes élaborés dans la pièce de Marivaux, les personnages qui les mettent en place et la raison pour laquelle ils recourent à de telles manigances.

Stratagème élaboré	Qui le met en place ?	Pourquoi ?
....	....	....
....	....	....
....	....	....
....	....	....
....	....	....
....	....	....
....	....	....
....	....	....
....	....	....

Les conseils du prof !

- Il est ici question de « masques » au sens métaphorique : il s'agit de relever les différents **stratagèmes** et **dissimulations** mis en place par les personnages des *Fausses Confidences*.
- Vous devez avoir une connaissance précise de l'œuvre. Pour vous aider, pensez à faire une **fiche récapitulative** de chaque scène avec ce qui s'y déroule.

Mobiliser vos connaissances

ÉTAPE 1 Mobiliser son cours

- **Le marivaudage :**
  - analyse de l'éveil des passions ;
  - jeux et ruses du langage ;
  - quête de la sincérité.
- **La condition sociale des personnages :**
  - Dorante : jeune homme ruiné qui souhaite susciter l'amour chez Araminte ;
  - Araminte : riche veuve soumise aux préjugés de classe, à la pression sociale et familiale ;
  - Dorante : ancien valet et auxiliaire de Dorante, désormais au service d'Araminte.

ÉTAPE 2 Sélectionner les informations adéquates

- **La nature de la vérité :** est-ce le sentiment amoureux ou le dévoilement d'une logique sociale qui empêche l'amour entre deux personnes de classes sociales différentes ?
- **Le jeu des masques :** il implique un questionnement sur la nature des stratégies mises en place. Il faut interroger le rôle conventionnel du valet qui vient en appui de son maître.
- **Textes-clés :** *La Farce de Maître Pathelin* (1485) ; Beaumarchais, *Le Barbier de Séville* (1775).

Exercice

Les rôles des différents personnages dans les stratégies mises en place évoluent au fil de la pièce.

Dans le tableau suivant, indiquez comment se répartissent les auxiliaires et les opposants pour chaque stratagème.

Stratagème élaboré	Protagoniste	Auxiliaires	Opposants

Les conseils du prof !

- Pour remplir le tableau, aidez-vous des éléments dégagés dans l'exercice précédent.
- Les **auxiliaires** (ou adjuvants) sont les personnages qui aident le protagoniste dans sa quête, tandis que les **opposants** sont les personnages qui s'y opposent.

Élaborer un plan

ÉTAPE 1 Choisir le type de plan adapté au sujet

- Le sujet demande de s'interroger sur deux thèmes, **masques** et **vérité**, et sur le **rapport** qu'ils entretiennent dans *Les Fausses Confidences*.
- On adoptera donc un plan à la fois **thématique** et **dialectique**, qui suivra le cheminement suivant :
  – les deux premières parties **définiront** les grandes thématiques (masques, puis vérité) ;
  – la troisième partie **confrontera** ces deux thématiques.

ÉTAPE 2 Dégager les grands axes

- **Les masques comme expression du mensonge et des *a priori***
  A) Le masque social
  B) Le masque de la bienséance
  C) Le masque du sentiment amoureux
- **II. Le jaillissement de la vérité**
  A) L'être : ce que sont les hommes
  B) L'authenticité du sentiment amoureux
  C) La construction de la relation
- **III. Les masques, auxiliaires de la vérité**
  A) Les ruses pour surmonter les préjugés
  B) Le rôle du valet
  C) L'avènement du dénouement heureux

› Exercice

Complétez le tableau suivant en listant des éléments du texte pour chaque sous-partie.

Partie	Sous-partie	Éléments correspondants dans le texte
I. Les masques comme expression du mensonge et des *a priori*	A) Le masque social	....
	B) Le masque de la bienséance	....
	C) Le masque du sentiment amoureux	....
II. Le jaillissement de la vérité	A) L'être : ce que sont les hommes	....
	B) L'authenticité du sentiment amoureux	....
	C) La construction de la relation	....
III. Les masques, auxiliaires de la vérité	A) Les ruses pour surmonter les préjugés	....
	B) Le rôle du valet	....
	C) L'avènement du dénouement heureux	....

Les conseils du prof !

- Au brouillon, notez au fur et à mesure toutes les idées que vous pourrez utiliser dans les différentes parties.
- Vous devez appliquer une définition des notions du sujet **en contexte**, c'est-à-dire appliquée pleinement au cadre de la pièce.
- Dans la troisième partie, montrez que le mensonge, par le biais des masques, devient un moyen d'atteindre la vérité.

› Je rédige la dissertation

Imprimez votre copie pour rédiger

Dissertation 3

20 pts 4 H → Corrigé p. 118

› « Familles, je vous hais ! » Pensez-vous que cette expression puisse s'appliquer à la pièce *Juste la fin du monde* de Jean-Luc Lagarce ?

Parcours : Crise personnelle, crise familiale

Analyser le sujet

ÉTAPE 1 Comprendre le sujet

- **Repérer et définir les mots-clés :**
  - « familles » : personnes liées par le sang ou par une union comme le mariage ;
  - « je » : implique un point de vue, une subjectivité, un personnage se plaçant en tant que témoin et narrateur (focalisation interne) ;
  - « hais » : sentiment de profonde empathie, amenant parfois à souhaiter l'abaissement ou la mort.
- **Distinguer les rapports logiques :**
  - dans cet intitulé, les rapports logiques sont implicites ;
  - on demande d'interroger la relation éventuelle entre l'expression « Familles, je vous hais ! » et la pièce *Juste la fin du monde*.

ÉTAPE 2 Identifier la problématique

- **Se poser les bonnes questions :**
  - Qui est « je » dans *Juste la fin du monde* ?
  - Comment y apparaît la famille ?
  - Quelles sont les relations entretenues entre la famille et l'individu dans la pièce de Lagarce ?
  - La famille y est-elle source d'épanouissement ou, au contraire, de conflit et de tension pour l'individu ?
- **Repérer le point de tension :** il faut définir la nature de la relation familiale en observant la place que laisse la famille à l'individu chez Lagarce. S'agit-il d'inclusion ou de rejet ?
- **Reformuler la problématique :** quelle place laisse la famille à l'individu dans *Juste la fin du monde* ? Drame famial ou histoire d'amour ?

› Exercice

Complétez le tableau suivant en indiquant, pour chaque scène, les personnages présents, les personnages qui parlent et leur(s) interlocuteur(s).

Scène	Quels sont les personnages présents sur scène ?	Qui parle ?	À qui ?
Prologue			
Première partie Scène 1			
Première partie Scène 2			
Première partie Scène 3			
Première partie Scène 4			

Les conseils du prof !

Le **prologue** est une introduction servant à présenter des événements antérieurs à l'action proprement dite dans une œuvre théâtrale.

La scène 1 de l'acte I est une **scène d'exposition**.

Portez votre attention sur la Mère. Comment les autres personnages se définissent-ils par rapport à elle ?

Quel est l'intérêt du long monologue de Suzanne ?

Première partie Scène 5	....	....	....
Première partie Scène 6	....	....	....
Première partie Scène 7	....	....	....
Première partie Scène 8	....	....	....
Première partie Scène 9	....	....	....
Première partie Scène 10	....	....	....
Première partie Scène 11	....	....	....
Intermède Scène 1	....	....	....
Intermède Scène 2	....	....	....
Intermède Scène 3	....	....	....
Intermède Scène 4	....	....	....
Intermède Scène 5	....	....	....
Intermède Scène 6	....	....	....
Intermède Scène 7	....	....	....
Intermède Scène 8	....	....	....
Intermède Scène 9	....	....	....
Deuxième partie Scène 1	....	....	....
Deuxième partie Scène 2	....	....	....
Deuxième partie Scène 3	....	....	....
Épilogue	....	....	....

Les conseils du prof !

Comment interprétez-vous le monologue de la Mère ? Quelle est sa fonction : faire le point ou délibérer ?

Le monologue de Louis contribue-t-il à faire avancer l'action ? Comment évolue le personnage ?

Cherchez la définition du terme « **intermède** ».

Pourquoi la deuxième partie débute-t-elle par un monologue de Louis ?

- L'**épilogue** est ce qui achève une histoire.
- Portez votre attention sur le **traitement du temps**. Est-il linéaire, c'est-à-dire dans la continuité des scènes précédentes ?

Mobiliser vos connaissances

ÉTAPE 1 Mobiliser son cours

- **Les membres de la famille :**
  – la didascalie initiale établit d'emblée la liste des membres de la famille et leurs rapports : *« Louis (34 ans), Suzanne (sa sœur, 23 ans), Antoine (leur frère, 32 ans), Catherine (femme d'Antoine, 32 ans), la Mère (mère de Louis, Antoine et Suzanne, 61 ans) »* ;
  – la pièce commence sur les présentations entre Louis et Catherine, évoquant des retrouvailles, mais également la découverte d'une famille élargie ;
  – l'oppression que représente la famille transparaît à travers les conflits qui opposent chaque membre.
- **« Familles, je vous hais ! » :**
  – « Familles, je vous hais ! Foyers clos, portes refermées, possessions jalouses du bonheur », écrit André Gide dans *Les Nourritures terrestres* ;
  – la phrase souligne le paradoxe d'une famille qu'on aime et déteste à la fois, à la source du tiraillement de l'individu.

ÉTAPE 2 Sélectionner les informations adéquates

- **Le mythe des frères ennemis :** la focalisation sur les deux frères, Louis et Antoine, renvoie au mythe d'Abel et Caïn.
- **Moments-clés :** le retour de Louis, les retrouvailles familiales…
- **Textes-clés :** García Lorca, *La Maison de Bernarda Alba* (1945) ; Koltès, *Le Retour au désert* (1988) ; Mouawad, *Incendies* (2003).

› Exercice

Étudiez les relations familiales dans *Juste la fin du monde* en complétant le tableau suivant, qui interroge le statut de chaque membre de la famille.

Membre de la famille	Caractère	Fonction dans la famille
Louis	………	………
Suzanne	………	………
Antoine	………	………
Catherine	………	………
La Mère	………	………

Les conseils du prof !

- Veillez à compléter chaque étude de personnage avec un **relevé de citation**.
- Rappelez-vous que la famille se construit selon un ensemble de relations qui se structurent autour de **rôles spécifiques**. Par exemple, la Mère est un personnage central, le pilier de la famille.

Élaborer un plan

ÉTAPE 1 Choisir le type de plan adapté au sujet

- La citation « Familles, je vous hais ! » fonctionne comme un **cri**. Il est nécessaire de voir en quoi elle peut s'appliquer à la famille de Louis.
- La **crise** est la matrice de la pièce. Dès le titre est annoncée une fin, une rupture obligeant à une résolution, ou du moins à la gestion d'une mémoire familiale douloureuse.
- Le plan à adopter est celui d'un **constat** : il faut d'abord évoquer la situation familiale, puis cerner le profil des membres de la famille de Louis.
- On adoptera donc un plan **analytique** et **progressif**, déployant une analyse qui développera petit à petit les enjeux.

ÉTAPE 2 Dégager les grands axes

- **I. Des retrouvailles familiales**
  - A) Le motif des retrouvailles
  - B) Le retour du fils prodigue
  - C) Le personnage central de la Mère
- **II. Des conflits familiaux sous-jacents**
  - A) La gestion de l'absence
  - B) Les frères ennemis
  - C) Des rôles familiaux sclérosants et sclérosés
- **III. La fin d'une vie, la fin d'une famille ?**
  - A) La mort imminente
  - B) La consolation du souvenir
  - C) L'adieu avorté

› Exercice

Complétez le tableau suivant en listant des éléments du texte pour chaque sous-partie.

Partie	Sous-partie	Éléments correspondants dans le texte
I. Des retrouvailles familiales	A) Le motif des retrouvailles	....
	B) Le retour du fils prodigue	....
	C) Le personnage central de la Mère	....
II. Des conflits familiaux sous-jacents	A) La gestion de l'absence	....
	B) Les frères ennemis	....
	C) Des rôles familiaux sclérosants et sclérosés	....
III. La fin d'une vie, la fin d'une famille ?	A) La mort imminente	....
	B) La consolation du souvenir	....
	C) L'adieu avorté	....

Les conseils du prof !

- Au brouillon, faites la liste des principaux éléments qui seront à aborder dans le développement.
- Ciblez les **moments-clés** de la pièce. En effet, certaines scènes ont une portée plus importante que d'autres.
- Pour chaque **argument**, cherchez au moins un **exemple** dans la pièce de Lagarce. Aidez-vous des relevés et observations effectués dans les exercices précédents.

› Je rédige la dissertation

Imprimez votre copie pour rédiger

Commentaire → p. 92

Je comprends les corrigés

Corrigé rédigé

En 1675 paraît la tragédie lyrique *Thésée* de Philippe Quinault. Dans la veine de la reprise des mythes antiques, les passions sont célébrées dans l'optique de la *catharsis*. La purgation des passions du spectateur par la terreur et la pitié qu'il éprouve devant le spectacle d'une destinée tragique permet de mettre en lumière la fonction didactique du théâtre. Plus qu'un spectacle, la pièce devient un exutoire, un régulateur de la morale. La tragédie de Quinault révèle un couple d'amoureux sincères, Thésée et Æglé, menacés par des rivaux, la puissante magicienne Médée et Égée, le roi d'Athènes. L'extrait présente une scène de *lamento* du couple, en proie aux doutes face à un avenir incertain. Par conséquent, comment cette scène associe-t-elle *lamento* amoureux et expression du tragique ? Dans un premier temps seront évoqués les caractéristiques du *lamento* amoureux, oscillant entre souffrance et plainte. Dans un second temps sera abordée l'expression du tragique, soulignée par la menace sous-jacente à laquelle Æglé tente de remédier en rendant impossible son amour avec Thésée.

> La ***catharsis*** est un concept-clé de la tragédie classique. Elle consiste en la purification de l'âme, produite par la crainte et la pitié ressenties par le spectateur devant une représentation théâtrale.

> - **purgation** : extraction, élimination.
> - **didactique** : éducatif, instructif.
> - **exutoire** : ce qui permet de se soulager.

I. Le *lamento* amoureux

> ***lamento*** : chant triste et plaintif ; complainte, lamentation.

A) Le *topos* du *lamento*

> ***topos*** : lieu commun, archétype.

La scène du *lamento* amoureux révèle un moment de douleur, de regret, de plainte dans l'évolution dramatique. Elle contribue à construire une tension qui confronte les protagonistes à l'incertitude d'un avenir assombri. Elle se traduit par un face-à-face du couple. Thésée s'entretient avec Æglé sur la suite de leur relation. L'utilisation du futur, avec les verbes « servirai » (v. 10) et « verrai » (v. 18), marque une projection dans l'évolution incertaine d'un amour soumis à des paramètres tragiques. L'omniprésence du « tendre » souligne le chant de deux âmes qui se rejoignent dans la plainte. Les modalités de l'exclamation et de l'interrogation suscitent une émotion intense, mais également une incertitude. Voix et chant se mêlent afin de renforcer le lyrisme de cette scène. La diversité des vers, allant de l'alexandrin à l'hexasyllabe, exprime le trouble de deux voix assaillies par la souffrance.

> - **tendre** : ressort psychologique galant.
> - La carte du Tendre représente la pratique et la conduite amoureuses, placées sous le signe de l'estime, du respect et du raffinement.

> **lyrisme** : expression des sentiments.

> - **alexandrin** : vers de 12 syllabes.
> - **hexasyllabe** : vers de 6 syllabes.

B) La souffrance ou le *dolor*

La souffrance révèle la détresse du couple Æglé-Thésée. Étroitement lié à l'expression de l'*amor*, le *dolor* rappelle que tout amant est soumis aux affres de la souffrance. La tonalité pathétique transparaît alors dans l'échange entre les deux amants. Le vers 18, « Non, non ; sans m'attendrir je verrai vos douleurs », exprime la souffrance qu'Æglé veut pourtant nier. Le verbe « attendrir », associé au substantif « douleur », évoque une sensibilité blessée, exacerbée par la perte de l'être aimé. Le champ lexical

> **affres** : tourments, angoisses.

> **pathétique** : qui émeut vivement et profondément, notamment par le spectacle ou l'évocation de la souffrance.

de la perte (« briser », v. 3 ; « cessez », v. 7 ; « m'est ravie », v. 11) met en évidence la meurtrissure d'un cœur qui ne comprend pas le revirement soudain de son amante.

C) La plainte

La plainte appelle à l'expression d'un amour tendre, sincère, mais soumis à l'injustice tragique. Æglé chante la sensibilité d'une âme déchirée par une décision à laquelle elle doit se résoudre. Le décalage entre les paroles prononcées par Æglé et son attitude corporelle trahit l'amour sincère qu'elle ressent pour Thésée. Ses paroles se veulent dures et irrémédiables, mais elles n'y parviennent pas. Les indices se succèdent et sont remarqués par Thésée : l'interjection « Hélas ! » exprime un regret, une mélancolie authentique, les larmes inondent les yeux d'Æglé, un « soupir échappe à [son] cœur » (v. 15). Le corps, reflet de l'âme et de la sensibilité, ne peut dissimuler. Il incarne la vérité de l'être. L'emploi du verbe « échappe » évoque la liberté du sentiment, qui se délivre de toute entrave.

Il s'agit d'une **personnification** du cœur d'Æglé, qui prend ici des caractéristiques humaines.

Le *lamento* se structure donc dans la révélation d'un amour vrai et sincère qui unit deux êtres. *Topos* de la tragédie, il est le chant de l'âme qui associe le tendre à une tonalité élégiaque propice à la plainte et à l'exaspération de la souffrance.

élégiaque : qui exprime la plainte, la douleur.

II. Le tragique : menace et résolution

A) La menace

Cette scène montre la stratégie mise en place par Æglé pour échapper à une rivalité amoureuse mortifère. Æglé et Thésée sont menacés par deux antagonistes : Thésée est poursuivi par Médée, la puissante magicienne descendante du Soleil, tandis qu'Æglé est convoitée par Égée, le souverain de l'Attique. Ces enjeux dramatiques participent à la création du tragique. La fatalité pèse sur les deux amants, mettant en place des rouages implacables. Les protagonistes en ont pleinement conscience. Par l'expression « de mortelles alarmes » (v. 21), Æglé exprime son inquiétude face à cette menace anonyme. Dans les vers suivants, le pronom indéfini « on » masque l'identité de la menace, qui n'en devient que plus intense. L'adverbe modalisateur « peut-être » marque la probabilité. Le flou lexical indique une force aveugle, mais bien présente et porteuse de mort : la perte de l'amour s'associe à la crainte de l'anéantissement. La phrase consécutive « et vous êtes perdu » (v. 23) sonne le glas de Thésée, comme le vers 27 : « Il y va de vos jours ».

- **mortifère** : qui peut causer la mort.
- **antagoniste** : ennemi, adversaire.

Attique : péninsule grecque incluant Athènes.

La **fatalité** est un concept central de la tragédie classique. Elle incarne une force qui va, à laquelle les protagonistes ne peuvent s'opposer.

- **implacable** : à quoi on ne peut échapper.
- **consécutif** : qui exprime la conséquence.

B) La vaine stratégie d'Æglé

Face à cette force mortifère, les protagonistes tentent de lutter. Æglé veut convaincre Thésée de la fin de son amour. La scène débute sur la désillusion du jeune prince, qui pense que son amante a cessé de l'aimer. La succession des alexandrins, de l'hexasyllabe et des octosyllabes souligne son désarroi dans sa première tirade. La rupture et l'instabilité

octosyllabe : vers de 8 syllabes.

désarroi : détresse, anxiété.

s'instaurent par la récurrence de la négation : « ne… plus », « ne… rien » (v. 1), « briser » (v. 3), « abandonné » (v. 5), « plus rien » (v. 12), « perds » (v. 13). À cela s'ajoute la proposition hypothétique à valeur d'éventualité, « Si la belle Æglé m'est ravie » (v. 11), qui introduit une nouvelle réalité : celle de la fin de l'amour d'Æglé pour Thésée. Cette rupture se veut offensive afin de préserver la vie de Thésée. Æglé instaure une stratégie de désunion par un discours qu'elle espère persuasif. Les impératifs « Cessez » (v. 7) et « Servez-vous » (v. 8) engagent Thésée à trouver un autre amour. Par le substantif « volage » (v. 7), Æglé se discrédite. Elle veut donner l'apparence d'un revirement dans son amour.

C) Un amour fatal, voire impossible ?

Ce clivage entre l'être et le paraître est voué à l'échec : Æglé se trahit elle-même. Le *lamento* et la tentative de rupture s'achèvent sur l'aveu d'un amour profond qui perdure. Æglé a tenté de déjouer la fatalité, mais en vain. Thésée est conforté dans la fidélité de son amante. Les vers 26 et 27 clôturent l'extrait sur une tonalité exclamative. L'émotion atteint son paroxysme. Par l'interjection « Oh ! » associée à l'adverbe intensificateur « Que », Æglé esquisse un constat : celui de la perte des deux amants à cause de « l'excès de [sa] tendresse ». Cette hyperbole rappelle la violence de la passion amoureuse entre Æglé et Thésée, un attachement mortifère contre lequel il est impossible de lutter.

clivage : séparation, division.

Pour conclure, la fatalité emprisonne Thésée et Æglé, unis par un amour profond et sincère. Expression du tendre, mais également du lyrisme de deux âmes qui tentent vainement de lutter, l'attachement des protagonistes sonne comme la vérité de deux êtres, mais aussi comme l'expression d'un tragique mortifère. Pourtant, loin de l'écrasement racinien qui amène les personnages à un anéantissement total, la tragédie lyrique de Quinault s'achève sur l'espérance : Égée et Médée finissent par s'incliner devant la force de la passion d'Æglé et de Thésée.

La conclusion est composée de deux parties :
- la **synthèse** du développement, qui répond à la problématique ;
- l'**ouverture**, qui propose de nouvelles perspectives.

Dissertation 1 → p. 99

Corrigé rédigé

S'il est certain que la comédie-ballet *Le Malade imaginaire* est l'une des pièces les plus connues de Molière et qu'elle a été étudiée par de nombreux collégiens, on peut se demander s'ils ont compris le message de Molière. Cette pièce doit sa célébrité à une demi-vérité : pour beaucoup, Molière est mort sur scène durant une représentation du *Malade imaginaire*. En réalité, le dramaturge ne survivra pas à la quatrième représentation de cette ultime pièce et mourra quelques heures après son apparition sur scène, victime de l'incapacité des médecins de son époque et atteint d'une grave maladie aux poumons. Si *Le Malade imaginaire* connaît un succès considérable dès ses premières représentations et n'a cessé d'être joué pendant les siècles

Vous devez connaître la vie et l'œuvre de Molière. Des éléments de sa **biographie** peuvent vous aider à répondre au sujet.

qui ont suivi, on peut se demander quel était l'objectif premier de Molière en créant cette pièce : a-t-il écrit *Le Malade imaginaire* pour amuser son public ou souhaitait-il avant tout le faire réfléchir sur certains problèmes rencontrés à l'époque ? Nous nous interrogerons tout d'abord sur les éléments du *Malade imaginaire* qui laissent à penser que Molière cherchait avant tout à divertir son public, puis nous chercherons en quoi cette pièce peut représenter une satire des mœurs de la société du dramaturge.

> L'introduction est composée de trois parties :
> – l'**accroche** ;
> – la **problématique** (soit le sujet reformulé sous forme interrogative) ;
> – le **plan en deux parties**.

I. *Le Malade imaginaire*, un simple divertissement

A) La volonté de divertir le peuple et le roi Louis XIV

Si les premières lignes du premier prologue de la pièce nous montrent qu'elle est destinée à divertir le Roi-Soleil qui revient de sa campagne militaire après ses victoires en Hollande, Louis XIV n'est pas le seul destinataire du *Malade imaginaire*. À ce premier destinataire, il faut ajouter le peuple, public fidèle de Molière qui attend avant tout de la distraction, du rire et de la bouffonnerie.

> **bouffonnerie** : action ou parole comique, grotesque et ridicule.

Pour divertir son public, Molière utilise des accessoires de scène comme le clystère. De tels accessoires, grossièrement caricaturés, sont visibles de loin et permettent au public de s'amuser à l'entrée en scène d'un personnage muni d'un objet à portée scatologique.
Molière reprend également des costumes connus du public, comme celui des médecins. Dans la scène 10 de l'acte III, Toinette se grime ainsi en médecin. Les objets symboliques et scatologiques, les costumes grossiers et la mise en scène véhiculée par les didascalies permettent de faire rire dans la tonalité du grotesque.

> • **clystère** : lavement ou injection pratiqué(e) par les médecins à l'époque de Molière. Par extension, le mot désigne aussi la seringue utilisée pour cette pratique.
> • **scatologique** : qui renvoie aux excréments.

> • **se grimer** : se déguiser, se maquiller.
> • **didascalies** : indications scéniques destinées au metteur en scène ou aux acteurs.
> • **grotesque** : qui fait rire par son apparence bizarre, qui est ridicule ou absurde.

B) Les différents types de comique

Par ailleurs, Molière utilise différents types de comique dans *Le Malade imaginaire*. Il recourt régulièrement au comique de gestes dans la pièce, notamment via le personnage de Toinette. Celle-ci esquive par exemple les coups de bâton de son maître Argan dans la scène 5 de l'acte I. À la fin de la pièce, la servante se fait passer pour un médecin et mime une consultation médicale. Le comique de gestes est présent tout au long de la comédie-ballet : on le retrouve dans le malaise feint de Louison, dans la mort simulée d'Argan, dans les faux gestes d'amour de Béline… Tout est mis en œuvre pour déclencher l'hilarité du public.

> Le **comique de gestes** trouve sa source dans la gestuelle, la posture et les actions des personnages.

Le comique de mots est lui aussi particulièrement présent dans la pièce avec les galimatias, le latin macaronique parlé par les médecins ou par Toinette lorsqu'elle se déguise en médecin, le choix des noms des personnages…

> • Le **comique de mots** provient de l'usage de jeux de mots, de jurons ou de patois.
> • **galimatias** : charabia, discours incompréhensible.
> • **latin macaronique** : langage où des mots français sont mêlés de latin.
> • Le nom de **Monsieur Purgon** fait ainsi référence aux purges.

Le personnage d'Argan est représentatif du comique de caractère : hypocondriaque, il se croit souffrant et est prêt à tout pour se rapprocher du monde de la médecine. Argan souhaite ainsi marier sa fille avec Thomas Diafoirus afin d'avoir un médecin au plus près de lui.

- Le **comique de caractère** est alimenté par des personnages archétypaux et caricaturaux.
- **hypocondriaque** : qui se croit constamment malade.

Enfin, le comique de situation se retrouve dans l'ensemble de la pièce, et tout particulièrement à la fin de l'acte III : les allers-retours de Toinette en tant que servante ou médecin et l'intronisation d'Argan comme médecin dans la dernière scène représentent le point final du comique.

Le **comique de situation** se nourrit des quiproquos et des rebondissements de la pièce.

C) Les rapports avec la farce et la *commedia dell'arte*

Avec les gestes amples de ses personnages, ses jeux de scène et son comique basique, *Le Malade imaginaire* s'inscrit dans le registre de la farce et de la *commedia dell'arte*.

- **farce** : pièce de théâtre bouffonne mettant en scène des personnages souvent grotesques et présentant généralement un comique de mots, de gestes ou de situation.
- ***commedia dell'arte*** : genre théâtral populaire né au XVIe siècle en Italie, reposant sur un jeu improvisé et sur des personnages archétypaux.

Certains personnages de la pièce renvoient d'ailleurs aux personnages types de la *commedia dell'arte* : on retrouve par exemple le valet rusé (Arlequin/Toinette), la jeune fille amoureuse (Colombine/Angélique) et le vieillard avare (Pantalon/Argan).

II. *Le Malade imaginaire*, une satire des mœurs de la société de Molière

- **satire** : critique moqueuse de la société, d'une époque, d'une politique, d'une morale ou de certains personnages.
- De nombreuses pièces de Molière dénoncent les **travers de la société** : l'avarice dans *L'Avare*, l'hypocrisie et la fausse dévotion dans *Tartuffe*, la pédanterie dans *Le Bourgeois gentilhomme*, etc.

A) La satire des rapports sociaux et familiaux

Si la dimension purement comique et divertissante du *Malade imaginaire* est indéniable, il est difficile de ne pas voir dans la pièce une satire des rapports familiaux et sociaux.

Archétype du père égocentrique et incapable d'aimer les membres de sa famille, Argan n'est intéressé que par sa propre personne. Il cherche à marier Angélique, sa fille aînée, avec le médecin Thomas Diafoirus afin de pouvoir être soigné gratuitement jusqu'à la fin de ses jours. Père aveugle à l'intérêt de sa fille, Argan l'est encore plus à l'amour qu'elle pourrait porter à son futur mari. Molière dénonce ici la figure du mauvais père de famille, qui refuse de laisser sa fille épouser la personne qu'elle aime.
Louison, la fille cadette d'Argan, est quant à elle obligée de feindre la mort pour atteindre le cœur de son père. Et que penser du fait qu'Argan cherche à déshériter ses deux filles au profit de sa seconde épouse ?

égocentrique : qui ne considère que son point de vue et ses intérêts propres.

B) La satire de l'avarice

Dans *Le Malade imaginaire*, la satire vise également l'avarice. Argan apparaît presque comme un jumeau d'Harpagon, la scène d'exposition nous le montrant en train de recompter ses factures liées aux traitements médicaux. Persuadé d'être malade, Argan recherche un médecin qui pourra le soigner à peu de frais et le trouve en la personne de Thomas Diafoirus.

Personnage principal de la pièce *L'Avare* de Molière, **Harpagon** est un riche veuf cupide, avare et paranoïaque.

Béline, sa seconde épouse, est tout aussi avare que lui : alors qu'Argan est fou amoureux d'elle et pense qu'elle l'aime sincèrement, Béline ne s'intéresse qu'à son argent et cherche à se l'accaparer. Toinette empêchera le projet d'aboutir à la scène 12 de l'acte III, où elle fera croire à Béline que son mari est décédé. La joie de cette dernière à cette annonce révèle ses véritables intentions : s'emparer de l'argent d'Argan.

C) La satire de l'hypocrisie et des médecins

La pièce de Molière est une belle démonstration de l'hypocrisie. Béline est ainsi un personnage manifestant une hypocrisie certaine : elle cherche à persuader Argan de son amour pour obtenir son héritage, pressée de le voir passer de vie à trépas afin de récupérer sa fortune.
Mais les personnages les plus hypocrites de la pièce, et ceux que Molière a le plus à cœur de dénoncer dans sa comédie-ballet, sont sans aucun doute les médecins. Si le dramaturge montre le charlatanisme des médecins dans d'autres œuvres, *Le Malade imaginaire* est certainement la pièce dans laquelle Molière dresse la satire la plus grinçante des médecins de son époque.

- Les autres pièces de Molière faisant la **satire des médecins** sont *Le Médecin volant*, *L'Amour médecin*, *Le Médecin malgré lui* et *Monsieur de Pourceaugnac*.
- De nombreux contemporains de Molière ont également dénoncé les médecins de l'époque dans leurs œuvres. Parmi les œuvres les plus connues, on peut citer *Le Roman comique* de Scarrron ou *Les Caractères* de La Bruyère (portrait de Carro Carri).

Lavements et saignées représentent les seules méthodes que ces pseudo-médecins soient à même d'utiliser, ignorant si ces moyens ont la moindre efficacité. Dans la pièce, les médecins tentent de démontrer leur savoir en utilisant un latin de cuisine pour impressionner le peuple, qui ignore le sens de tous ces termes. Une démonstration claire de l'idée que Molière se fait des médecins est présentée lorsque Toinette et Argan deviennent médecins en quelques minutes à la fin de la pièce… et semblent tout aussi capables de soigner – ou de ne pas soigner – les malades que de « vrais » médecins.

de cuisine : qui est d'une qualité médiocre, qui imite une langue en mélangeant des mots de provenances diverses (latin, français, mots inventés…).

En conclusion, il est certain que *Le Malade imaginaire* atteint le but recherché par son auteur. À la tête d'une compagnie d'acteurs, Molière se doit de faire rentrer l'argent dans les caisses afin de permettre à chacun de vivre dignement. Pour cela, il lui importe de distraire son public, qu'il s'agisse du Roi-Soleil ou du peuple. Mais comme dans ses autres pièces, le dramaturge cherche aussi à faire passer un message. Comme nous le dit la devise latine reprise par Molière, *castigat ridendo mores* : en alliant le rire à la leçon, la comédie a pour but de corriger les mœurs par le rire.

La conclusion est composée de deux parties :
- la **synthèse** du développement, qui répond à la problématique ;
- l'**ouverture**, qui propose de nouvelles perspectives.

castigat ridendo mores : « corriger les mœurs par le rire ».

Dissertation 2 → p. 102

Plan détaillé

Défini comme un éveil du sentiment amoureux dans toute sa subtilité et sa finesse, le marivaudage repose sur l'interaction de relations difficiles, contraintes par des obstacles. Dans *Les Fausses Confidences*, Marivaux étaye ce cheminement en montrant combien il est parfois difficile de mener à bien le jaillissement du sentiment amoureux. En effet, Dorante, un gentilhomme noble de cœur et de qualité incontestée, qui connaît la pression sociale du désargenté, est pourtant animé d'un sentiment noble pour une jeune et riche veuve, Araminte. Alors que tout plaide en défaveur de cette union considérée comme une mésalliance, le dénouement heureux révèle combien la vérité peut être à portée de main. L'authenticité des êtres peut pallier le manque de fortune et pourvoir à des unions vraies et sincères. De fait, une question émerge : le jeu des masques contribue-t-il à l'éclatement ou au contraire à l'étouffement de la vérité ? Dans un premier temps, les masques seront évoqués comme expression du mensonge et des *a priori* ; dans un deuxième temps, le jaillissement de la vérité sera étudié ; dans un troisième temps, les masques seront abordés comme auxiliaires de la vérité.

étayer : soutenir ou appuyer quelque chose par des arguments, des preuves.

Pensez à résumer rapidement l'**intrigue** de la pièce, tout en la reliant au sujet.

L'introduction est composée de trois parties :
– l'**accroche** ;
– la **problématique** (soit le sujet reformulé sous forme interrogative) ;
– le **plan en trois parties**.

I. Les masques comme expression du mensonge et des *a priori*

A) Le masque social

- L'introduction de Dorante en tant qu'intendant :

→ Dorante, jeune homme désargenté, doit se faire présenter par son oncle et devenir intendant pour pouvoir approcher Araminte ;
→ la condition d'intendant de Dorante est considérée comme une mésalliance pour une union possible avec Araminte.

- La réification des personnages :

→ Marton, la servante d'Araminte, ne sert que de leurre pour rendre jalouse la jeune veuve ;
→ Marton est manipulée pour lire en public la lettre dans laquelle Dorante avoue ses sentiments pour Araminte.

intendant : personne chargée d'administrer la maison, de gérer la fortune et les biens d'un riche particulier.

réification : déshumanisation, transformation d'un être vivant en chose, en niant certaines de ses caractéristiques.

B) Le masque de la bienséance

- Le respect de la norme :

→ les usages sociaux ne peuvent tolérer des pratiques hors caste ;
→ Dorante ne peut déclarer directement son amour à Araminte, le jeune homme ruiné étant de rang inférieur à la riche veuve ;
→ en apprenant l'amour que son intendant éprouve pour elle, Araminte pense à le renvoyer.

- Le jeu sur l'amour-propre d'Araminte :

→ Dorante et son valet cherchent à rendre jalouse Araminte en faisant de Marton sa rivale ;
→ Araminte, flattée de l'amour que son intendant lui porte, décide de ne pas le congédier.

- **norme** : ensemble des règles de conduite qui s'imposent à un groupe social.
- À l'époque de Marivaux la condition sociale joue un rôle primordial et détermine la nature des relations entre les personnes.

caste : classe fermée de la société, soucieuse de préserver ses droits ou ses privilèges.

C) Le masque du sentiment amoureux

> Ce sont ces moyens détournés qui constituent principalement les « **fausses confidences** » dont il est question dans le titre de la pièce.

• Les moyens détournés pour Dorante d'avouer son amour à Araminte :
➔ Dorante déclare d'abord son amour par le biais des « confidences » de Dubois à Araminte ;
➔ le portrait qu'il peint d'Araminte constitue une deuxième déclaration indirecte ;
➔ sa lettre, dans laquelle il confesse sa passion pour Araminte à un destinataire imaginaire, permet à Dorante de réaffirmer son amour pour la jeune veuve, cette fois publiquement.

> **artifice** : moyen habile visant à cacher la vérité, à tromper quelqu'un.

• L'omniprésence des artifices :
➔ Marivaux peint le portrait d'une société illusoire, où priment les stratagèmes et les faux-semblants ;
➔ il est alors difficile de faire jaillir la vérité des sentiments.

II. Le jaillissement de la vérité

A) L'être : ce que sont les hommes

> • **émancipation** : acte consistant à se libérer d'une entrave, d'un état de dépendance, d'une domination ou d'un préjugé.
> • En décidant d'épouser Dorante, Araminte se libère à la fois de l'autorité de sa mère, Madame Argante, mais aussi des contraintes sociales.

• La nature profonde de Dorante :
➔ malgré son manque de richesse et la fragilité de sa position sociale, Dorante est un homme de qualité ;
➔ il séduit Araminte par l'authenticité et l'intensité de sa passion.

• Le désir d'émancipation d'Araminte :
➔ la jeune femme s'oppose à sa mère en refusant de congédier Dorante ;
➔ elle finit par annoncer son mariage avec Dorante malgré la désapprobation maternelle.

B) L'authenticité du sentiment amoureux

> • **transcender** : dépasser, aller au-delà de quelque chose.
> • Dans *Les Fausses Confidences*, l'amour que Dorante et Araminte ressentent l'un pour l'autre leur permet de transcender tous les obstacles, qu'ils soient liés à des contraintes sociales ou à d'autres personnages (le comte Dorimont, Madame Argante, Marton).

• L'amour véritable de Dorante pour Araminte :
➔ bien qu'il recoure à des stratagèmes, Dorante éprouve un amour authentique pour Araminte ;
➔ à la fin de la pièce, il avoue ses ruses et ses manigances à la jeune veuve.

• L'amour transcendant les obstacles et les classes sociales :
➔ le sentiment amoureux jaillit chez Araminte, qui dépasse sa peur d'aimer de nouveau ;
➔ en avouant son amour pour Dorante, Araminte s'affranchit de l'autorité maternelle et des contraintes sociales.

C) La construction de la relation

> Il s'agit ici de reprendre la liste d'**opposants** dégagée dans le deuxième exercice (voir p. 103).

• Une relation fragile, difficile à construire à cause des obstacles :
➔ la différence de classe sociale constitue le premier obstacle ;
➔ le comte Dorimont, riche prétendant d'Araminte, est un redoutable rival pour Dorante ;
➔ Madame Argante s'oppose à l'union de sa fille avec Dorante ;
➔ Marton, qui souhaite épouser Dorante, fait obstacle au couple par sa jalousie.

• Un amour passionné qui surpasse tous les obstacles :
➔ l'amour permet à Dorante et Araminte de surmonter leur différence de statut ;
➔ constatant l'amour d'Araminte pour Dorante, le comte décide de se retirer ;
➔ Araminte s'affirme face à sa mère ;
➔ Marton s'excuse et se réconcilie avec Araminte.

III. Les masques, auxiliaires de la vérité

A) Les ruses pour surmonter les préjugés

• Un amour dont l'annonce est différée :
➔ Dorante ne déclare d'abord son amour qu'indirectement, grâce aux manipulations de Dubois ;
➔ mais il laisse échapper des exclamations du vrai sentiment amoureux à plusieurs reprises.

• La gradation des « fausses confidences » :
➔ les sentiments de Dorante pour Araminte sont d'abord appris à cette dernière par Dubois dans le cadre de « confidences » privées ;
➔ le mystérieux portrait permet ensuite d'entretenir la curiosité d'Araminte et d'annoncer au comte qu'il a un rival ;
➔ le dernier stratagème de Dorante et Dubois, la lettre adressée à un destinataire fictif, permet de rendre publics les sentiments de l'intendant pour Araminte.

• **gradation** : progression par degrés successifs, généralement dans un sens croissant.
• Ici, les différents stratagèmes mis en place par Dorante et Dubois se font dans le sens d'une affirmation de plus en plus forte de l'amour de Dorante pour Araminte.

B) Le rôle du valet

• Un personnage conventionnel :
➔ le valet vient en appui de son maître et de sa quête ;
➔ Dubois, qui joue des tours et manipule le langage avec ses « fausses confidences », s'inscrit tout à fait dans la tradition du valet de comédie.

• Un valet qui s'affranchit :
➔ Dubois dépasse sa condition sociale en devenant le maître de la pièce ;
➔ c'est lui qui organise l'action, qui provoque les situations, qui élabore les stratagèmes ;
➔ il a un fort pouvoir de persuasion sur les autres personnages, Araminte en tête.

Dans la comédie classique, le **valet** occupe souvent un rôle très stéréotypé :
– par son jeu sur les mots et ses manigances, il contribue fortement à l'aspect comique de la pièce ;
– le valet est aussi souvent le personnage qui initie l'action, que ce soit pour son profit personnel ou en faveur de son maître.

C) L'avènement du dénouement heureux

• Le respect d'un dénouement de comédie :
➔ dans la grande tradition des comédies classiques, la pièce s'achève par l'annonce d'un mariage ;
➔ la conclusion est délivrée par les valets.

• Un dénouement heureux :
➔ les obstacles sont vaincus, tout est bien qui finit bien et chaque personnage trouve une conclusion à son histoire : Araminte pardonne à Dorante ses stratagèmes, le comte s'efface, Marton fait la paix avec Araminte… ;
➔ seule Madame Argante s'oppose toujours au mariage de sa fille avec Dorante, mais sa désapprobation n'est plus vue comme un obstacle par le couple.

Pour conclure, les masques deviennent finalement les auxiliaires de la vérité dans *Les Fausses Confidences*. Ce rôle contradictoire des masques met en évidence le paradoxe d'une authenticité qui semble problématique. Il est en effet difficile d'éprouver et de déclarer un sentiment amoureux véritable quand le déterminisme sociétal se fait lourd et pesant, entravant et empoisonnant chaque union. C'est alors dans la volonté de l'être que réside la volonté de dépassement, amenant ainsi à un comique libérateur.

La conclusion est composée de deux parties :
– la **synthèse** du développement, qui répond à la problématique ;
– l'**ouverture**, qui propose de nouvelles perspectives.

Ici, l'ouverture se fait en évoquant une **autre caractéristique** des *Fausses Confidences* et des autres comédies de Marivaux.

Dissertation 3 → p. 105

Plan détaillé

« Familles, je vous hais ! » Ce cri du cœur rappelle combien l'histoire familiale est décisive. Terreau de notre rapport au monde, elle est le cadre dans lequel l'individu se façonne et duquel il s'extirpe pour trouver sa place dans le monde. Nous revenons toujours à notre famille, que ce soit pour faire le bilan, renouer des liens ou retrouver les siens.
Louis, dans *Juste la fin du monde* de Lagarce, y retourne pour faire ses ultimes adieux. À 34 ans, il se sait condamné par une maladie létale. De fait, une question émerge : selon quelle dynamique familiale s'accomplit son retour ? Est-ce sur le mode de la crise ou au contraire de l'apaisement que s'effectuent ses derniers adieux ? Dans un premier temps seront évoquées les retrouvailles familiales ; dans un deuxième temps seront abordés les conflits familiaux sous-jacents ; dans un troisième temps sera traité le fait que la fin d'une vie puisse coïncider avec la fin d'une famille.

- **terreau** : milieu favorisant la naissance ou l'épanouissement de quelque chose.
- **s'extirper** : sortir d'un lieu avec difficulté.
- **létal** : qui entraîne la mort.
- **sous-jacent** : caché, qui ne se manifeste pas clairement.
- **coïncider** : correspondre, concorder avec quelque chose.

L'introduction est composée de trois parties :
– l'**accroche** ;
– la **problématique** (soit le sujet reformulé sous forme interrogative) ;
– le **plan en trois parties**.

I. Des retrouvailles familiales

A) Le motif des retrouvailles

- La présentation des intentions de Louis :
➔ « je décidai de retourner les voir, revenir sur mes pas, aller sur mes traces et faire le voyage, pour annoncer […] / ma mort prochaine » (Louis, prologue).

- Les circonstances du retour de Louis :
➔ Louis revient pour faire ses adieux à sa famille.

Le motif des **adieux à la famille** est un cliché littéraire avec lequel la pièce va jouer : va-t-elle répondre aux attentes ou au contraire les déjouer ?

B) Le retour du fils prodigue

fils prodigue : enfant qui revient au domicile familial après avoir déçu les attentes de ses parents.

- La présentation du rôle de Louis au sein de sa famille :
➔ Louis occupe le rôle d'un fils aimé et choyé, parfois au détriment de sa sœur et de son frère ;
➔ il représente la cristallisation d'un rôle conditionné.

- **cristallisation** : incarnation, forme concrète de quelque chose.
- **déficit** : manque, insuffisance.

- Des frère et sœur souffrant d'un déficit de l'affection compensé :
➔ « Nous nous donnions l'ordre, manière de dire, / de prendre plus souvent et encore mieux soin de toi, / garde à toi » (Antoine, II, 3).

Indiquez, pour chaque citation, le **personnage** qui parle, ainsi que l'**acte** et la **scène**.

C) Le personnage central de la Mère

• La dépositaire de la mémoire familiale :
➔ la Mère se remémore des souvenirs familiaux (I, 4).

• La prophétesse :
➔ la Mère devine comment vont se dérouler les retrouvailles familiales pour la fratrie : « Ils voudront t'expliquer mais ils t'expliqueront mal, / car ils ne te connaissent pas, ou mal » (la Mère, I, 8).

• **dépositaire** : gardien, personne à qui l'on a confié des secrets ou quelque chose d'important.
• **prophète** : personne qui voit et annonce l'avenir.

• Le genre théâtral fonctionne sur une écriture spectaculaire, c'est-à-dire une parole qui fait l'action.
• Vous devez donc choisir avec pertinence vos **citations** afin de bien mettre en évidence les enjeux de l'avancée dramatique.

II. Des conflits familiaux sous-jacents

A) La gestion de l'absence

• L'absence physique de Louis, s'inscrivant dans le temps :
➔ pour les autres membres de la famille, il est un nom fugace, une vision lointaine un peu floue.

fugace : bref, éphémère.

• L'absence symbolique des seconds rôles :
➔ la Mère, Suzanne et Catherine se mettent en retrait : « Nous ne bougeons presque plus, / nous sommes toutes les trois comme absentes, / on les regarde, on se tait » (la Mère, II, 3).

B) Les frères ennemis

• Le face-à-face entre les deux frères :
➔ Antoine explique à Louis ses souvenirs qui ont forgé leurs rôles respectifs : « aussi loin que je puisse remonter en arrière, [...] / je ne garde pas la trace que tu n'aies fini par dire qu'on ne t'aime pas » (Antoine, II, 3) ;
➔ l'incompréhension entre les deux frères donne lieu à un conflit : « une façon que tu as de répondre, / d'être là devant les autres et de ne pas les laisser entrer » (Antoine, II, 3).

• La tirade d'Antoine (II, 3) :
➔ par sa tirade, Antoine libère enfin sa parole ;
➔ cette tirade lui permet aussi de faire le bilan.

• **tirade** : au théâtre, longue réplique récitée sans interruption.
• Attention à ne pas confondre tirade et monologue : un monologue est une tirade prononcée par un personnage seul sur scène, tandis qu'une tirade est toujours adressée à un autre personnage.
• Soyez sensible à la répartition de la parole dans la pièce. Une tirade est un acte verbal essentiel que vous devez savoir repérer.

C) Des rôles familiaux sclérosants et sclérosés

scléroser : figer dans l'immobilisme, empêcher d'évoluer.

• Le statut ambigu de Louis dans sa famille :
➔ Louis est l'absent, le mal-aimé, mais aussi le fils ou frère prodigue que l'on doit choyer malgré tout ;
➔ Louis devient la victime expiatoire d'une crise personnelle et familiale.

• **victime expiatoire** : personne qui est sacrifiée pour expier une faute collective.
• Dans la pièce, le sacrifice de Louis est à la fois physique (il va bientôt mourir) et symbolique (il subit les reproches et la rancune de sa famille).

• La répartition des premiers et seconds rôles selon des rapports de force :
➔ la confrontation entre les deux frères passe au premier plan, tandis que les personnages féminins sont plus effacés.

III. La fin d'une vie, la fin d'une famille ?

A) La mort imminente

imminent : proche, qui va bientôt se produire.

- Un dernier adieu manqué :

➔ pour ses dernières retrouvailles avec sa famille, Louis espère un climat apaisé qui pourra permettre le jaillissement d'une parole libératrice et sereine ;
➔ mais le conflit s'avère omniprésent et la parole n'a pas lieu.

- Le bilan d'une voix d'outre-tombe :

➔ Louis prend une dernière fois la parole, après sa mort : « Je meurs quelques mois plus tard, / une année tout au plus » (Louis, épilogue) ;
➔ il fait part de ses regrets : « Ce que je pense / (et c'est cela que je voulais dire) / c'est que je devrais pousser un grand et beau cri, / un long et joyeux cri qui résonnerait dans toute la vallée, / que c'est ce bonheur-là que je devrais m'offrir, / hurler une bonne fois, / mais je ne le fais pas, / je ne l'ai pas fait » (Louis, épilogue).

outre-tombe : après la mort, par-delà la mort.

- Les regrets de Louis dans l'épilogue font écho à ceux qu'il ressent pour n'avoir pas réussi à faire ses adieux à sa famille.
- Ces regrets sont aussi construits en miroir de ceux d'Antoine, qui regrette, lui, d'avoir trop parlé et se reproche les phrases qu'il a dites à Louis.

B) La consolation du souvenir

- La fugacité de la présence de Louis :

➔ Louis apparaît comme un absent-présent : « c'était juste la dernière fois, / ce que je me dis sans le laisser voir » (Louis, II, 1) ;
➔ la Mère pense que Louis est déjà parti : « Ce n'est rien, je croyais que tu étais parti » (la Mère, intermède, 9).

C) L'adieu avorté

- avorté : raté, échoué.
- ressentiment : rancœur ou rancune, fait de se souvenir avec amertume de quelque chose.

- Le ressentiment en héritage :

➔ Antoine s'en veut de toutes les paroles prononcées ;
➔ la pièce se clôt sur la déchirure et le tiraillement : « je serai moins encore, / juste là à me reprocher les phrases que j'ai dites, / à chercher à les retrouver avec exactitude, / moins encore, avec juste le ressentiment, / le ressentiment contre moi-même » (Antoine, II, 3).

Pour conclure, *Juste la fin du monde* résonne comme la fin, non pas d'une famille, mais d'une vie : celle de Louis, qui ne parvient pas, au seuil de sa vie, à faire le point avec les siens. L'échec de cette réconciliation renvoie à la complexité de la structure familiale : cocon et refuge, elle peut aussi devenir le lieu de l'incompréhension et de la souffrance, réduisant à néant tout espoir de compassion et de solidarité face à une vérité acceptée. La fameuse expression « Familles, je vous hais ! » exprime cette ambiguïté. Cette phrase de Gide sera reprise plus tard par Bazin, qui en proposera une reformulation homophonique : « Familles, je vous ai ! »

La conclusion est composée de deux parties :
– la **synthèse** du développement, qui répond à la problématique ;
– l'**ouverture**, qui propose de nouvelles perspectives.

La conclusion s'achève par un retour au sujet, en proposant une **reformulation** de la **citation initiale**.

ÉPREUVE ORALE

20 pts

50 min

Explication linéaire

→ Corrigé p. 135

› Vous proposerez l'explication linéaire du poème « L'Albatros » de Charles Baudelaire.

TEXTE « L'Albatros », *Les Fleurs du mal*, Charles Baudelaire

Souvent, pour s'amuser, les hommes d'équipage
Prennent des albatros, vastes oiseaux des mers,
Qui suivent, indolents[1] compagnons de voyage,
Le navire glissant sur les gouffres amers.

À peine les ont-ils déposés sur les planches,
Que ces rois de l'azur, maladroits et honteux
Laissent piteusement[2] leurs grandes ailes blanches
Comme des avirons traîner à côté d'eux.

Ce voyageur ailé, comme il est gauche[3] et veule[4] !
Lui, naguère si beau, qu'il est comique et laid !
L'un agace son bec avec un brûle-gueule[5],
L'autre mime, en boitant, l'infirme qui volait !

Le Poète est semblable au prince des nuées
Qui hante la tempête et se rit de l'archer ;
Exilé sur le sol au milieu des huées,
Ses ailes de géant l'empêchent de marcher.

Charles Baudelaire, « L'Albatros », *Les Fleurs du mal*, 1861.

1. *Indolents* : nonchalants.
2. *Piteusement* : pitoyablement.
3. *Gauche* : maladroit.
4. *Veule* : faible, sans énergie.
5. *Brûle-gueule* : pipe au tuyau très court.

Par étapes

ÉTAPE 1 Présenter le texte : l'introduction

- **Le type de texte** : poème ; 4 strophes de quatrains en alexandrins.
- **La thématique du texte** : métaphore filée entre la condition de l'albatros torturé et celle du poète maudit.
- **L'auteur** : Baudelaire, poète novateur et symboliste.
- **L'époque** : poème écrit au début de la seconde moitié du XIXe siècle.

ÉTAPE 2 Expliquer le texte : le développement

- **La personne employée** : 3e personne (pas d'adresse au lecteur).
- **Les figures de style** : comparaison, métaphore, anacoluthe, oxymore.
- **Les jeux sur les sonorités** : assonance, allitération.
- **Les champs lexicaux** : la mer, la royauté, la supériorité, la bassesse.

› Mon brouillon

Les conseils du prof !

- Prêtez une attention particulière au **titre** du poème. L'albatros est un oiseau que l'on rencontre sur les océans. L'étymologie de ce mot est également importante : « albatros » vient du latin *alba*, qui signifie « blanc ». Le titre du poème renvoie donc à la mer et à l'idée de pureté.
- Relevez les **indicateurs de temps et de lieu** : ils permettent d'établir le cadre du récit et de faire progresser l'histoire. Ils peuvent aussi donner des indications sur le thème du poème.
- Analysez la **construction des phrases** : correspondent-elles aux strophes ? Sont-elles régulières ?
- La **nature** et la **fonction** des mots peuvent être significatives. Pensez à les étudier.

Question de grammaire

→ Corrigé p. 138

› **Étudiez la construction syntaxique de la deuxième strophe dans son intégralité.**

› **Ma réponse**

Les conseils du prof !

Même si la question de grammaire porte généralement sur le programme de Première, il n'est pas impossible que l'examinateur vous interroge sur un autre point de langue, notamment dans le cas d'un poème. Pensez donc à réviser également les points abordés les années précédentes.

Explication linéaire

→ Corrigé p. 139

› Vous proposerez l'explication linéaire de la fable « Les Animaux malades de la peste » de Jean de La Fontaine.

TEXTE **« Les Animaux malades de la peste », *Fables*, Jean de La Fontaine**

Un mal qui répand la terreur,
Mal que le Ciel en sa fureur
Inventa pour punir les crimes de la terre,
La Peste (puisqu'il faut l'appeler par son nom)
Capable d'enrichir en un jour l'Achéron[1],
Faisait aux animaux la guerre.
Ils ne mouraient pas tous, mais tous étaient frappés :
On n'en voyait point d'occupés
À chercher le soutien d'une mourante vie ;
Nul mets n'excitait leur envie ;
Ni Loups ni Renards n'épiaient
La douce et l'innocente proie.
Les Tourterelles se fuyaient :
Plus d'amour, partant[2] plus de joie.
Le Lion tint conseil, et dit : Mes chers amis,
Je crois que le Ciel a permis
Pour nos péchés cette infortune ;
Que le plus coupable de nous
Se sacrifie aux traits du céleste courroux,
Peut-être il obtiendra la guérison commune.
L'histoire nous apprend qu'en de tels accidents
On fait de pareils dévouements :
Ne nous flattons donc point ; voyons sans indulgence
L'état de notre conscience.
Pour moi, satisfaisant mes appétits gloutons
J'ai dévoré force[3] moutons.
Que m'avaient-ils fait ? Nulle offense :
Même il m'est arrivé quelquefois de manger
Le Berger.
Je me dévouerai donc, s'il le faut ; mais je pense
Qu'il est bon que chacun s'accuse ainsi que moi :
Car on doit souhaiter selon toute justice
Que le plus coupable périsse.

Par étapes

ÉTAPE 1 **Présenter le texte : l'introduction**

- **Le type de texte** : fable ; texte poétique à valeur d'apologue (court récit dont on tire un enseignement).
- **La thématique du texte** : frappés par la peste, les animaux cherchent un bouc émissaire.
- **L'auteur** : La Fontaine, poète et fabuliste célèbre pour ses *Fables*.
- **L'époque** : fable écrite dans la seconde moitié du XVIIe siècle.

ÉTAPE 2 **Expliquer le texte : le développement**

- **Les tonalités** : ironique, tragique.
- **Les figures de style** : chiasme, périphrase, gradation, antiphrase.
- **Les types de discours** : discours direct, indirect et indirect libre.
- **Les jeux sur les sonorités** : assonance, allitération.
- **Les champs lexicaux** : la mort, la faute, l'aveu.

– Sire, dit le Renard, vous êtes trop bon Roi ;
Vos scrupules font voir trop de délicatesse ;
Eh bien, manger moutons, canaille, sotte espèce,
Est-ce un péché ? Non, non. Vous leur fîtes Seigneur
En les croquant beaucoup d'honneur.
Et quant au Berger l'on peut dire
Qu'il était digne de tous maux,
Étant de ces gens-là qui sur les animaux
Se font un chimérique[4] empire.
Ainsi dit le Renard, et flatteurs d'applaudir.
On n'osa trop approfondir
Du Tigre, ni de l'Ours, ni des autres puissances,
Les moins pardonnables offenses.
Tous les gens querelleurs, jusqu'aux simples mâtins[5],
Au dire de chacun, étaient de petits saints.
L'Âne vint à son tour et dit : J'ai souvenance[6]
Qu'en un pré de Moines passant,
La faim, l'occasion, l'herbe tendre, et je pense
Quelque diable aussi me poussant,
Je tondis de ce pré la largeur de ma langue.
Je n'en avais nul droit, puisqu'il faut parler net.
À ces mots on cria haro[7] sur le baudet.
Un Loup quelque peu clerc[8] prouva par sa harangue[9]
Qu'il fallait dévouer[10] ce maudit animal,
Ce pelé, ce galeux[11], d'où venait tout leur mal.
Sa peccadille[12] fut jugée un cas pendable.
Manger l'herbe d'autrui ! quel crime abominable !
Rien que la mort n'était capable
D'expier son forfait : on le lui fit bien voir.
Selon que vous serez puissant ou misérable,
Les jugements de cour vous rendront blanc ou noir.

Jean de La Fontaine, « Les Animaux malades de la peste », *Fables*, livre VII, 1, 1678.

---

1. *Achéron* : fleuve des Enfers dans la mythologie grecque.
2. *Partant* : en conséquence.
3. *Force* : un grand nombre de.
4. *Chimérique* : invraisemblable, imaginaire.
5. *Mâtins* : gros chiens de garde.
6. *Souvenance* : souvenir.
7. *Crier haro* : s'indigner, attirer la haine ou la colère sur quelqu'un.
8. *Clerc* : lettré, savant.
9. *Harangue* : discours solennel prononcé devant une assemblée.
10. *Dévouer* : sacrifier.
11. *Galeux* : sale, infect.
12. *Peccadille* : faute légère, sans gravité.

› Mon brouillon

Les conseils du prof !

- Faites la liste des différents **personnages** de la fable. Que représente chaque animal ?
- Analysez les **phrases**. Celles-ci sont souvent très longues. Pourquoi ?
- Relevez et étudiez la **ponctuation** (point, virgule, deux-points…), très riche et variée dans le texte. Que véhicule-t-elle ?
- Travaillez sur le **rythme** des vers : sont-ils réguliers ?
- Repérez les **rimes** : celles-ci forment des couples de mots qui sont souvent significatifs

Question de grammaire

→ Corrigé p. 142

› Comment pourriez-vous qualifier la phrase du vers 14 : « Plus d'amour, partant plus de joie » ?

› Analysez le début du vers 37 : « Est-ce un péché ? »

› **Ma réponse**

Les conseils du prof !

- La première question aborde une notion qui n'est pas dans le programme de Première mais qui doit cependant être maîtrisée. Quelle est la **spécificité** de la phrase citée ?
- Pour la seconde phrase à analyser, faites appel à vos connaissances sur l'**interrogation** (voir p. 165).

Explication linéaire

→ Corrigé p. 143

› **Vous proposerez l'explication linéaire de cet extrait du chapitre 6 du roman *Le Rouge et le Noir* de Stendhal.**

TEXTE ***Le Rouge et le Noir*, Stendhal**

Avec la vivacité et la grâce qui lui étaient naturelles quand elle était loin des regards des hommes, Mme de Rênal sortait par la porte-fenêtre du salon qui donnait sur le jardin, quand elle aperçut près de la porte d'entrée la figure d'un jeune paysan presque encore enfant, extrêmement pâle et qui venait de pleurer. Il était en chemise bien blanche, et avait sous le bras une veste fort propre de ratine[1] violette.

Le teint de ce petit paysan était si blanc, ses yeux si doux, que l'esprit un peu romanesque de Mme de Rênal eut d'abord l'idée que ce pouvait être une jeune fille déguisée, qui venait demander quelque grâce à M. le maire. Elle eut pitié de cette pauvre créature, arrêtée à la porte d'entrée, et qui évidemment n'osait pas lever la main jusqu'à la sonnette. Mme de Rênal s'approcha, distraite un instant de l'amer chagrin que lui donnait l'arrivée du précepteur. Julien, tourné vers la porte, ne la voyait pas s'avancer. Il tressaillit quand une voix douce lui dit tout près de l'oreille :

– Que voulez-vous ici, mon enfant ?

Julien se tourna vivement, et frappé du regard si rempli de grâce de Mme de Rênal, il oublia une partie de sa timidité. Bientôt, étonné de sa beauté, il oublia tout, même ce qu'il venait faire. Mme de Rênal avait répété sa question.

– Je viens pour être précepteur, madame, lui dit-il enfin, tout honteux de ses larmes qu'il essuyait de son mieux.

Mme de Rênal resta interdite ; ils étaient fort près l'un de l'autre à se regarder. Julien n'avait jamais vu un être aussi bien vêtu et surtout une femme avec un teint si éblouissant, lui parler d'un air doux. Mme de Rênal regardait les grosses larmes, qui s'étaient arrêtées sur les joues si pâles d'abord et maintenant si roses de ce jeune paysan. Bientôt elle se mit à rire, avec toute la gaieté folle d'une jeune fille ; elle se moquait d'elle-même et ne pouvait se figurer tout son bonheur. Quoi, c'était là ce précepteur qu'elle s'était figuré comme un prêtre sale et mal vêtu, qui viendrait gronder et fouetter ses enfants !

– Quoi, monsieur, lui dit-elle enfin, vous savez le latin ?

Stendhal, *Le Rouge et le Noir*, chapitre 6 (première partie), 1830.

1. *Ratine* : étoffe de laine frisée.

Par étapes

ÉTAPE 1 Présenter le texte : l'introduction

- **Le type de texte** : extrait de roman ; alternance entre narration, description et dialogue.
- **La thématique du texte** : scène de la première rencontre amoureuse.
- **L'auteur** : Stendhal, romancier réaliste.
- **L'époque** : roman écrit dans la première moitié du XIXe siècle.

ÉTAPE 2 Expliquer le texte : le développement

- **Les tonalités** : comique, pathétique, lyrique.
- **Les points de vue** : alternance entre focalisation interne, externe et omnisciente.
- **L'emploi des temps** : passé simple, imparfait, plus-que-parfait.
- **L'emploi des voix** : alternance entre voix active et voix passive.
- **Les champs lexicaux** : le regard, la blancheur, la jeunesse, le chagrin, la joie.

› Mon brouillon

Les conseils du prof !

- Étudiez la longueur et la construction des **phrases** ainsi que l'emploi de la **ponctuation**. Prêtez une attention particulière aux **dialogues**.
- Repérez et analysez le vocabulaire des **sensations** et des **sentiments**, très présent dans le texte. Les sensations renvoient aux **cinq sens** : la vue (point à étudier tout particulièrement), l'ouïe, le goût, le toucher et l'odorat.
- Étudiez le **cadre spatio-temporel** : de nombreuses indications de temps et de lieu font progresser la rencontre.
- Travaillez sur le thème de la **rencontre** : analysez la présentation des deux personnages, dont les portraits sont proposés en miroir.

Question de grammaire

→ Corrigé p. 146

› Dans la dernière phrase de l'extrait, étudiez le type d'interrogation utilisé par l'auteur.

› Quel autre type d'interrogation aurait-il pu utiliser en intégrant la question à la narration ?

› **Ma réponse**

Les conseils du prof !

- Notée sur 2, la question de grammaire peut vous rapporter des points faciles. Ne faites donc pas l'impasse sur cette partie !
- Pensez à vous entraîner avant l'épreuve : pour chaque texte de votre liste, cherchez les questions qui pourraient vous être posées.

Explication linéaire

→ Corrigé p. 147

› Vous proposerez l'explication linéaire de cet extrait de la pièce *Phèdre* de Jean Racine.

TEXTE ***Phèdre*, Jean Racine**

PHÈDRE
Mon mal vient de plus loin. À peine au fils d'Égée
Sous les lois de l'hymen[1] je m'étais engagée,
Mon repos, mon bonheur semblait s'être affermi[2] ;
Athènes me montra mon superbe ennemi :
Je le vis, je rougis, je pâlis à sa vue ;
Un trouble s'éleva dans mon âme éperdue ;
Mes yeux ne voyaient plus, je ne pouvais parler ;
Je sentis tout mon corps et transir[3] et brûler :
Je reconnus Vénus et ses feux redoutables,
D'un sang qu'elle poursuit tourments inévitables !
Par des vœux assidus[4] je crus les détourner :
Je lui bâtis un temple, et pris soin de l'orner ;
De victimes moi-même à toute heure entourée,
Je cherchais dans leurs flancs ma raison égarée :
D'un incurable amour remèdes impuissants !
En vain sur les autels ma main brûlait l'encens !
Quand ma bouche implorait le nom de la déesse,
J'adorais Hippolyte ; et, le voyant sans cesse,
Même au pied des autels que je faisais fumer,
J'offrais tout à ce dieu que je n'osais nommer.
Je l'évitais partout. Ô comble de misère !
Mes yeux le retrouvaient dans les traits de son père.
Contre moi-même enfin j'osai me révolter :
J'excitai mon courage à le persécuter.
Pour bannir l'ennemi dont j'étais idolâtre[5],
J'affectai les chagrins d'une injuste marâtre ;
Je pressai son exil ; et mes cris éternels
L'arrachèrent du sein et des bras paternels.
Je respirais, Œnone ; et, depuis son absence,
Mes jours moins agités coulaient dans l'innocence :
Soumise à mon époux, et cachant mes ennuis,
De son fatal hymen je cultivais les fruits.
Vaines précautions ! Cruelle destinée !
Par mon époux lui-même à Trézène amenée,
J'ai revu l'ennemi que j'avais éloigné :
Ma blessure trop vive aussitôt a saigné.

Par étapes

ÉTAPE 1 Présenter le texte : l'introduction

- **Le type de texte** : extrait de tragédie ; longue tirade qui s'apparente à un monologue.
- **La thématique du texte** : l'aveu par Phèdre de sa passion incestueuse pour son beau-fils Hippolyte.
- **L'auteur** : Racine, dramaturge connu pour ses tragédies classiques.
- **L'époque** : pièce écrite dans la seconde moitié du XVIIe siècle.

ÉTAPE 2 Expliquer le texte : le développement

- **La tonalité** : tragique.
- **Les figures de style** : périphrase, oxymore, antithèse, personnification.
- **Le rythme des vers** : alexandrins réguliers avec césure à l'hémistiche.
- **Les jeux sur les sonorités** : assonance, allitération.
- **Les champs lexicaux** : la souffrance (physique et mentale), la mort, la divinité.

Ce n'est plus une ardeur dans mes veines cachée :
C'est Vénus tout entière à sa proie attachée.
J'ai conçu pour mon crime une juste terreur ;
J'ai pris la vie en haine, et ma flamme en horreur ;
Je voulais en mourant prendre soin de ma gloire,
Et dérober au jour une flamme si noire :
Je n'ai pu soutenir tes larmes, tes combats :
Je t'ai tout avoué ; je ne m'en repens pas.
Pourvu que, de ma mort respectant les approches,
Tu ne m'affliges plus par d'injustes reproches,
Et que tes vains secours cessent de rappeler
Un reste de chaleur tout prêt à s'exhaler.

Jean Racine, *Phèdre*, acte I, scène 3, 1677.

---

1. *Hymen* : mariage.
2. *Affermir* : rendre plus stable.
3. *Transir* : geler.
4. *Assidus* : constants, continus.
5. *Idolâtre* : qui voue une adoration à quelqu'un.

› Mon brouillon

Les conseils du prof !

- Pensez à **situer l'extrait** dans la pièce : il s'agit de la fin de la scène 3 de l'acte I. C'est une scène-clé, qui marque la première apparition de Phèdre sur scène et révèle sa passion pour Hippolyte.
- Relevez et analysez le vocabulaire lié à la **passion** (amour / haine) et à ses manifestations physiques.
- Travaillez sur l'**emploi des temps** : quelles sont les différentes valeurs du passé simple, de l'imparfait, du plus-que-parfait ? Pourquoi le présent et le passé composé sont-ils utilisés ?
- Étudiez la **construction des phrases** : sont-elles courtes ou longues ? Simples ou complexes ? Affirmatives, déclaratives, interrogatives ou impératives ?

Question de grammaire

→ Corrigé p. 149

› Commentez la négation du vers 7 : « Mes yeux ne voyaient plus ».

› Ma réponse

Les conseils du prof !

- Pour répondre à cette question, faites appel à vos connaissances sur la **négation** (voir p. 167).
- La négation porte-t-elle sur toute la proposition ou seulement sur une partie ?
- Quel(s) élément(s) exprime(nt) la négation dans cette proposition ? Commentez-en la **particularité**.

Explication linéaire

→ Énoncé p. 122

Les Fleurs du mal de Charles Baudelaire sortent en 1857 pour la première édition et en 1861 pour la seconde, incluant le poème « L'Albatros ». Il s'agit du deuxième poème de ce recueil symboliste et novateur. Le poème est composé de quatre strophes de quatre alexandrins chacune. Les trois premières strophes sont narratives, tandis que la dernière est explicative. Le rythme du poème est donc très régulier. En quoi ce poème présente-t-il la place du poète dans la société par le biais du symbole de l'oiseau déchu ? Après avoir étudié la narration des sévices infligés à l'albatros par les marins, nous montrerons la chute de l'oiseau magnifique, puis nous analyserons le rapprochement avec la situation du poète et son sentiment d'isolement.

I. Le récit d'une scène maritime

A) Une histoire maritime

Le début du poème situe le cadre de l'histoire. Il établit un espace maritime, évoqué par l'utilisation du champ lexical de la mer : « les hommes d'équipage » (v. 1), « albatros », « oiseaux des mers » (v. 2), « compagnons de voyage » (v. 3), « Le navire » (v. 4).

L'histoire est racontée au présent de l'indicatif (« Prennent », « suivent ») et il en sera de même tout au long du poème. Le récit semble ainsi se dérouler sous nos yeux.

Les allitérations en [s] de cette première strophe (« **S**ouvent », « **s**'amuser », « albatro**s** », « va**s**tes », « gli**ss**ant **s**ur ») créent une fluidité qui peut évoquer le vol de l'albatros et le trajet du navire qui fend les flots.

Le dernier vers de la première strophe nous laisse entrevoir le mystère des océans que traversent l'équipage. L'expression finale « gouffres amers » (v. 4) traduit l'inquiétude des marins.

B) Les marins, personnages indéfinis et cruels

Le poème nous raconte une histoire de marins. Baudelaire ne donne que peu d'éléments sur eux : il les désigne tout d'abord par l'expression « les hommes d'équipage » (v. 1), puis par « L'un » (v. 11) et « L'autre » (v. 12), pronoms indéfinis. Les marins sont présentés comme un groupe capable de faire avancer le navire, mais également capable de cruauté gratuite.

La capture des albatros par les marins paraît à première vue anodine. Les marins ne semblent pas avoir le sentiment qu'ils commettent un

Je comprends les corrigés

symbolisme : mouvement littéraire créé à la fin du XIXe siècle, en opposition avec le naturalisme. Baudelaire est l'un de ses premiers représentants.

- **strophe** : regroupement de vers.
- **alexandrin** : vers de 12 syllabes.

- **sévices** : mauvais traitements.

Étudiez le **temps** et la **valeur** des verbes.

allitération : répétition d'une même consonne.

Analysez la **nature** des mots utilisés. Elle peut être significative.

anodin : inoffensif, sans importance.

acte cruel. Ils essaient juste de s'occuper en torturant les oiseaux qui font partie de leur univers quotidien.

Le motif de la capture (« pour s'amuser », v. 1) est indiqué dès le début du poème et montre que l'on va assister à un acte de méchanceté gratuite, acte qui est mis en valeur par l'enjambement au vers 2.

enjambement : rejet au début du vers suivant d'un ou plusieurs mots indispensables à la compréhension du premier vers.

C) L'albatros, figure majestueuse et nonchalante

Face à eux se trouve le thème principal du poème : l'albatros. Le mot « albatros » occupe une place importante dans le poème : il apparaît une première fois dans le titre, puis une seconde fois à l'hémistiche du vers 2.

hémistiche : moitié du vers.

Après avoir désigné les oiseaux par leur nom, Baudelaire emploie par la suite des tournures périphrastiques : « vastes oiseaux des mers » (v. 2), « rois de l'azur » (v. 6) et « prince des nuées » (v. 13). Ces périphrases à connotation méliorative insistent sur la majesté des albatros, qui vivent en harmonie totale avec leur milieu naturel. Cette symbiose est confirmée par l'expression « leurs grandes ailes blanches » (v. 7).

- Une **périphrase** consiste à désigner une personne ou une chose par un groupe nominal.
- **symbiose** : union étroite et harmonieuse.

Les albatros sont également présentés comme d'« indolents compagnons de voyage », c'est-à-dire des oiseaux nonchalants tenant compagnie aux marins qui vivent loin de leur famille. Cette indolence est renforcée par les assonances en [en] : « Souv**en**t », « indol**en**ts », « gliss**an**t ».

assonance : répétition d'un même son vocalique.

II. La déchéance de l'albatros

A) La chute du roi de l'azur

La deuxième strophe commence par une proposition subordonnée temporelle conjuguée au passé composé. Il s'agit d'une rupture dans le rythme du début du poème : les oiseaux passent de leur domaine (les cieux) à celui des marins (les « planches »). Le verbe « déposés » (v. 5) insiste d'ailleurs sur l'idée de mouvement du haut vers le bas.

Pensez à étudier la **construction des phrases** : sont-elles simples ou complexe ?

Le terme **« planches »** (v. 5), mot grossier désignant le pont du navire, révèle la banalité de l'univers des marins.

Au vers 6, nous assistons à une rupture : les oiseaux, qui étaient jusqu'ici « rois de l'azur », deviennent « maladroits et honteux ».

L'expression **« maladroits et honteux »** renvoie à une infirmité à la fois physique et morale.

L'oxymore entre « rois de l'azur » et « maladroits et honteux » souligne la déchéance de l'oiseau dès qu'il n'est plus dans son milieu naturel. Les assonances en [eu] insistent sur sa maladresse sur le bateau : « hont**eu**x », « pit**eu**sement », « à côté d'**eu**x ».

oxymore : rapprochement de deux termes dont le sens est opposé.

B) La passivité de l'albatros

Cette strophe poursuit la narration : les marins commencent à humilier les oiseaux en les faisant changer d'univers, du ciel vers la terre.

L'adverbe « piteusement » et le verbe « Laissent » (v. 7) prouvent que les albatros ne sont plus acteurs mais subissent les tourments des marins. Ces derniers deviennent les acteurs de la scène, comme le montrent les verbes « Prennent » (v. 2) et « ont-ils déposés » (v. 5) dont ils sont les sujets.

> Les **sujets** sont révélateurs du rôle de chaque groupe : les marins sont les bourreaux qui agissent, tandis que les albatros sont les victimes qui subissent.

Enfin, la comparaison entre les « grandes ailes blanches » (v. 7) et des « avirons » (v. 8), objets inutiles sur un navire, renforce l'idée de déchéance pour les oiseaux. Leurs ailes « traine[nt] à côté d'eux » (v. 8) comme si elles ne faisaient plus partie de leur corps.

> **comparaison** : rapprochement de deux choses ou personnes à l'aide d'un outil de comparaison.

III. L'opposition des marins et de l'oiseau

A) La cruauté des marins

La troisième strophe est constituée essentiellement de phrases exclamatives qui montrent le ton narquois du poète face à l'albatros.

> Relevez les différents **types de phrases**. Vous devez parfaitement les connaître et les maîtriser.

Les indicateurs de temps (« Souvent », « À peine », « naguère ») expriment la progression du récit. La description de l'albatros devient de plus en plus précise.

> Repérez et analysez les **indicateurs de temps et de lieu**. Ils peuvent vous donner des informations essentielles sur le texte.

Dans cette strophe, la méchanceté des marins s'accentue : « agace son bec » (v. 11), « mime, en boitant, l'infirme qui volait » (v. 12). Ils apparaissent également grossiers avec le mot « brûle-gueule » (v. 12), terme familier désignant la pipe.

B) Le portrait antithétique de l'albatros

L'albatros est encore plus déprécié dans cette strophe. Baudelaire emploie une série d'adjectifs péjoratifs, à chaque fois coordonnés par la conjonction de coordination « et » : « gauche et veule » (v. 9) puis « comique et laid » (v. 10), qui font écho à « maladroits et honteux » (v. 6).

> **déprécié** : dévalorisé, rabaissé.

La passivité de l'oiseau est décrite péjorativement, en opposition avec sa nonchalance précédente : il n'est plus indolent mais « gauche et veule » (v. 9). Il en devient « comique et laid », lui qui était « naguère si beau » (v. 10).

D'oiseau qui dominait les cieux (« rois de l'azur », v. 6), l'albatros est devenu « infirme » (v. 12), incapable de bouger et obligé de subir. L'oxymore employé dans ce vers (« l'infirme qui volait ») renforce l'impression de déséquilibre.

> L'albatros semble conscient de sa **déchéance** puisqu'il est « honteux » (v. 6) et « veule » (v. 9), adjectifs qui évoquent une personne plus qu'un animal.

L'opposition des adjectifs employés par Baudelaire, laudatifs quand ils font référence à l'oiseau dans les airs et dépréciatifs quand ils évoquent son statut de prisonnier sur terre, crée l'image antithétique d'un oiseau majestueux dans les airs et maladroit sur terre.

> - **laudatif** : élogieux, flatteur.
> - **dépréciatif** : péjoratif, dévalorisant.
> - **antithétique** : opposé, contraire.

IV. Une réflexion sur la place du poète

A) L'analogie entre l'albatros et le poète

La dernière strophe permet de comprendre et de déchiffrer le poème. Elle commence par une comparaison qui assimile l'albatros au poète : « Le Poète est semblable au prince des nuées » (v. 13). Baudelaire propose une analogie entre le poète et l'albatros : comme l'oiseau aux longues ailes, le poète ne trouve pas sa place dans la société. Il appartient à un autre monde.

> La **majuscule** est un choix significatif de Baudelaire. Elle permet d'insister sur l'importance du statut du poète.

> **analogie** : rapprochement entre deux faits ou deux personnes.

Cette strophe donne la clef de l'intégralité du poème : elle en permet la relecture et la compréhension. Le poète, comme l'albatros, vit dans la solitude. Évoluant dans un monde supérieur comme l'oiseau dans les nuées, il n'est pas compris par la foule « vulgaire », personnifiée par les « huées » (v. 15). Celle-ci se moque de lui comme les marins se moquent de l'albatros.

B) L'inadéquation du poète au monde terrestre

L'inadéquation du poète à une vie normale est soulignée par l'anacoluthe des vers 15 et 16 : « Exilé sur le sol au milieu des huées, / Ses ailes de géant l'empêchent de marcher ». La rupture de construction de la phrase insiste sur le déséquilibre du poète face à ses semblables. Son don fait de lui un être marginal, inadapté au monde terrestre.

> - L'**anacoluthe** est une rupture de construction. Elle entraîne un déséquilibre volontaire dans la phrase.
> - Ici, **« Exilé »** devrait faire référence au sujet de la phrase. Or, celui-ci est **« Ses ailes de géant »**.

Dans ce poème, Baudelaire nous montre la différence entre deux mondes : celui de la poésie créatrice et celui de la foule, du vulgaire. L'isolement du poète est assimilé à l'impossibilité de l'albatros à vivre sur terre. Les moqueries des marins représentent l'incompréhension de la foule. On comprend alors aisément que « L'Albatros » ait été choisi pour introduire le célèbre poème « Élévation ». On peut se demander si l'opposition entre ciel et terre, chère à Baudelaire, n'est pas en rapport avec l'idée plus large du Bien et du Mal.

> La conclusion est composée de deux parties :
> – la **synthèse** du développement, qui répond à la problématique ;
> – l'**ouverture**, qui souligne l'intérêt du texte et propose de nouvelles perspectives.

Question de grammaire → Énoncé p. 124

> Une **phrase complexe** contient plusieurs propositions.

La deuxième strophe est composée d'une seule phrase. Il s'agit d'une phrase complexe constituée d'une proposition principale et d'une proposition subordonnée conjonctive temporelle.

> Une **locution conjonctive** possède la même valeur qu'une conjonction de subordination, mais elle est composée de plusieurs termes.

La locution conjonctive « à peine que », qui introduit la proposition subordonnée, indique l'antériorité.

> Révisez les **valeurs** des propositions temporelles :
> – l'**antériorité** : l'action de la subordonnée se déroule avant celle de la principale ;
> – la **postériorité** : l'action de la subordonnée se déroule après celle de la principale ;
> – la **simultanéité** : les deux actions se déroulent en même temps.

On peut remarquer que cette locution est divisée en deux : le corrélatif « à peine » introduit la proposition subordonnée, tandis que le « que » se trouve en début de proposition principale. Il s'agit d'un cas très rare qui ne s'emploie qu'avec certaines locutions conjonctives. Cette construction est appelée « subordination inverse ».

On peut également relever le fait qu'après cette locution conjonctive, on effectue obligatoirement une inversion du sujet.

Explication linéaire

→ Énoncé p. 125

Au XVIIe siècle, La Fontaine devient célèbre pour ses fables. Bien qu'elles mettent en scène des animaux, celles-ci ne sont pas forcément destinées aux enfants : derrière une histoire d'animaux se cache souvent un message plus profond. Dans « Les Animaux malades de la peste », la peste frappe les animaux, qui cherchent alors à s'en débarrasser en désignant un coupable. Quel est donc le rôle de cette fable ? Que dénonce-t-elle ? Nous verrons que La Fontaine fait de la peste un châtiment divin, puis met en scène le tribunal des animaux, dénonçant ainsi les travers de la société.

L'introduction est composée de trois parties :
- la **présentation du texte** ;
- la **problématique** (soit le projet de lecture) ;
- le **plan en trois parties**.

I. La peste, catastrophe divine

A) Un châtiment divin

La fable commence *in medias res* : le lecteur arrive au milieu d'une situation de crise, alors que la peste frappe les animaux.

in medias res : expression latine signifiant « au milieu des choses ». Procédé consistant à commencer le récit au milieu de l'histoire.

Celle-ci sème « la terreur » (v. 1) et surtout la mort, comme en témoigne son champ lexical présent dès les premiers vers : « Un mal » (v. 1), « l'Achéron » (v. 5), « la guerre » (v. 6), « mouraient », « frappés » (v. 7), « une mourante vie » (v. 9).

À ce champ lexical se mêle celui de la faute : « les crimes de la terre » (v. 3), « péchés » (v. 17), « le plus coupable » (v. 18 et 33), « Se sacrifie » (v. 19).

En effet, la peste a été envoyée sur Terre comme châtiment divin, à l'image des châtiments antiques : c'est un « Mal que le Ciel en sa fureur / Inventa pour punir les crimes de la terre » (v. 2-3). L'origine divine du mal est ainsi soulignée à plusieurs reprises dans le texte : « le Ciel » (v. 2 et 16), « céleste courroux » (v. 19).

Dans la mythologie grecque, la peste s'abat sur Thèbes suite au meurtre de Laïos, roi de Thèbes, par son propre fils Œdipe. La peste représente donc le **châtiment des dieux**, qui demandent que le coupable soit puni.

B) Un fléau mortel

Les vers 7 à 14 évoquent les conséquences désastreuses de la peste.

Au vers 7 (« Ils ne mouraient pas tous, mais tous étaient frappés »), l'utilisation du pronom personnel pluriel « Ils » (qui renvoie aux animaux) et la reprise de « tous » comme sujet montrent que personne ne peut échapper au châtiment divin.

- La Fontaine rend ce vers plus frappant encore en faisant le choix de l'**alexandrin** (vers de 12 syllabes).
- Le **chiasme** présent dans ce vers (reprise et inversion du « tous », placé à la fin de la première proposition et au début de la seconde) renforce encore sa dramatisation.

Puis La Fontaine cite des catégories d'animaux connus de ses fables (loups, renards, tourterelles) en indiquant leurs réactions. Celles-ci sont marquées par une série de négations : « On n'en voyait point d'occupés » (v. 8), « Nul mets n'excitait leur envie » (v. 10), « Ni Loups ni Renards n'épiaient » (v. 11), « Plus d'amour », « plus de joie » (v. 14). Toute vie semble avoir quitté la Terre : les animaux ne ressentent plus ni sentiments (tourterelles) ni sensations (loups, renards).

La situation est dressée : le fléau est dû à un péché, commis par un coupable. Il faut donc l'identifier pour se débarrasser du mal.

II. La rhétorique des animaux

rhétorique : art du discours, qui donne un certain nombre de règles pour bien s'exprimer.

A) Un tribunal

Lorsque le lion prend la parole, on comprend vite qu'on va avoir affaire à un tribunal : le premier discours est introduit par la formule « Le lion tint conseil » (v. 15).

Le discours du lion évoque le domaine juridique, avec des expressions comme « le plus coupable » (v. 18 et 33), « Se sacrifie » (v. 19), « voyons sans indulgence / L'état de notre conscience » (v. 23-24), « il est bon que chacun s'accuse ainsi que moi » (v. 31), « selon toute justice » (v. 32).

La fable nous raconte donc bien l'histoire d'un jugement (« les jugements de cour », v. 64), mais celui-ci s'avère mal mené et inique.

inique : injuste, qui n'est pas équitable.

B) Trois orateurs

- Le **lion**, roi des animaux, représente Louis XIV, monarque absolu, dans les *Fables*.
- À travers le personnage du lion, La Fontaine dénonce le système juridique de son époque, où le rôle de chacun est en rapport avec sa richesse ou son rang.

Le lion est le premier à prendre la parole. Sa tirade, la plus longue de la fable, se déroule sur 19 vers. Elle peut ainsi frapper les esprits et les convaincre. Son ton est solennel. Le type de vers change afin d'apporter davantage de variété au discours. Le lion fait l'aveu de son crime : il a dévoré des moutons et même le berger. Cependant, il le minimise : « Le Berger » est rejeté au vers 29, comme s'il était sans importance. L'aveu du lion est en réalité une ruse : il avoue une énorme faute en la diminuant, sachant qu'il domine et que les autres animaux n'oseront pas s'opposer à lui.

rejet : une partie du vers est repoussée au vers suivant.

Chez La Fontaine, le **renard** incarne la ruse.

Le renard prend la parole à son tour pour appuyer la tirade du lion. Il commence son discours par de la flagornerie : « vous êtes trop bon Roi » (v. 34). Employant des expressions très respectueuses (« Sire », « Roi », « Seigneur »), il incarne le courtisan qui s'abaisse devant son roi en toutes circonstances. L'adverbe d'intensité « trop » (v. 34) insiste encore sur son hypocrisie. Après avoir flatté le lion, le renard va ensuite dévaloriser ses victimes en utilisant des termes de plus en plus méprisants : « moutons, canaille, sotte espèce » (v. 36). Il pose une question rhétorique puis y répond lui-même : « Est-ce un péché ? Non, non » (v. 37). Il va jusqu'à glorifier le lion d'avoir dévoré les moutons en utilisant le terme « honneur » (v. 38).

flagornerie : flatterie grossière et intéressée.

Nous pouvons ici relever une **gradation** (énumération de termes allant du plus faible au plus fort).

question rhétorique : question qui n'attend pas de réponse.

Parmi les autres animaux, aucun n'ose s'opposer au lion ni au renard. L'utilisation du comparatif d'infériorité « Les moins pardonnables » (v. 46) montre que tous ont commis des fautes mais ne veulent pas les avouer. L'expression « petits saints », opposée à « Au dire de chacun » (v. 48), révèle encore davantage l'hypocrisie des animaux dans une antiphrase.

Tous ces **animaux** représentent également des courtisans.

antiphrase : figure de style consistant à dire le contraire de ce que l'on pense.

L'âne intervient finalement. Naïf, celui-ci ne connaît pas les codes sociaux et va commettre un impair : il obéit aux ordres du lion en avouant ses fautes. La faute avouée est minime : l'âne a mangé une infime quantité d'herbe, poussé par « La faim » (v. 51). Il commet également l'erreur de citer le diable : « Quelque diable aussi me poussant » (v. 52). Enfin, il se décrit lui-même coupable : « Je n'en avais nul droit » (v. 54). Sa tirade n'occupe que 6 vers et sa faute n'a guère d'importance, et pourtant c'est l'âne qui va être reconnu coupable.

Sorte de double inversé du renard, l'**âne** incarne la bêtise.

Dans une société où la peste est considérée comme un châtiment divin, évoquer le **diable** constitue pratiquement un aveu de culpabilité.

III. Une justice inégale

A) Le sacrifice d'un bouc émissaire

Le crime de l'âne choque un loup, qui attise la haine des autres animaux. Ceux-ci expriment leur indignation par deux phrases exclamatives au discours indirect libre : « Manger l'herbe d'autrui ! quel crime abominable ! » (v. 60).

Le **discours indirect libre** présente les caractéristiques du discours indirect, mais sans verbe introducteur. La ponctuation du discours direct est rétablie (ici, le point d'exclamation).

L'âne est alors désigné par une série de périphrases péjoratives : « ce maudit animal » (v. 57), « ce pelé », « ce galeux » (v. 58). On peut noter que la « peccadille » du début du vers 59 devient une faute grave (« un cas pendable ») à la fin de ce même vers, dans une sorte d'antithèse.

périphrase : désignation d'une personne ou d'une idée par un groupe nominal sans la nommer.

L'**antithèse** est une figure de style qui associe deux éléments de sens contraires dans une même phrase.

On peut se demander qui parle dans la dernière exclamation du vers 60 (« quel crime abominable ! ») : est-ce les animaux qui s'indignent ou le fabuliste qui souligne l'ironie de la situation ?

L'**ironie** consiste à dire le contraire de ce qu'on veut faire comprendre.

Le jugement est donné aux vers 61 et 62 : l'âne est condamné à mort, sans autre alternative.

B) La dénonciation d'une société injuste

La moralité est rédigée dans les deux derniers vers, en alexandrins très réguliers avec coupe à l'hémistiche : « Selon que vous serez puissant ou misérable, / Les jugements de cour vous rendront blanc ou noir » (v. 63-64). Elle est écrite au futur, comme une sorte d'avertissement.

La **moralité** est une composante essentielle de la fable. Elle tire une leçon générale du cas particulier qui est raconté.

- **alexandrin** : vers de 12 syllabes.
- **hémistiche** : moitié du vers.

Par cette moralité, La Fontaine dénonce le pouvoir de la cour et l'inégalité face à la justice : les plus faibles (l'âne) sont injustement accusés, tandis que les personnages importants (le lion) ou hypocrites (le renard) sont tout-puissants. Le fabuliste montre aussi qu'il est indispensable de maîtriser les codes de la cour.

Nous avons pu constater que La Fontaine excellait dans l'art de faire passer un message par le biais de ses fables. Inspiré essentiellement par Ésope, il a su tirer parti de ses lectures et créer une œuvre tout à fait originale, qui sera demeurée comme telle jusqu'à nos jours.

La conclusion est composée de deux parties :
- la **synthèse** du développement, qui répond à la problématique ;
- l'**ouverture**, qui souligne l'intérêt du texte et propose de nouvelles perspectives.

Question de grammaire → Énoncé p. 128

La phrase du vers 14 est composée de deux groupes nominaux (« Plus d'amour » et « plus de joie ») mais ne comporte pas de verbe conjugué. Il s'agit donc d'une phrase nominale, ou non verbale.

Cette phrase est intéressante sémantiquement et grammaticalement. Sur le plan grammatical, les deux parties de la phrase sont nominales. Sur le plan sémantique, on constate que la seconde partie est la conséquence de la première.

sémantique : relatif au sens.

C'est ce qu'exprime la conjonction « partant », qui signifie **« en conséquence »**.

La Fontaine aurait pu employer deux propositions verbales exprimant ce lien, par exemple : « Comme il n'y avait plus d'amour, il n'y avait plus de joie ». L'expression choisie est cependant plus harmonieuse dans sa concision.

« Est-ce un péché ? » est une question directe. Il s'agit aussi d'une interrogation totale.

L'**interrogation directe** est marquée par la **ponctuation** et par l'**inversion du sujet**.

L'**interrogation totale** porte sur l'intégralité de la phrase. On peut lui répondre par « oui » ou par « non ».

À première vue, cette question semble simple et bien construite. Toutefois, il s'agit de ce qu'on appelle une question rhétorique : elle ne sert qu'à faire avancer le dialogue car on en connaît déjà la réponse. Les Romains, maîtres de l'art oratoire, utilisaient beaucoup ce procédé.

Explication linéaire

→ Énoncé p. 129

Stendhal publie en 1830 *Le Rouge et le Noir*, son deuxième roman. Souvent considéré comme un roman d'apprentissage, ce livre raconte l'ascension sociale de Julien Sorel, jeune paysan qui hésite entre la carrière ecclésiastique et la carrière militaire. L'extrait que nous allons étudier se situe au début du roman, qui comporte deux parties. Dans le chapitre 6 de la première partie, Julien Sorel va se présenter au domicile de Mme de Rênal pour obtenir un poste de précepteur auprès de ses enfants. L'auteur présente la première rencontre du héros et de Mme de Rênal de façon réaliste et en alternant les points de vue. En quoi ce passage est-il donc caractéristique d'une scène de rencontre ? Nous étudierons d'abord la rencontre progressive entre Julien Sorel et Mme de Rênal, puis nous analyserons tout ce qui oppose ces deux personnages, et enfin nous montrerons que le texte propose les portraits croisés de Julien et de Mme de Rênal.

roman d'apprentissage : genre romanesque dans lequel le héros évolue au fil de l'histoire.

L'introduction est composée de trois parties :
- la **présentation du texte** ;
- la **problématique** (soit le projet de lecture) ;
- le **plan en trois parties**.

I. Une scène de rencontre

A) Une rencontre progressive

Le premier personnage qui apparaît est Mme de Rênal : « Mme de Rênal sortait » (l. 2). Immédiatement après, on perçoit le personnage de Julien à travers les yeux de Mme de Rênal : « la figure d'un jeune paysan presque encore enfant » (l. 4-5). La rencontre est ainsi mise en place.

Les événements sont décrits de façon chronologique, comme ils se sont déroulés. Il s'agit donc d'une scène.

La **chronologie du récit** doit toujours être étudiée :
- dans une scène, le lecteur assiste à tous les événements et a accès aux paroles échangées ;
- dans un sommaire, les événements sont résumés en quelques mots et le lecteur n'a pas accès aux paroles échangées ;
- dans une ellipse narrative, certains passages sont passés sous silence.

B) L'alternance entre narration et dialogue

Les dialogues sont courts et peu nombreux. Ils montrent que les deux personnages ne se parlent pas beaucoup, passant davantage de temps à s'observer.

Le premier dialogue commence par la question de Mme de Rênal : « Que voulez-vous ici, mon enfant ? » (l. 18). Cette question est construite avec une phrase courte, comme si le regard avait plus d'importance que la parole. La réponse de Julien est aussi courte, dans une certaine symétrie : « Je viens pour être précepteur, madame » (l. 23).

La question de Mme de Rênal et la réponse de Julien comptent chacune **le même nombre de mots** (6 mots).

La narration reprend à la ligne 25, puis le second passage de dialogue arrive : « Quoi, monsieur, […] vous savez le latin ? » (l. 35). De même que pour le premier passage, la question est courte.

II. La confrontation entre deux mondes

A) L'opposition géographique

Stendhal situe très précisément le cadre spatio-temporel, tout en détaillant les mouvements des deux personnages : « Mme de Rênal sortait par la porte-fenêtre du salon qui donnait sur le jardin, quand elle aperçut près de la porte d'entrée la figure d'un jeune paysan » (l. 2-5).

L'accumulation des indicateurs de lieu et les allusions à la « porte-fenêtre » et au « jardin » permettent de dépeindre une maison bourgeoise, tout en affirmant l'appartenance de Mme de Rênal à ce milieu puisqu'elle sort de la maison. À l'inverse, Julien est à l'extérieur de la maison : paysan modeste, il n'appartient pas à ce milieu. L'opposition géographique correspond donc à une opposition sociale.

Les **indicateurs de temps** sont aussi nombreux dans ce début de rencontre : « quand elle aperçut » (l. 3-4), « qui venait de pleurer » (l. 5-6), « d'abord » (l. 9), « quand une voix douce » (l. 16)…

Le texte précise que Julien est « arrêté à la porte d'entrée » (l. 12), **symbole du mur** séparant les deux personnages.

B) L'opposition sociale

Cette scène raconte la première rencontre entre deux personnages essentiels du roman : Julien Sorel et Mme de Rênal. Ceux-ci semblent d'abord s'opposer.

Mme de Rênal est désignée par son nom et par son titre, tandis que Julien n'est quant à lui appelé ni par son prénom ni par son nom : il est d'abord désigné par les périphrases « la figure d'un jeune paysan » (l. 4-5) puis « cette pauvre créature » (l. 11-12). Plus loin, il sera finalement appelé par son prénom « Julien » (l. 15), auquel Stendhal ajoute le qualificatif de « précepteur » (l. 15 et 23).

périphrase : désignation d'une personne ou d'une idée par un groupe nominal sans la nommer.

Julien est donc présenté par son **statut professionnel**, et non social.

L'opposition entre les deux personnages se poursuit au niveau vestimentaire : Julien est vêtu d'une « chemise bien blanche » (l. 6) et porte sous le bras une « veste fort propre de ratine violette » (l. 7), tandis que Mme de Rênal est un « être [...] bien vêtu » (l. 26-27). Les vêtements de l'un et de l'autre ne sont décrits qu'en des termes vagues et peu précis, mais suffisants pour indiquer leur condition sociale.

Mme de Rênal comprend tout de suite que Julien est un **paysan**, alors que ce dernier la trouve très bien habillée.

III. Deux portraits croisés

A) L'alternance des points de vue

Il existe 3 types de **points de vue** :
- le point de vue externe : le narrateur ne raconte que les actes et les paroles des personnages. Le lecteur n'a pas accès à leurs pensées ou sentiments ;
- le point de vue interne : le narrateur adopte le point de vue d'un personnage. Le lecteur a accès à ses pensées et sentiments ;
- le point de vue omniscient : le narrateur sait tout. Le lecteur a accès aux pensées et sentiments de tous les personnages.

Les points de vue vont alterner tout au long de la scène. Le point de vue interne est cependant le plus employé, en passant d'un personnage à l'autre.

Au début de l'extrait, le narrateur propose un point de vue omniscient : l'expression « Avec la vivacité et la grâce qui lui étaient naturelles quand elle était loin des regards des hommes » (l. 1-2) nous renseigne immédiatement sur les traits de caractère de Mme de Rênal.

Puis le point de vue de Mme de Rênal est adopté lorsqu'elle rencontre Julien : « Elle eut pitié de cette pauvre créature » (l. 11-12).

Le texte passe ensuite à un point de vue externe : « Julien se tourna vivement » (l. 19).

Enfin, le point de vue de Julien est retranscrit dans sa vision de Mme de Rênal : « Julien n'avait jamais vu un être aussi bien vêtu » (l. 26-27).

B) Des portraits en miroir

Ce passage dresse un double portrait : celui de Julien à travers le regard de Mme de Rênal, et celui de Mme de Rênal à travers le regard de Julien.

Julien, vu par Mme de Rênal, est d'abord désigné par une périphrase qui insiste à la fois sur son statut social et sur sa jeunesse : « la figure d'un jeune paysan presque encore enfant » (l. 4-5).

Mais la jeune femme est d'emblée intriguée par le teint clair de Julien et son regard doux : « Le teint de ce petit paysan était si blanc, ses yeux si doux » (l. 8).

> Les paysans, habitués à travailler en extérieur, n'avaient pas le **teint clair** au XIXe siècle, ce qui explique la surprise de Mme de Rênal. Julien se distingue déjà du paysan « classique ».

Le portrait de Julien est parcouru par des marques d'étonnement de Mme de Rênal, qui s'interroge sur sa présence. Elle en vient à se demander s'il ne pourrait pas être « une jeune fille déguisée » (l. 10).

> Le texte insiste sur les traits fins et l'**aspect peu masculin** de Julien.

Le jeune homme est ensuite caractérisé par la périphrase « pauvre créature » (l. 12), qui insiste sur le sentiment de pitié qu'éprouve Mme de Rênal à son égard.

Le nom « Julien » n'arrive qu'à la ligne 15, comme si son apparence avait davantage d'importance que son identité pour Mme de Rênal. Cette description dresse également un portrait moral : Julien est décrit comme un être timide et pur.

> - Champ lexical de la **timidité** : « qui venait de pleurer » (l. 5-6), « n'osait pas lever la main jusqu'à la sonnette » (l. 13), « il tressaillit » (l. 16), « il oublia une partie de sa timidité » (l. 20), « tout honteux de ses larmes » (l. 23-24).
> - Champ lexical de la **blancheur** (associée à la pureté) : « extrêmement pâle » (l. 5), « chemise bien blanche » (l. 6), « teint […] si blanc » (l. 8).

À la ligne 13, le portrait s'arrête et la narration reprend.

Le mouvement rapide de Mme de Rênal (« s'approcha ») va permettre de passer d'un portrait à l'autre.

Mme de Rênal, vue par Julien, est décrite comme une femme douce, belle et bien vêtue : « frappé du regard si rempli de grâce » (l. 19-20), « étonné de sa beauté » (l. 21), « Julien n'avait jamais vu un être aussi bien vêtu et surtout une femme avec un teint si éblouissant, lui parler d'un air doux » (l. 26-28).

> Le portrait de Mme de Rênal est construit à travers le regard surpris et admiratif de Julien, ce qui est confirmé par l'emploi d'un **verbe de vision**.

La jeune femme est présentée par son statut social (elle est la femme du maire, comme le rappelle le texte aux lignes 10-11 : « qui venait demander quelque grâce à M. le maire ») et par son statut de mère de famille (Julien souhaite devenir le précepteur de ses enfants).

Stendhal insiste sur le portrait en miroir des deux personnages en utilisant le champ lexical de la vue (qui fait référence alternativement à Mme de Rênal puis à Julien) : « regards » (l. 2), « aperçut » (l. 4), « frappé du regard » (l. 19), « à se regarder » (l. 26)…

> Ce dernier verbe est intéressant parce qu'il montre la **réciprocité des regards**.

C) La similitude des personnages

Les deux personnages sont décrits par leur beauté et leur jeunesse, en miroir l'un de l'autre. Au « teint […] si blanc » (l. 8) de Julien répond le « teint si éblouissant » (l. 27) de Mme de Rênal ; les « yeux si doux » (l. 8) de Julien évoquent la « voix douce » (l. 16), l'« air doux » (l. 28) et le « regard empli de grâce » (l. 19-20) de Mme de Rênal ; au « jeune paysan encore enfant » (l. 4-5) correspond « la gaieté folle d'une jeune fille » (l. 31).

L'un comme l'autre étaient en proie à la tristesse juste avant la rencontre. Leur promptitude à pleurer souligne leur spontanéité et leur jeunesse.

> Julien **« venait de pleurer »** (l. 5-6) à cause de son père, tandis que Mme de Rênal souffrait d'un **« amer chagrin »** (l. 14) à cause de l'idée qu'elle s'était faite du précepteur de ses enfants.

Cette scène de rencontre permet au lecteur de découvrir le personnage de Mme de Rênal, qui va jouer un rôle extrêmement important pour Julien dans le roman. Il s'agit donc d'un passage-clé de l'histoire puisqu'il montre ce qui précède le début de l'amour entre Julien et Mme de Rênal. Stendhal a ainsi créé un effet de suspense qui poussera le lecteur à connaître la suite de cette histoire peu commune.

La conclusion est composée de deux parties :
- la **synthèse** du développement, qui répond à la problématique ;
- l'**ouverture**, qui souligne l'intérêt du texte et propose de nouvelles perspectives.

Question de grammaire

→ Énoncé p. 131

Dans la dernière phrase de l'extrait, Stendhal a utilisé l'interrogation directe, comme en témoigne la présence du tiret (qui indique le passage d'un locuteur à l'autre) et du point d'interrogation final. Le verbe introducteur de la question (« lui dit-elle enfin ») est une incise. Cette technique est reprise dans l'intégralité du dialogue.

L'**interrogation directe** est marquée par la **ponctuation** et parfois par la présence d'un **verbe introducteur**.

Il s'agit ici d'une interrogation totale. De plus, la construction de la question reprend celle d'une phrase affirmative : le sujet n'est pas inversé (« vous savez »). À l'oral, seule l'intonation montante montre qu'il s'agit d'une question directe (ce qui est confirmé par le point d'interrogation à l'écrit).

L'**interrogation totale** porte sur l'intégralité de la phrase. On peut lui répondre par « oui » ou par « non ».

Les personnes utilisées font référence à la situation d'énonciation : « elle » représente Mme de Rênal, qui prend la parole, tandis que « vous » désigne Julien, à qui elle s'adresse. Le temps employé est le présent de l'indicatif, qui renvoie au moment de l'acte de parole.

La **situation d'énonciation** désigne la situation (temps, lieu) dans laquelle se trouve le locuteur.

L'auteur aurait pu choisir d'intégrer sa question à la narration en utilisant l'interrogation indirecte : « Elle lui demanda s'il savait le latin. » Le passage de l'interrogation directe à l'interrogation indirecte s'opère par l'ajout d'un mot introducteur et le remplacement du point d'interrogation par un point. Le verbe « savait » est passé à l'imparfait puisqu'il y a concordance avec le temps du récit. Enfin, le « vous » renvoyant à l'interlocuteur est transformé en troisième personne pour respecter la situation d'énonciation.

Dans le discours indirect, si le verbe introducteur est employé à un temps du passé, le verbe de la subordonnée doit respecter la **concordance des temps** : un verbe au présent passe à l'imparfait, un verbe au passé composé passe au plus-que-parfait, etc.

Explication linéaire

→ Énoncé p. 132

Racine écrit *Phèdre* en 1677. Dans cette pièce, il tente de montrer que l'homme n'est qu'un jouet entre les mains des dieux. Phèdre en est un bon exemple. Dans cet extrait, dernière tirade de la scène 3 de l'acte I, elle vient d'avouer à Œnone son amour pour son beau-fils Hippolyte. En quoi la passion peut-elle donc être destructrice ? Nous étudierons l'origine quasi divine de cette passion incestueuse, puis nous verrons comment Racine fait de cette passion une fatalité subie par Phèdre, et enfin nous nous pencherons sur la seule issue possible : la mort.

L'introduction est composée de trois parties :
- la **présentation du texte** ;
- la **problématique** (soit le projet de lecture) ;
- le **plan en trois parties**.

I. L'origine de la passion

A) Un mariage stable et tranquille

La tirade commence par une narration : Phèdre raconte sa rencontre avec Hippolyte, peu après son mariage avec Thésée.

Elle débute son monologue en évoquant son « mal » (v. 1), puis elle narre les événements qui l'ont conduite vers cette situation : « À peine au fils d'Égée / Sous les lois de l'hymen je m'étais engagée » (v. 1-2).

- Cette périphrase désigne **Thésée**, fils d'Égée.
- Il est important de connaître la mythologie : Thésée a vaincu le Minotaure à l'aide d'Ariane, fille de Minos, qu'il abandonne ensuite sur une île. Devenu roi d'Athènes, il épouse la reine des Amazones dont il aura un fils, Hippolyte. Puis il se remarie avec Phèdre, la sœur d'Ariane.

Dans ce récit, Thésée n'est jamais désigné par son nom mais par trois périphrases : « fils d'Égée » (v. 1), « son père » (v. 22) et « mon époux » (v. 31 et 34). Tous ces termes évoquent une filiation : Thésée est un fils, un père et un mari. Phèdre ne fait cependant qu'une brève évocation de sa propre descendance, comme si cela n'avait guère d'importance : « De son fatal hymen je cultivais les fruits » (v. 32).

périphrase : désignation d'une personne ou d'une idée par un groupe nominal sans la nommer.

Les trois premiers vers évoquent une période calme et tranquille, dont la stabilité est soulignée par l'emploi de l'imparfait (« semblait »). Cette période ne semble pas provoquer beaucoup d'émotions chez Phèdre : celle-ci parle de « repos » (v. 3), terme qui paraît peu approprié à l'état d'une jeune mariée. Les sentiments évoqués sont en contradiction avec ceux qui seront éprouvés à la vue d'Hippolyte.

Ce passage peut être considéré comme une analepse explicative, qui va donner les clés de la suite de l'histoire tragique de Phèdre.

analepse : retour en arrière, récit d'un événement passé.

B) Un mal incurable

Le passage de l'imparfait (« semblait ») au passé simple (« montra ») exprime une rupture.

Pensez à étudier **l'emploi et la valeur des temps**. Ici, l'opposition de l'imparfait et du passé simple est révélatrice.

Avec l'apparition d'Hippolyte commence une longue série de verbes au passé simple qui indiquent les réactions de Phèdre : « vis », « rougis », « pâlis » (v. 5). L'asyndète exprime la fulgurance du coup de foudre.

asyndète : omission volontaire d'un lien logique que le destinataire du message doit rétablir lui-même.

Les manifestations physiques de la passion se traduisent par l'aveuglement et le mutisme : « Mes yeux ne voyaient plus, je ne pouvais parler » (v. 7).

Ces deux manifestations se complètent, l'alexandrin étant parfaitement symétrique : 6 vers sont consacrés à l'**aveuglement**, et 6 vers au **mutisme**.

L'impression de passion douloureuse est renforcée par les assonances en [i] : « vis », « rougis », « pâlis », « sentis », « transir », « poursuit ».

assonance : répétition d'un même son vocalique.

La passion est considérée comme un mal contre lequel on ne peut lutter, comme le montre le champ lexical de la maladie : « mal » (v. 1), « pâlis » (v. 5), « trouble » (v. 6), « Mes yeux ne voyaient plus, je ne pouvais parler » (v. 7), « tourments inévitables » (v. 10), « incurable », « remèdes » (v. 15).

II. La passion, une fatalité

La **fatalité** est un concept central de la tragédie classique. Elle incarne une force qui va, à laquelle les protagonistes ne peuvent s'opposer.

A) L'expiation d'une faute originelle

Phèdre, descendante du Soleil, est condamnée à expier une faute perpétrée par son ancêtre : le Soleil avait dévoilé l'infidélité de Vénus avec Mars à Vulcain. Pour se venger, Vénus inspire à Phèdre une passion funeste pour Hippolyte : « Je reconnus Vénus et ses feux redoutables, / D'un sang qu'elle poursuit tourments inévitables ! » (v. 9-10).

- **Vénus** : déesse de l'amour.
- **Mars** : dieu de la guerre.
- **Vulcain** : dieu du feu et de la forge, conjoint de Vénus.

Le champ lexical de la divinité parcourt le texte, montrant l'omniprésence des dieux : « Vénus » (v. 9), « temple » (v. 12), « autels », « encens » (v. 16), « déesse » (v. 17).

B) Une lutte vaine

Phèdre tente de calmer Vénus par le respect accordé à la divinité : « Je lui bâtis un temple, et pris soin de l'orner » (v. 12). Mais rien ne réussit à apaiser la colère de la déesse : l'adverbe « En vain » (v. 16) montre qu'aucune tentative n'aboutit. L'amour de Phèdre pour Hippolyte reste « incurable » (v. 15).

Les prières n'ayant pas fonctionné, Phèdre décide d'éviter Hippolyte afin de lutter contre sa passion : « Je l'évitais partout » (v. 21). Mais elle ne peut lutter contre l'amour que lui impose Vénus : elle voit Hippolyte partout, « au pied des autels » (v. 19) et « dans les traits de son père » (v. 22). Elle va alors jusqu'à l'exiler afin de ne plus le voir : « Je pressai son exil » (v. 27).

La fatalité de la passion est clairement exprimée par l'expression oxymorique « une flamme si noire » (v. 42) : le noir est la couleur de la fatalité et du mal. L'adjectif « fatal », utilisé par Phèdre pour qualifier son mariage avec Thésée (« De son fatal hymen », v. 32), montre également que tout est prévu par le destin.

oxymore : rapprochement de deux termes dont le sens est opposé.

destin : *fatum* en latin.

III. La mort, seule issue possible

A) Un court répit

L'absence d'Hippolyte semble soulager Phèdre : « Je respirais » (v. 29), « Mes jours moins agités coulaient dans l'innocence » (v. 30).

Cette période n'est cependant que temporaire, comme l'exprime l'emploi de l'imparfait dans ce passage. On passe brusquement au passé composé avec le retour d'Hippolyte : « J'ai revu l'ennemi » (v. 35).

B) L'expiation par la mort

Phèdre se considère comme responsable. Elle se nomme elle-même « injuste marâtre » (v. 26), expression qui s'oppose à « l'innocence » (v. 30) dans laquelle elle vit loin d'Hippolyte. Elle reconnaît sa faute : « J'ai conçu pour mon crime une juste terreur » (v. 39).

Même son aveu à Œnone ne lui apporte pas le réconfort de l'expiation. Au vers 44, elle déclare « Je t'ai tout avoué ; je ne m'en repends pas » : l'aveu n'entraîne par le repentir désiré.

On peut relever une **valeur d'opposition** entre ces deux propositions.

Face à l'impossibilité de lutter contre sa passion, Phèdre ne voit qu'une issue possible : la mort. Elle exprime et justifie clairement son désir de mourir à la fin de la tirade : « J'ai pris la vie en haine » (v. 40), « Je voulais en mourant prendre soin de ma gloire » (v. 41). Le champ lexical de la mort présent dans les derniers vers montre la détermination de Phèdre d'en finir avec la vie.

En conclusion, l'entrée en scène de Phèdre, personnage éponyme de la pièce, la présente comme une femme ravagée maladivement par une passion déclenchée par Vénus. La force de l'hérédité (Vénus poursuivant la descendance du Soleil) nous prouve la puissance des dieux, thématique que nous retrouverons dans plusieurs autres pièces de Racine.

La conclusion est composée de deux parties :
- la **synthèse** du développement, qui répond à la problématique ;
- l'**ouverture**, qui souligne l'intérêt du texte et propose de nouvelles perspectives.

Question de grammaire

→ Énoncé p. 134

La négation est en principe exprimée par un système corrélatif à deux éléments : « ne » + « point », « plus », « jamais »... Le plus souvent, le corrélatif « ne » lance la négation et s'oppose à une affirmation implicite.

La **corrélation** consiste à employer une locution composée de deux parties.

Dans « Mes yeux ne voyaient plus », la proposition s'oppose à un état antérieur (« Mes yeux voyaient »). La seconde partie de la corrélation est ici intéressante : le « plus » qui est employé fait implicitement référence à un moment antérieur où les yeux avaient la perception visuelle.

De plus, la négation est totale : elle porte sur l'intégralité du propos, à la différence de formulations telles que « nulle part » (idée de lieu) ou « jamais » (idée de temps), qui ne portent que sur une partie de l'énoncé.

Le corrélatif « ne » peut être supprimé dans un registre de langue familier, mais il est toujours présent dans la langue plus soutenue du XVIIe siècle. On ne rencontrera donc pas « Mes yeux voyaient plus ».

Dans certaines expressions où la valeur négative est très faible, le « ne » n'est pas indispensable et peut être supprimé : « avant qu'il [ne] vienne ». On dit alors qu'il a une **valeur explétive**.

révisions et méthode

1. Comprendre le texte

ÉTAPE 1 LIRE LE TEXTE

- **Lisez le texte** une première fois pour bien saisir le sens général de l'extrait. Repérez les termes les plus complexes et assurez-vous de bien les comprendre.
- **Notez vos impressions** : à la première lecture, prenez le temps de résumer sommairement l'extrait et de noter vos premières impressions. Celles-ci pourront s'avérer précieuses pour la suite.

ÉTAPE 2 EXTRAIRE LES INFORMATIONS PERTINENTES

- **Définissez le genre de l'extrait et son courant littéraire**. Pensez aussi à noter les tons et tonalités (ironique, tragique, comique, pathétique, épique, lyrique) et le niveau de vocabulaire (précieux, simple, familier, technique).
- **Dégagez les thèmes de l'extrait.**
- **Posez-vous les questions essentielles** :

➜ Qui écrit ? Qui parle ? De quoi ? Pour qui ? Quand ? Où ? Pourquoi ?
➜ Quel moment est évoqué ?
➜ Comment est-il présenté ?
➜ Combien de mouvements constituent le texte ?

2. Analyser le texte

ÉTAPE 1 REPÉRER LES MOTS-CLÉS ET LES PROCÉDÉS STYLISTIQUES

- **Lisez le texte une nouvelle fois** en vous focalisant sur l'analyse des éléments qui vous aideront à construire votre commentaire.
- **Mettez en valeur les éléments** : un procédé = une couleur. Surlignez, soulignez, entourez, encadrez les différents éléments relevés. Faites une légende.
- **Relevez les champs lexicaux :** ils permettent souvent de construire un plan. Pensez à les hiérarchiser et à en tirer des conclusions.
- **Relevez et analysez les figures de style** :

➜ **les figures d'analogie** : comparaison, métaphore, métonymie, personnification, allégorie… ;
➜ **les figures d'opposition** : antiphrase, antithèse, oxymore… ;
➜ **les figures d'insistance** : anaphore, hyperbole… ;
➜ **les figures jouant sur la construction de la phrase** : chiasme, anacoluthe…

- **Étudiez la grammaire** en observant pour chaque classe grammaticale les variations, reprises, fonctions :

➜ **les verbes** : état/action, temps, mode, aspect, voix ;
➜ **les sujets** : noms de personnes ou de choses, notions, acteurs/auteurs ;
➜ **les compléments** : circonstanciels, COD, COI ;
➜ **les adjectifs** : démonstratifs (parfois emphatiques, souvent péjoratifs), interrogatifs (doute, inquiétude), exclamatifs, qualificatifs (postposition, antéposition, encadrant), indéfinis (incertitude, malaise) ;
➜ **les déterminants** : article défini ou indéfini (ils n'ont pas la même valeur) ;
➜ **les adverbes** : valeur modalisatrice (incertitude, précision, hypothèse…).

- **Étudiez la syntaxe** : la formation des phrases, leur longueur, les rythmes, les mots de liaison…
- **Pensez à analyser chaque procédé** pour en dégager le sens. Ne vous contentez pas de simplement les relever !

Remarque
Repérez l'éventuelle présence des **5 sens** ou des **4 éléments**. La prépondérance ou l'absence d'un ou plusieurs d'entre eux permet des remarques pertinentes.

ÉTAPE 2 ANALYSER LES PROCÉDÉS SPÉCIFIQUES AU GENRE LITTÉRAIRE

- **Poésie :**

➜ Quelle forme prend le **poème** (sonnet, pantoum, ode…) ?
➜ Quels sont les types de **vers** (alexandrins, hexamètres…) et de **strophes** (tercets, quatrains…) utilisés ?
➜ Les **rimes** sont-elles suivies, croisées ou embrassées ?
➜ Les vers sont-ils **réguliers** (césure à l'hémistiche, un vers = une phrase) ou **irréguliers** (rejet, contre-rejet, enjambement) ?
➜ Y a-t-il des jeux sur les **sonorités** (assonance, allitération) ?

> **Remarque**
> L'**allitération** correspond à la répétition de consonnes, l'**assonance** à la répétition d'un son vocalique. Il faut les interpréter en fonction du sens des mots.

- **Texte argumentatif :**

➜ Quelle forme prend le **texte argumentatif** (pamphlet, essai, fable…) ?
➜ Quel est le **but** de l'auteur ? S'agit-il plutôt de **convaincre** ou de **persuader** ?
➜ Quels sont les **arguments** et les **exemples** utilisés ?
➜ L'argumentation est-elle **directe** ou **indirecte** ?
➜ L'**ironie** est-elle présente dans le texte ? Sous quelle(s) forme(s) ?

- **Roman :**

➜ Quel est le type de **roman** (réaliste, épistolaire, historique…) ?
➜ Comment sont caractérisés les **personnages** ?
➜ La **focalisation** est-elle interne (présence d'un « je »), omnisciente (le narrateur sait tout) ou externe (le narrateur adopte un point de vue extérieur) ?
➜ Y a-t-il plusieurs types de **discours** (direct, indirect ou rapporté) dans le texte ?
➜ Y a-t-il des **indications spatio-temporelles** ?

- **Théâtre :**

➜ À quel genre théâtral appartient la **pièce** (tragédie, comédie, drame…) ?
➜ De quel type de **scène** s'agit-il ?
➜ Comment sont caractérisés les **personnages** ?
➜ Y a-t-il des **didascalies** ?
➜ Ce passage fait-il progresser l'**intrigue** ? Comment ?

> **Remarque**
> Vous retrouverez les principales caractéristiques de ces 4 genres littéraires p. 169-176.

3. Élaborer un plan

ÉTAPE 1 DÉFINIR UNE PROBLÉMATIQUE

- La problématique est une question qui détermine un **projet de lecture**.
- Elle doit mettre en évidence la **particularité** du texte, montrer son intérêt et ses enjeux.

ÉTAPE 2 DÉGAGER LES GRANDS AXES

- **Organisez les éléments listés au brouillon en deux ou trois grands axes.** Rassemblez vos observations selon :

➜ un **thème** (l'amour, la guerre, la nature…) ;
➜ un **procédé** (l'humour, la pudeur…) ;
➜ la **fonction** du texte (éloge, dénonciation…) ;
➜ un **effet de construction** (opposition de deux thèmes…).

- **Choisissez le type de plan adapté à l'extrait étudié :**

➜ I. Lecture naïve – II. Lecture approfondie ;
➜ I. Premier thème – II. Second thème – II. Effet de l'alliance ou de l'opposition de ces deux thèmes ;
➜ I. La réalité – II. Sa transfiguration ou sa valeur symbolique ;
➜ I. Le décor – II. Les personnages – III. L'action ;
➜ I. La technique narrative – II. Les sentiments du narrateur.

- **Articulez les grands axes entre eux** : il faut qu'ils se suivent de manière logique. Prévoyez une **transition** entre chaque partie.

ÉTAPE 3 ÉTABLIR LES SOUS-PARTIES

- **Distinguez les différents aspects, thèmes secondaires et procédés** relatifs à chacune des parties établies. Cette distinction permettra d'établir **deux ou trois sous-parties** pour chaque axe.
- Chaque remarque ou observation présentée dans une sous-partie doit être accompagnée d'une **analyse**.
- **Pensez à vous référer au texte.** Il faut citer des passages intéressants dans chaque sous-partie pour illustrer vos arguments.

4. Construire l'introduction

- L'introduction doit être **soignée**, **précise** et **efficace**. C'est la première chose que lira le correcteur, elle donnera le ton au devoir et ne doit donc pas être négligée.
- Visuellement, elle est composée d'**un paragraphe ou deux**. Dans ce dernier cas, on regroupe l'amorce et la problématique dans le premier paragraphe, et l'annonce du plan dans le second.
- L'introduction comporte **trois temps** qui s'enchaînent logiquement. Pensez à suivre une structure précise et rigoureuse.

ÉTAPE 1 PRÉSENTER LE TEXTE

- **Situez**, à travers une phrase d'amorce, **le texte dans un contexte plus large** : courant littéraire, place dans la vie de l'auteur ou dans son œuvre, comparaison avec un texte abordant le même thème…
- **Présentez le texte** : évoquez l'œuvre dont il est extrait et la place qu'il y occupe, donnez le nom de l'auteur, puis résumez le texte en une ou deux lignes, en allant à l'essentiel.
- **Caractérisez le texte** en présentant ses enjeux, le ton employé, les thèmes abordés…

ÉTAPE 2 FORMULER LA PROBLÉMATIQUE

- Il doit s'agir d'une **question générale** qui reprend d'autres questions.
- La problématique doit suivre de manière logique la présentation du texte et de ses enjeux. Elle découle de la réflexion qui y est amorcée.

ÉTAPE 3 ANNONCER LE PLAN

- L'annonce du plan présente les **grandes parties** du commentaire. Elle doit être simple et efficace.
- L'**articulation** entre les grands axes doit apparaître **clairement**. Pensez à utiliser des connecteurs mais aussi des verbes pour introduire chaque grand axe, en mettant en évidence la progression de la phrase par des virgules.
→ **Connecteurs :** *dans un premier temps, dans un deuxième temps, dans un troisième temps ; en premier lieu, en deuxième lieu, en dernier lieu ; d'abord, puis, enfin…*
→ **Verbes :** *mentionner, évoquer, souligner, aborder, mettre en évidence, mettre en relief, développer…*
- La première personne du singulier, à savoir « je », est à éviter : préférez le « nous ».

Remarque
On distingue « dans un deuxième temps » et « dans un second temps » : « second » est employé que s'il n'y a pas de troisième partie.

5. Construire la conclusion

• La conclusion est la « jumelle inversée » de l'introduction. Elle est essentielle dans la mesure où **elle clôt ce qui a été annoncé dans l'introduction**.

• Paradoxalement, elle est parfois sacrifiée par les candidats, qui n'ont le temps de rédiger que quelques lignes bâclées à la fin de l'épreuve. C'est pourquoi **il faut absolument la rédiger au brouillon dans la foulée de l'introduction**. Cela présente de nombreux avantages :

➜ si le candidat n'a pas le temps de terminer le développement, il n'a plus qu'à recopier sa conclusion déjà rédigée. Cela peut même donner l'impression d'un travail fini ;

➜ la fin est un moment-clé dans la mesure où elle donne une impression favorable ou défavorable. Généralement, l'attention du correcteur se porte avant tout sur l'introduction et la conclusion ;

➜ l'introduction et la conclusion sont étroitement liées. La première propose des enjeux qui seront traités dans le développement, tandis que la seconde amène une appréciation de l'analyse et de son traitement. Si le raisonnement est viable, la conclusion permet de clôturer de manière convaincante le travail.

• La conclusion comporte **deux temps**, présentés dans un seul paragraphe. Cela signifie qu'il ne faut pas oublier l'alinéa en début de paragraphe.

ÉTAPE 1 FAIRE UNE SYNTHÈSE

• Commencez par un **connecteur conclusif** : *pour conclure, enfin, en somme*…
• **Faites la synthèse** de ce qui a été développé dans les parties.
• **Répondez à la problématique** en expliquant les acquis de la démonstration.

ÉTAPE 2 FAIRE UNE OUVERTURE

• **Dégagez de nouvelles perspectives**
➜ un **aspect nouveau** du sujet qui se tient dans la continuité de l'analyse ;
➜ une **citation** qui apporte du relief ;
➜ une **nouvelle référence** : auteur, œuvre du même auteur…
• Mais ne perdez pas de vue le texte étudié !

1. Analyser le sujet

ÉTAPE 1 COMPRENDRE LE SUJET

- **Lisez le sujet** : lisez-le une première fois pour le comprendre dans son intégralité, puis une seconde fois en portant votre attention sur les mots-clés. Si le sujet est une citation, interrogez-vous sur son auteur et son époque.
- **Recopiez le sujet au brouillon** et **définissez les mots importants** en utilisant des synonymes ou des phrases qui permettent d'en élargir le sens.
- **Encadrez les liens logiques** (ponctuation, conjonctions de coordination ou de subordination).
- **Analysez la consigne** pour savoir s'il faut étayer, réfuter ou discuter la proposition du sujet.

Remarque
Réfuter un raisonnement consiste à en prouver la fausseté. **Étayer** un raisonnement consiste au contraire à le soutenir par des arguments et des exemples.

ÉTAPE 2 IDENTIFIER LA PROBLÉMATIQUE

- **Faites émerger la problématique** : ce doit être une question de fond à laquelle répondra le plan envisagé par la suite.
- La problématique résulte de la **compréhension du sujet.** Elle est formulée par une **question** comprenant les mots-clés du sujet, un point d'interrogation, et éventuellement un adverbe ou un pronom interrogatif.
- **La problématique mène au plan** qui va structurer le développement. Elle amorce le questionnement et la construction du raisonnement.
- La problématique doit donc être **claire**, **bien rédigée** et assez **large** pour permettre d'englober le plan. C'est elle qui détermine la justesse de l'analyse et la pertinence du raisonnement.

2. Mobiliser ses connaissances

ÉTAPE 1 MOBILISER SON COURS

- **Faites émerger la notion-clé du sujet** et notez au brouillon les connaissances qui lui sont reliées.
- **Identifiez la notion dans l'œuvre concernée.** Quelle place occupe-t-elle dans l'œuvre ? Comment est-elle traitée ?

ÉTAPE 2 SÉLECTIONNER LES INFORMATIONS ADÉQUATES

- **Listez des exemples précis et des citations** qui permettront d'approfondir et d'illustrer le raisonnement.
- **Montrez une connaissance concrète, exacte et approfondie** de l'œuvre. Évitez les références vagues, les lieux communs et les généralités !

Remarque
La dissertation est un **exercice de réflexion** soutenue par des **connaissances** précises. Vous devez parfaitement connaître les œuvres au programme.

3. Élaborer un plan

- Notez au brouillon toutes les idées qui vous viennent : **mots-clés, citations, prolongement avec d'autres termes, définitions**…
- Rappelez-vous qu'une dissertation évalue votre capacité à proposer une **réflexion logique**, développée et justifiée par des **arguments** précis, eux-mêmes illustrés par des **exemples**. Votre développement doit suivre un cheminement construit selon un plan qui s'adapte à la problématique.
- Le plan se compose de **deux ou trois parties**, constituées de sous-parties représentées matériellement par des paragraphes. Les sauts de ligne se font entre les grandes parties et non entre les sous-parties. Pensez à écrire une **transition** entre chaque partie.

- Dans la construction de votre plan, **vous devez éviter :**

➜ **les redites :** chaque argument et exemple sont à utiliser une seule fois ;
➜ **les incohérences :** le plan est comme un puzzle qui se construit progressivement et qui amène à une résolution ou à un dépassement du problème noué dans la problématique ;
➜ **le déséquilibre :** dans l'idéal, toutes les parties et les sous-parties doivent être équivalentes en nombre de lignes. Cela est la preuve d'un devoir construit avec efficacité et intelligence.

Remarque
L'**aspect visuel** de la dissertation est primordial. Le correcteur doit pouvoir s'y repérer au premier coup d'œil.

ÉTAPE 1 CHOISIR LE TYPE DE PLAN ADAPTÉ AU SUJET

Le plan dialectique

- Le mot « dialectique » désigne un mouvement comportant trois moments : thèse et antithèse aboutissant à la synthèse. C'est donc une logique d'**opposition** puis de **dépassement** qui construit l'enchaînement des idées.
- On pourrait traduire ce plan ainsi :

I. Thèse	OUI, je suis d'accord avec la thèse car…
II. Antithèse	NON, je ne suis pas d'accord car…
III. Synthèse	ENFIN, peut-être que le vrai problème se trouve…

Remarque
Évitez de construire la deuxième partie en reprenant l'exact contraire de ce qui a été dit dans la première. Cela bloque la progression de la réflexion et n'aide pas à construire une dynamique analytique.

Le plan analytique

- Ce plan suit une logique évoquant :

➜ les raisons d'un phénomène (**causes**) ;
➜ les aspects positifs ou négatifs qui en découlent (**conséquences**) ;
➜ la résolution, qui permet un dépassement ou une amélioration (**solutions**).

- On pourrait traduire ce plan ainsi :

I. Causes	• On répond à la question « Pourquoi ? » • On cherche ce qui produit un effet
II. Conséquences	• On répond à la question « Comment ? » • On montre ce qui résulte des causes évoquées
III. Solutions	• On répond à la question « Que faire ? » • On envisage d'autres angles, d'autres aspects

Le plan thématique

- Ce plan est hiérarchisé selon différents aspects, dans une logique thématique : on prend une **notion globale** que l'on décline en **sous-ensembles**. C'est le plan idéal pour envisager tous les aspects d'une notion ou d'un phénomène.
- On pourrait traduire ce plan ainsi :

I. Thème 1
II. Thème 2
III. Thème 3

Remarque
Pour éviter que votre plan ressemble à un inventaire énumérant des facettes sans lien les unes avec les autres, marquez la progression de l'analyse par des connecteurs et faites des rappels réguliers sur la notion globale.

ÉTAPE 2 DÉGAGER LES GRANDS AXES

- **Déterminez le contenu des trois parties** à partir du type de plan choisi.
- **Listez deux ou trois arguments par axe** en vous appuyant sur vos connaissances mobilisées précédemment.
- **Associez à chaque argument des exemples et citations** qui permettent de l'illustrer.

4. Construire l'introduction

- C'est par l'introduction que le correcteur prend contact avec la composition. Elle doit donc être **soignée**, **précise** et **efficace.**
- Visuellement, elle est composée d'**un paragraphe ou deux**. Dans ce dernier cas, on regroupe l'amorce et la problématique dans le premier paragraphe, et l'annonce du plan dans le second.
- L'introduction comporte **trois temps**, qui s'enchaînent logiquement. Il faut donc suivre une structure précise et rigoureuse. Elle suit un cheminement logique qui va du général au particulier, comme un entonnoir.

Remarque
L'introduction est fondamentale. Elle ne doit pas avoir de faute d'orthographe ni de construction de phrase.

ÉTAPE 1 ÉCRIRE UNE AMORCE

- L'amorce reprend la **notion-clé** du sujet. Elle présente le sujet dans une optique globale.
- Elle peut consister en :
  → une **citation** ;
  → une **anecdote pertinente** ;
  → une **définition**.

Remarque
Évitez les **considérations trop générales** du type « De tout temps, l'Homme… » ou les commentaires trop élogieux sur l'auteur : « Victor Hugo, émérite auteur du XIXe siècle… ».

ÉTAPE 2 REFORMULER LA PROBLÉMATIQUE

- Il s'agit de la **reformulation du sujet**.
- On l'introduit par une **formule** comme *De fait, émerge une question*. Il faut utiliser un **connecteur** comme *par conséquent, ainsi* ou *de fait* afin de bien distinguer les différentes étapes de l'introduction.
- La problématique peut être formulée :
  → soit par une question **directe** (dans ce cas, elle aura un point d'interrogation à la fin) ;
  → soit par une question **indirecte** (dans ce cas, elle n'aura pas de point d'interrogation).

ÉTAPE 3 ANNONCER LE PLAN

- L'annonce du plan répond directement à la problématique en donnant les **grands axes** qui vont être suivis.
- On utilise des connecteurs mais aussi des verbes pour introduire chaque grand axe, en mettant en évidence la **progression** de la phrase par des virgules.
  → **Connecteurs :** *dans un premier temps, dans un deuxième temps, dans un troisième temps* ; *en premier lieu, en deuxième lieu, en dernier lieu* ; *d'abord, puis, enfin…*
  → **Verbes :** *mentionner, évoquer, souligner, aborder, mettre en évidence, développer…*
- La première personne du singulier, à savoir « je », est à éviter : préférez le « nous ».

5. Construire la conclusion

● La conclusion est la « jumelle inversée » de l'introduction. Elle est essentielle dans la mesure où **elle clôt ce qui a été annoncé dans l'introduction**.

● Paradoxalement, elle est parfois sacrifiée par les candidats, qui n'ont le temps de rédiger que quelques lignes bâclées à la fin de l'épreuve. C'est pourquoi **il faut absolument la rédiger au brouillon dans la foulée de l'introduction**. Cela présente de nombreux avantages :

➜ si le candidat n'a pas le temps de terminer le développement, il n'a plus qu'à recopier sa conclusion déjà rédigée. Cela peut même donner l'impression d'un travail fini ;

➜ la fin est un moment-clé dans la mesure où elle donne une impression favorable ou défavorable. Généralement, l'attention du correcteur se porte avant tout sur l'introduction et la conclusion ;

➜ l'introduction et la conclusion sont étroitement liées. La première propose des enjeux qui seront traités dans le développement, tandis que la seconde amène une appréciation de l'analyse et de son traitement. Si le raisonnement est viable, la conclusion permet de clôturer de manière convaincante le travail.

● La conclusion comporte **deux temps**, présentés dans un seul paragraphe. Cela signifie qu'il ne faut pas oublier l'alinéa en début de paragraphe.

ÉTAPE 1 FAIRE UNE SYNTHÈSE

● Commencez par un **connecteur conclusif** : *pour conclure, enfin, en somme*...

● **Faites la synthèse** de ce qui a été développé dans les parties.

● **Répondez à la problématique** en expliquant les acquis de la démonstration.

Remarque
Attention, il faut absolument reprendre les **termes-clés** dans la synthèse. Toutes les notions en jeu sont à aborder, tout en présentant les relations logiques entre elles.

ÉTAPE 2 FAIRE UNE OUVERTURE

● **Dégagez de nouvelles perspectives** :

➜ un **aspect nouveau** du sujet qui se tient dans la continuité de l'analyse ;

➜ une **citation** qui apporte du relief ;

➜ une **nouvelle référence** : auteur, œuvre du même auteur…

● On propose souvent une nouvelle interrogation. Celle-ci ne doit cependant pas remettre en cause votre travail et la résolution proposée : comment prétendre avoir traité un sujet si on termine de nouveau sur un problème ?

Remarque
Ne terminez pas sur une question : cela fragilise la progression de l'analyse.

L'épreuve orale

L'épreuve orale du baccalauréat dure au total 50 minutes (30 minutes de préparation + 20 minutes de passage à l'oral). Elle se divise en deux parties : l'**exposé** et l'**entretien**.

Comment se préparer ?

ÉTAPE 1 TOUT AU LONG DE L'ANNÉE

- Cette épreuve se prépare toute l'année, par un **travail régulier** :

➜ vous devez connaître parfaitement les **œuvres au programme**, c'est-à-dire les avoir lues et analysées ;

➜ vous devez également avoir lu quelques-unes des **œuvres proposées en lecture cursive**. Ne faites pas l'impasse sur ce travail, qui sera crucial pour aborder la seconde partie de l'épreuve !

- Assurez-vous de bien connaître les **quatre objets d'étude** et leurs spécificités, les **auteurs** et les **mouvements littéraires** au programme, les **points de langue** vus en cours, la **méthodologie du commentaire linéaire**…

> **Remarque**
> Pensez à constituer des **fiches** au fil de l'année et de vos lectures afin de ne pas devoir tout revoir au dernier moment !

ÉTAPE 2 LE JOUR J

- **Pensez à apporter :**

➜ une pièce d'identité ;
➜ votre convocation ;
➜ votre liste d'extraits et œuvres étudiés pendant l'année ;
➜ deux exemplaires de chaque extrait et œuvre étudiés en cours ;
➜ une montre.

- **Veillez à faire bonne impression à l'examinateur :**

➜ soignez votre tenue vestimentaire ;
➜ faites attention à votre façon de vous tenir et de vous adresser à l'examinateur ;
➜ soyez souriant et montrez-vous sûr de vous.

> **Remarque**
> Les téléphones portables ne sont pas autorisés pendant l'épreuve. Pour avoir la notion du temps, pensez donc à prendre une montre.

1. L'exposé

- L'exposé est noté sur **12 points** et dure **12 minutes**.
- Vous devrez faire l'**explication linéaire** d'un extrait d'une vingtaine de lignes, choisi dans votre liste par l'examinateur.
- L'examinateur vous demandera également de répondre à une **question de grammaire**.
- Pendant les 30 minutes de préparation, vous devrez :

➜ préparer la **lecture** de l'extrait ;
➜ préparer l'**explication linéaire** de l'extrait ;
➜ répondre à la **question de grammaire**.

> **Remarque**
> Il est indispensable de savoir gérer votre temps.

ÉTAPE 1 PRÉPARER LA LECTURE DE L'EXTRAIT

- La lecture de l'extrait est notée sur **2 points**.
- **Entraînez-vous avant l'épreuve** à lire les différents textes de votre liste, seul ou face à une autre personne.
- **Votre lecture doit être** :

➜ **claire** : veillez à parler assez fort et distinctement ;

➜ **précise** : faites attention aux liaisons, mais aussi aux allitérations et aux assonances, en particulier dans les textes poétiques. Vous devez les restituer sans être caricatural ;

➜ **expressive** : ne lisez pas de façon monocorde, pensez à mettre le ton.

> **Remarques**
> • Ne négligez pas cette partie, qui crée le premier lien avec l'examinateur et peut vous permettre de gagner facilement des points.
> • Dans le cas d'un texte théâtral, ne lisez pas les noms des personnages ni les didascalies.

ÉTAPE 2 PRÉPARER L'EXPLICATION LINÉAIRE

- L'explication linéaire est notée sur **8 points**.
- Commencez par une **analyse ligne par ligne**, en suivant bien l'ordre du texte :

➜ Relevez et analysez les **figures de style**, les **champs lexicaux**, la présence de **verbes d'action ou d'état**…
➜ Relevez et analysez les **jeux de sonorités** : y a-t-il des assonances ou des allitérations ?
➜ Étudiez la **structure des phrases** : sont-elles simples ou complexes ? Courtes ou longues ?
➜ Analysez l'**emploi des temps** : ont-ils une valeur temporelle, aspectuelle ou modale ?
➜ Relevez et analysez la **personne** employée : s'agit-il de la 1re personne ? De la 3e personne ? Ou même de la 2e personne ?
➜ Analysez les **sensations** sollicitées : l'auteur fait-il appel à un ou plusieurs des cinq sens (vue, ouïe, odorat, toucher, goût) ?
➜ Analysez les **sentiments** exprimés : l'auteur éprouve-t-il de la tristesse, de la joie, de la rancœur ?
➜ Observez le **niveau de langue** adopté : est-il soutenu, courant ou familier ?
➜ N'oubliez pas d'étudier les **spécificités du genre de l'extrait** :
– pour un texte **poétique** : le type de poème (sonnet, pantoum…), sa forme (prose ou vers), le nom des vers et des strophes, la métrique…
– pour un texte **narratif** : le type de roman, les personnages, l'énonciation, les éventuelles interventions du narrateur…
– pour un texte **théâtral** : le genre de la pièce (comédie, tragédie…), les personnages, les didascalies, la progression de l'intrigue…
– pour un texte **argumentatif** : le but de l'auteur (veut-il dénoncer, se moquer, instruire ?), les procédés d'énonciation, le cadre spatio-temporel (réel ou imaginaire), le symbolisme…

> **Remarque**
> Vous pouvez **annoter le texte** au crayon à papier ou avec ces surligneurs effaçables pour vous aider dans vos relevés.

- Structurez votre explication en établissant un **plan** à partir de votre compréhension du texte et de vos relevés.
- Une fois votre plan établi, cherchez ce que vous allez dire dans votre **introduction** et dans votre **conclusion** :

➜ L'**introduction** se compose de trois parties :
– la **présentation du texte** : présentez l'auteur, indiquez le genre du passage étudié et situez-le dans l'œuvre ;
– la **formulation de la problématique** : elle doit montrer l'intérêt de l'extrait ;
– l'**annonce du plan**.
➜ La **conclusion** doit être courte. Elle **répond à la problématique** et **souligne l'intérêt** de l'extrait.

> **Remarque**
> **Ne rédigez pas votre développement** : prenez des notes précises uniquement pour les grandes parties, l'introduction et la conclusion.

ÉTAPE 3 RÉPONDRE À LA QUESTION DE GRAMMAIRE

- La réponse à la question de grammaire est notée sur **2 points**.
- L'examinateur vous demandera d'étudier un point particulier dans une ou deux phrase(s) de l'extrait. Ce point de langue peut porter sur :

➜ la **valeur des temps** (temporelle/aspectuelle/modale) ;
➜ la **construction d'une phrase** (simple/complexe, verbale/nominale) ;
➜ les **propositions subordonnées** (complétive/circonstancielle/relative) ;
➜ les **formes d'interrogation et de discours** (interrogation directe/indirecte/indirecte libre, récit de parole) ;
➜ le **lexique** (synonymie/paronymie/antonymie/hyperonymie) ;
➜ la **négation** sous toutes ses formes.

- **Mobilisez vos connaissances** pour trouver rapidement le rapport entre la ou les phrase(s) à étudier et les points de grammaire vus en cours.

> **Remarque**
> Cette partie de l'épreuve doit avoir été soigneusement préparée au préalable. Pendant l'année, reprenez chaque point de grammaire en cherchant des exemples dans les œuvres et les extraits au programme.

2. L'entretien

- L'entretien est noté sur **8 points** et dure **8 minutes**.
- Vous devrez **présenter une œuvre** étudiée en classe ou lue en lecture cursive.
- À partir de cette présentation, l'examinateur vous posera des **questions** pour vérifier votre compréhension de cette œuvre et vous pousser à établir des liens avec d'autres œuvres.
- Par cet échange, l'examinateur évaluera votre **culture littéraire et artistique** ainsi que votre capacité à **argumenter** et à vous **exprimer** correctement à l'oral.

Remarque
L'entretien doit aussi se préparer au brouillon. Notez les principaux arguments que vous allez employer et prévoyez des exemples précis.

ÉTAPE 1 PRÉSENTER L'ŒUVRE CHOISIE

- Présentez l'œuvre choisie en vous appuyant sur des **arguments précis** qui ont pour but de convaincre l'examinateur de l'intérêt de cet ouvrage.
- Montrez que vous connaissez bien l'œuvre, qu'elle vous a plu et que vous êtes capable d'en parler.

ÉTAPE 2 RÉPONDRE AUX QUESTIONS DE L'EXAMINATEUR

- L'examinateur va revenir sur certains points de votre présentation et vous demander de les mettre en lien avec d'autres œuvres littéraires ou artistiques. Il pourra vous questionner sur le **parcours** auquel l'œuvre appartient, son **époque** ou son **genre**…
- Vos réponses doivent être **réfléchies** et **argumentées**. Elles doivent montrer :
  → votre connaissance de l'œuvre et de l'auteur ;
  → votre connaissance d'autres ouvrages ou d'autres auteurs sur la même thématique ;
  → votre capacité à interagir avec un interlocuteur.
- Pensez à utiliser des **mots de liaison**, comme vous le feriez à l'écrit : *tout d'abord, de plus, enfin, aussi, pourtant*…
- Soyez réactif et n'hésitez pas à demander à l'examinateur de reformuler sa question si vous n'êtes pas sûr d'en avoir bien compris le sens.

Remarque
Montrez à l'examinateur que vous possédez une **solide culture générale** et que vous savez trouver des similitudes ou des oppositions entre plusieurs auteurs ou plusieurs œuvres.

1. Définitions

- Un **énoncé** est formé de phrases simples et/ou de phrases complexes.
- La **phrase simple** est composée d'une seule proposition, tandis que la **phrase complexe** est composée de plusieurs propositions.
- Il existe plusieurs types de **propositions** : les propositions **indépendantes**, qui sont coordonnées ou juxtaposées, et les propositions **subordonnées**, qui dépendent d'une proposition **principale**.

2. Construction des propositions subordonnées conjonctives

- Les propositions subordonnées **conjonctives** dépendent d'une proposition principale. Elles peuvent être **supprimées** ou **déplacées** dans la phrase.
- Elles sont introduites par une **conjonction de subordination** (*puisque*, *comme*…) ou par une **locution conjonctive** (*dès lors que*, *parce que*, *vu que*, *quand bien même*…).
- Certaines conjonctions nécessitent un **mode** précis : par exemple, *avant que* est toujours suivi du subjonctif, tandis qu'*après que* est toujours suivi de l'indicatif.

Remarque
Le français compte **4 modes personnels** : l'indicatif, le subjonctif, le conditionnel et l'impératif (inutilisé en subordonnée).

3. Rôle des propositions subordonnées conjonctives

- Les propositions subordonnées conjonctives jouent un rôle **circonstanciel** dans la phrase.
- Ce rôle peut être **logique** ou **sémantique** : elles expriment la cause, la conséquence, le but, la condition, l'opposition, la concession, la manière ou encore la comparaison.

	Définition	Conjonctions ou locutions conjonctives	Mode	Remarques
Subordonnée de cause	Explique la **cause** d'un fait exprimé dans la proposition principale	*Parce que, comme, puisque, du moment que…*	• **Indicatif** la plupart du temps ➜ *Il ne s'est pas présenté à l'examen **parce qu'il était malade**.* • **Subjonctif** après *non que* ➜ *Il a refusé de se rendre seul à ce rendez-vous, **non qu'il soit timide** mais pour d'autres raisons qu'il n'a pas souhaité avouer.*	La cause peut être exprimée en début ou en fin de phrase ➜ ***Comme tu veux lire ce livre**, je te l'apporterai la semaine prochaine.* ➜ *Je t'apporterai ce livre la semaine prochaine **puisque tu veux le lire**.*
Subordonnée de conséquence	Explique la **conséquence** d'un fait exprimé dans la proposition principale	*De telle sorte que, si bien que, tellement que, au point que…*	• **Indicatif** la plupart du temps ➜ *Il travaille **tellement qu'il ne trouve plus le temps de lire**.* • **Subjonctif** après *assez, suffisamment, trop… pour que* ➜ *Ce projet est **trop** avancé **pour qu'il soit possible de le stopper**.*	La première partie de la locution (corrélatif) est souvent exprimée dans la proposition principale ; la subordonnée commence alors par *que* ➜ *Il faisait **si** chaud **qu'ils ont dû se résoudre à aller dans un lieu climatisé**.*

	Définition	Conjonctions ou locutions conjonctives	Mode	Remarques
Subordonnée de but	Exprime un **objectif** que l'on cherche à atteindre	*Pour que, afin que, de façon que, de manière que…*	**Subjonctif** ➜ *Il faut protéger notre planète* ***pour que nos enfants puissent y vivre dans de bonnes conditions***.	Après les locutions *de peur que* et *de crainte que*, la proposition subordonnée exprime la crainte ➜ *Elle a placé ses bijoux dans un coffre-fort,* ***de crainte que quelqu'un vienne les lui dérober.***
Subordonnée d'opposition	Exprime l'**opposition** entre deux faits	*Bien que, tandis que, alors que, pendant que…*	• **Indicatif** la plupart du temps ➜ *Les températures sont tombées très bas la nuit,* ***alors que nous sommes en plein été***. • **Subjonctif** après *sans que* ➜ *On détruit la terre qui nous accueille* ***sans que personne ne se sente responsable***.	
Subordonnée de concession	Exprime la **contradiction** entre deux faits	*Bien que, quoique, malgré le fait que…*	• **Indicatif** après *même si* et *alors même que* ➜ ***Même si tu voulais travailler davantage,*** *tu n'y arriverais pas.* • **Subjonctif** après *bien que, quoique, malgré le fait que* ➜ ***Bien que la mer soit chaude,*** *peu de personnes se baignent.* • **Conditionnel** après *quand bien même* ➜ ***Quand bien même tu voudrais partir un an à l'étranger,*** *tu ne le pourrais pas.*	Attention, *malgré que* est incorrect : il faut employer *malgré le fait que* ou *bien que*

1. Définitions

- Il existe quatre types de phrases :
→ phrase **déclarative** : on énonce un fait ;
→ phrase **impérative** (ou **injonctive**) : on donne un ordre ;
→ phrase **exclamative** : on exprime un sentiment ;
→ phrase **interrogative** : on pose une question.
- L'interrogation peut être **directe** ou **indirecte**, **partielle** ou **totale**.

2. Interrogation directe ou indirecte

A L'INTERROGATION DIRECTE

- Dans l'interrogation **directe**, le locuteur prend directement la parole.
- Elle est généralement marquée par la présence d'un **verbe introducteur** et d'une ponctuation spécifique : **guillemets** encadrant la question et **point d'interrogation** la clôturant.
- Les **déictiques** sont en rapport avec la **situation d'énonciation**.
→ *Elle entra dans le grand salon et demanda à son époux :* ***« As-tu vu ma bague qui se trouvait ici hier ? »***
- Sa forme dépend du registre de langue utilisé.
– Pour le registre **soutenu**, on emploie l'**inversion du sujet**.
→ *Que* ***faites-vous*** *dans un tel endroit, Mademoiselle ?*
– Pour le registre **courant**, on utilise la locution ***est-ce que*** suivie d'une structure classique (sujet + verbe + complément).
→ *Où* ***est-ce que*** *tu demeures ?*
– Pour le registre **familier**, on n'inverse pas le sujet : à l'oral, seule l'**intonation montante** montre qu'il s'agit d'une question.
→ *Tu les as vus, tu en es sûr ?*

Remarque
Les **déictiques** sont des références aux personnes, temps ou lieux qui varient selon la situation d'énonciation.

B L'INTERROGATION INDIRECTE

- Dans l'interrogation **indirecte**, la question est intégrée dans la narration.
- Elle est également formulée par un **verbe introducteur** mais reprend une ponctuation classique : pas de guillemets ni de point d'interrogation.
- Les **déictiques** doivent être modifiés en fonction de la **situation d'énonciation**. Les temps verbaux doivent suivre les règles de la **concordance des temps**.
→ *Elle entra dans le grand salon et demanda à son époux* ***s'il avait vu sa bague qui se trouvait en ce lieu la veille***.
- Il n'y a pas d'inversion du sujet, mais la présence d'un **mot introducteur** est indispensable.
– S'il s'agit d'une **interrogation totale**, on emploie *si*.
→ *La dame de compagnie voulait savoir* ***si sa maîtresse avait besoin de ses services***.
– S'il s'agit d'une **interrogation partielle**, on reprend le mot interrogatif utilisé à l'interrogation directe.
→ *Il lui demanda* ***où elle demeurait***.

Remarque
L'auteur choisit l'interrogation directe ou indirecte selon l'**effet** qu'il veut produire : la première est plus vivante, tandis que la seconde apporte davantage de fluidité.

Remarque
Ne confondez pas le ***si*** adverbe interrogatif avec la conjonction de subordination exprimant la condition.

3. Interrogation partielle ou totale

A L'INTERROGATION PARTIELLE

- L'interrogation **partielle** ne porte que sur une partie de la phrase.
- Elle recourt à des **mots interrogatifs** (adverbes, pronoms ou adjectifs) qui sont les mêmes pour l'interrogation directe et indirecte.

	Rôle	Exemples	Accord
Adverbes interrogatifs	Expriment un **élément significatif** (rôle sémantique)	• *Où* : expression du **lieu** ➜ ***Où*** *vas-tu ?* • *Quand* : expression du **moment** ➜ ***Quand*** *commences-tu tes études ?* • *Pourquoi* : expression de la **cause** ➜ ***Pourquoi*** *as-tu choisi cette université ?* • *Comment* : expression de la **manière** ➜ ***Comment*** *comptes-tu financer tes études ?*	Invariables
Pronoms interrogatifs	Renseignent sur la **fonction** (rôle grammatical)	• *Qui* : **sujet** ➜ ***Qui*** *est cet homme ?* • *Que* : **COD** ➜ ***Que*** *dis-tu donc ?* • *À qui* : **COI** ou **COS** ➜ ***À qui*** *parle-t-elle ?*	Invariables
Adjectifs interrogatifs	Portent sur un **point précis** de la phrase (rôle sémantique)	➜ ***Avec quels amis*** *est-elle sortie hier ?* ➜ ***Quel âge*** *as-tu ?*	S'accordent en genre et en nombre avec le nom auquel ils se rapportent

B L'INTERROGATION TOTALE

- L'interrogation **totale** porte sur l'intégralité de la phrase. On peut y répondre par « oui » ou par « non ».
- Elle se construit différemment selon qu'il s'agit d'une interrogation directe ou indirecte.

– S'il s'agit d'une **interrogation directe**, on inverse le sujet ou on utilise la locution *est-ce que*.
➜ ***As-tu*** *obtenu ton bac ?* ***Est-ce que*** *tu as obtenu ton bac ?*
– S'il s'agit d'une **interrogation indirecte**, on utilise la conjonction de subordination *si*.
➜ *Le professeur lui demanda* ***si elle avait eu son bac***.

1. Définitions

- Il existe trois formes de phrases en français :
→ forme **affirmative** : on dit ce qui est ;
→ forme **négative** : on dit ce qui n'est pas ;
→ forme **emphatique** : on met en valeur une partie de l'énoncé.
- Un auteur ne choisit pas la forme négative par hasard. La négation possède une **valeur sémantique** que vous devez savoir analyser.
- La négation peut être **partielle** ou **totale** : elle peut porter sur un mot, sur une proposition subordonnée ou encore sur l'ensemble de l'énoncé.

2. Négation partielle ou totale

A LA NÉGATION LEXICALE

- La négation peut porter sur un mot. Il s'agit alors de **négation partielle** et **lexicale**.
- Au niveau lexical, la négation s'exprime à l'aide de **préfixes**.
- Les préfixes négatifs les plus courants sont :
→ ***in-***, qui exprime le contraire et varie selon la consonne qui suit : *lisible / **il**lisible, compréhensible / **in**compréhensible, réalisable / **ir**réalisable*… ;
→ ***a-***, qui exprime l'absence : *tonique / **a**tone, phonique / **a**phone, alphabet / **an**alphabète ; typique / **a**typique*…
- D'autres préfixes peuvent porter sur une partie du mot :
→ ***dis-*** : *grâcieux / **dis**gracieux* ;
→ ***mal-*** : *heureux / **mal**heureux* ;
→ ***més-*** : *estimer / **més**estimer*…
- Le préfixe ***non-*** sert également à former certains mots de sens négatif :
→ ***non-**lieu, **non-**dit, **non-**violence*…
- Les **antonymes** (mots dont le sens est opposé à un autre) représentent aussi une forme de négation :
→ *petit / grand, épais / fin, différent / similaire*…

Remarque
Les termes cités ne sont pas des antonymes mais des mots de la même famille.

B LA NÉGATION DANS LA PHRASE

- La négation peut porter sur l'intégralité d'une proposition ou d'une phrase. Il s'agit alors de **négation totale**.
→ La phrase *Il **ne** fera **pas** beau demain* s'oppose à la phrase *Il fera beau demain*.
- La négation totale s'exprime au moyen d'une **locution corrélative** composée de deux éléments : *ne + pas, point, plus, jamais*…
- Les **adverbes de négation**, comme *nullement*, sont aussi fréquemment utilisés.
- On peut également trouver des **pronoms** ou **adjectifs indéfinis** exprimant la négation. Ils sont employés avec le *ne*, qui suit généralement ce premier élément.
→ ***Personne** n'a pris de décision.*
→ ***Nul** citoyen n'est censé ignorer la loi.*
- La négation peut être **coordonnée** par la conjonction de coordination ***ni***. Celle-ci ne peut cependant coordonner que deux éléments de même nature.
→ *Il ne pouvait **ni** parler **ni** marcher.*
→ *Cette jeune femme n'était **ni** belle **ni** laide.*

Remarque
Contrairement aux adverbes qui sont invariables, les adjectifs indéfinis s'accordent avec le nom auquel ils se rapportent. Les pronoms varient quant à eux en fonction du sens.

3. Négation et registre de langue

A LES REGISTRES DE LANGUE

- Dans une négation totale, le fait de ne pas utiliser le *ne* témoigne d'un registre **familier**.

→ *Je viendrai pas demain !*

- Le fait de ne pas utiliser la seconde partie de la négation (*pas, point, plus*...) témoigne au contraire d'un registre **soutenu**. Cet emploi se rencontre avec quelques verbes comme *oser*, *cesser*, *pouvoir*, *savoir*, essentiellement aux temps simples.

→ *Elle **ne** cesse de réclamer son dû.*

B LES EMPLOIS PARTICULIERS

- Le *ne* s'emploie seul dans plusieurs autres occurrences.

– **Associé avec *que*** en début de phrase, il signifie *pourquoi*.

→ *Que **ne** l'aviez-vous dit plus tôt ?*

– Il apparaît dans des **expressions figées**.

→ *À Dieu **ne** plaise !*

– Il est utilisé dans les propositions subordonnées de **condition** introduites par ***si***.

→ *Si je **ne** m'abuse, nous nous sommes déjà rencontrés.*

- La négation est souvent exprimée dans la **litote**, figure de style qui consiste à dire le moins pour exprimer le plus. L'exemple le plus célèbre est « *Va, je **ne** te hais **point** !* » dans *Le Cid* de Corneille, qui signifie en réalité « *Je t'aime* ». Dans le langage courant, on utilise souvent des litotes avec une forme négative.

→ *Ce **n'**est **pas** donné !*

1. Définitions

A LA POÉSIE

- La poésie suggère une idée au moyen des **sonorités**, du **rythme** et des **figures de style**.
- Le mot « poésie » vient du grec *poiêsis*, qui signifie « **création** ».

B LA VERSIFICATION

- La **syllabe** est l'unité de mesure d'un vers.
- Le **mètre** représente l'ensemble des syllabes constituant un vers.

2. La métrique

A LES TYPES DE VERS

- Les vers **pairs** :

→ **Alexandrin** : 12 syllabes.
→ **Décasyllabe** : 10 syllabes.
→ **Octosyllabe** : 8 syllabes.
→ **Hexasyllabe** ou **hexamètre** : 6 syllabes.

- Les vers **impairs** :

→ **Ennéasyllabe** : 9 syllabes.
→ **Heptasyllabe** : 7 syllabes.

B LES TYPES DE STROPHES

- Une **strophe** désigne le regroupement de vers.
- On distingue :

→ Le **distique** : 2 vers.
→ Le **tercet** : 3 vers.
→ Le **quatrain** : 4 vers.
→ Le **quintil** : 5 vers.
→ Le **sizain** : 6 vers.

C LES TYPES DE RIMES

- On parle de **schéma rimique** :

→ Rimes **suivies** ou **plates** : aa, bb, cc.
→ Rimes **croisées** : abab.
→ Rimes **embrassées** : abba.

- Les rimes se définissent selon les **sons en commun** :

→ Rimes **pauvres** : un seul son en commun (exemple : agon<u>ie</u> / v<u>ie</u>).
→ Rimes **suffisantes** : deux sons en commun (exemple : az<u>ur</u> / p<u>ur</u>).
→ Rimes **riches** : trois sons ou plus en commun (exemple : tra<u>verses</u> / per<u>verse</u>).

D LE RYTHME DU VERS

- La **césure** est la coupe principale d'un vers. Elle est symbolisée par **//**.

→ **Rythme binaire** : le vers se construit en deux parties (6/6).
« Oses-tu / m'attirer // dans tes bras / épuisés ? » (Musset)
3 3 3 3
→ **Rythme ternaire** : le vers se construit en trois parties (4/3/3).
« Ô pour moi seul, / à moi seul, / en moi-même » (Valéry)
4 3 3

FICHE DE SYNTHÈSE

• Normalement, **le vers coïncide avec une phrase**. Si ce n'est pas le cas, on peut avoir :
→ Un **enjambement** : la phrase se déploie sur le vers suivant, au moins jusqu'à la césure.
« Où la brume vague évoquait un grand / Fantôme laiteux se désespérant » (Verlaine)
→ Un **rejet** : un élément court est rejeté au vers suivant.
« Ainsi, quand je serai perdu dans la mémoire / Des hommes, dans le coin d'une sinistre armoire » (Baudelaire)
→ Un **contre-rejet** : un élément court débute une nouvelle phrase à la fin du vers.
« Ils sont en prison Lequel / A le plus triste grabat » (Aragon)

3. Quelques formes poétiques

A LE SONNET

• Composé de 14 vers de mètres identiques, le **sonnet** est construit en deux quatrains et un sizain ou deux tercets. La **pointe** est le vers final, considéré comme essentiel.
• Le sonnet est réinvesti au XIXe siècle par Nerval, Baudelaire, Verlaine, Rimbaud et Mallarmé.

B L'ODE

• L'**ode** est composée d'un nombre assez important de vers, souvent des octosyllabes.
• Elle est dédiée à de hauts personnages, à des objets ou des notions abstraites personnifiés.

4. Zoom sur un mouvement poétique : le surréalisme

• Le **surréalisme** est un mouvement né après la Première Guerre mondiale. Il a été théorisé par **André Breton**, qui le définit ainsi : « Automatisme psychique pur, par lequel on se propose d'exprimer […] le fonctionnement réel de la pensée. »
• Le surréalisme souhaite **libérer l'homme et la poésie de l'entrave de la raison**. Les poètes surréalistes s'adonnent à l'**écriture automatique** afin de laisser s'exprimer l'inconscient.

5. Repères

Période	Œuvres et mouvements littéraires	Événements historiques
XIXe siècle	Le romantisme • Lamartine, *Méditations poétiques* (1820) • **Hugo, *Les Contemplations* (1856)** Le Parnasse • Leconte de Lisle, *Poèmes barbares* (1862) Le symbolisme • **Baudelaire, *Les Fleurs du mal* (1857)** • Verlaine, *Jadis et naguère* (1884) • **Rimbaud, *Poésie* (1871)**	• 1799-1804 Consulat • 1804-1814 1er Empire • 1815-1848 monarchie constitutionnelle • 1848-1852 2de République • 1852-1870 2d Empire • 1870-1940 3e République
XXe siècle	L'esprit nouveau • **Apollinaire, *Alcools* (1913)** Le surréalisme • Aragon, *Feu de joie* (1919) • Breton, *Clair de terre* (1923) • Éluard, *L'Amour la Poésie* (1929) La poésie engagée • Aragon, *Les Yeux d'Elsa* (1942) • Éluard, *Liberté* (1942) • Senghor, *Éthiopiques* (1956)	• 1894-1906 affaire Dreyfus • 1914-1918 Première Guerre mondiale • 1939-1945 Seconde Guerre mondiale • 1946-1958 4e République • 1948 Déclaration universelle des droits de l'Homme • 1958 début de la 5e République
XXIe siècle	• Bonnefoy, *Les Planches courbes* (2001) • Bancquart, *Verticale du secret* (2007)	• 11 septembre 2001 attentat contre le World Trade Center à New York

1. Définitions

- La littérature d'idées englobe les textes qui amènent le lecteur à la **réflexion**. On y expose, réfute ou défend des idées.
- Les formes en sont diverses et regroupent tout ce qui traduit l'**engagement** de l'auteur.

2. Les formes de la littérature d'idées

- **Maxime** : phrase brève énonçant un principe moral ou une réflexion.
- **Apologue** : court récit, imaginaire ou réel, dont se dégage une vérité morale.
- **Fable** : petit récit, généralement en vers, destiné à démontrer un principe ou une moralité. Elle délivre un enseignement sous une forme plaisante et agréable.
- **Essai** : œuvre de réflexion, exposée de manière personnelle voire subjective par l'auteur. Il peut être polémique ou partisan.
- **Plaidoyer** : exposé argumenté en faveur d'une personne, d'une idée ou d'une institution.
- **Pamphlet** : court écrit satirique, souvent politique, d'un ton violent, qui défend une cause, critique ou calomnie quelqu'un ou quelque chose.
- **Satire** : écrit dans lequel l'auteur fait ouvertement la critique d'une époque, d'une politique, d'une morale ou attaque certaines personnes en s'en moquant.
- **Comédie sociale** : portraits moraux de personnages permettant de faire rire tout en dénonçant les mœurs et problèmes d'une époque.

3. Les procédés de la littérature d'idées

A LES ARGUMENTS ET LES EXEMPLES

- La **thèse** est le point de vue défendu dans un texte.
- Les **arguments** confirment ou réfutent la thèse.
- Les **exemples** illustrent les arguments.

→ Un exemple **illustratif** suit l'argument. Il l'éclaire et le précise.

→ Un exemple **argumentatif** précède l'argument. Il présente un cas concret et permet d'en tirer une leçon générale.

B PLAIRE ET INSTRUIRE

- L'expression latine *castigat ridendo mores*, signifiant « corriger les mœurs par le rire », peut parfaitement s'appliquer à la littérature d'idées, dont la finalité est de plaire et instruire en **dénonçant par le rire**.
- Le procédé de l'**ironie** permet de dénoncer efficacement.

→ L'ironie consiste en un **décalage** entre ce qui est dit et ce qui est pensé. C'est une manière de se moquer en dénonçant les idées reçues.

→ Elle **ridiculise** l'adversaire tout en amenant le lecteur à **réfléchir**.

→ Elle repose sur l'**absurde** (fausse logique), sur l'**antiphrase**, ou encore sur des **figures d'exagération** (hyperbole, emphase) et **d'atténuation** (litote).

FICHE DE SYNTHÈSE

4. Quelques mouvements philosophiques et littéraires

A L'HUMANISME

- L'**humanisme** est un mouvement de pensée européen né à la Renaissance. Il prône le retour aux **textes antiques** et place l'**Homme** au centre de la réflexion.
- Les philosophes et écrivains humanistes les plus connus sont **Pétrarque**, **Rabelais** et **Montaigne**.

B LES LUMIÈRES

- Les **Lumières** sont un mouvement de pensée du XVIIIe siècle. Elles font appel à la **raison**, qui permet de lutter contre les préjugés et l'intolérance et de faire progresser les hommes vers le bonheur, la liberté et le savoir.
- L'***Encyclopédie*** est l'œuvre la plus emblématiques des Lumières. Ses auteurs, **d'Alembert** et **Diderot**, font partie des principaux philosophes des Lumières, comme **Voltaire** et **Rousseau**.

5. Repères

Période	Œuvres et mouvements littéraires	Événements historiques
Renaissance (XVe - XVIe siècles)	L'utopie • More, *Utopia* (1516) Le roman humaniste • **Rabelais, *Gargantua* (1534)** Le récit de voyage • Léry, *Histoire d'un voyage fait en la terre du Brésil* (1578) L'essai • Montaigne, *Essais* (1580)	• 1562-1598 guerres de religion entre catholiques et protestants
XVIIe siècle	La fable • La Fontaine, *Fables* (1668) L'apologie • Pascal, *Pensées* (1670) La comédie sociale • **La Bruyère, *Les Caractères* (1687)** Le discours • Bossuet, *Oraisons funèbres* (1689) Le conte de fées • Perrault, *Les Contes de ma mère l'Oye* (1697) • Mme d'Aulnoy, *Contes de fées* (1698)	• 1661-1715 règne de Louis XIV • 1685 révocation de l'édit de Nantes
XVIIIe siècle	Le roman épistolaire • Montesquieu, *Lettres persanes* (1721) Le conte philosophique • Voltaire, *Zadig* (1747) et *Candide* (1759) Le traité • **Montesquieu, *De l'esprit des lois* (1748)** Le dialogue • Diderot, *Le Neveu de Rameau* (1773) et *Jacques le fataliste et son maître* (1784) Le plaidoyer • **Olympes de Gouges, *Déclaration des droits de la femme et de la citoyenne* (1791)**	• 1751-1772 publication de l'*Encyclopédie* • 1789-1799 Révolution française • 14 juillet 1789 prise de la Bastille

1. Définitions

A LE ROMAN

- Le roman se définit à l'origine comme un **récit qui conte des aventures merveilleuses**.
- Il désigne par la suite une œuvre littéraire en prose d'une certaine longueur, **mêlant le réel et l'imaginaire**.

B LE RÉCIT

- Le récit est un type d'énoncé qui relève de la **présentation** orale ou écrite d'événements réels ou imaginaires.
- **Il englobe tous les genres littéraires** : le roman, la nouvelle, le conte, la fable, la poésie, le théâtre…

2. Les caractéristiques du roman

A L'ESPACE ET LE TEMPS

- Les **repères spatio-temporels** situent les personnages dans un cadre et ancrent les événements dans le réel.
- Il faut distinguer le **temps de l'histoire** et le **temps de la narration** :

➜ Dans une **narration ultérieure**, le récit se fait après les faits (récit au passé).
➜ Dans une **narration simultanée**, le récit se fait au moment où se déroule l'action (récit au présent).
➜ Dans une **narration antérieure**, le récit a une valeur prophétique : les événements ne se sont pas encore produits au moment de la narration (récit au futur).

B LES POINTS DE VUE

Les **points de vue narratifs** expriment la façon dont l'action est vue par le narrateur. On distingue :
➜ Le **point de vue externe** : récit objectif, où les faits sont rapportés par un observateur extérieur ne connaissant ni la pensée ni le passé des personnages.
➜ Le **point de vue interne** : récit subjectif, où le narrateur est un personnage témoin de l'action. Son champ de perception est donc restreint.
➜ Le **point de vue omniscient** : le narrateur voit tout et sait tout. La réalité est décrite sous plusieurs angles à la fois.

3. Les types de romans

- **Roman d'anticipation** : récit qui évoque le futur de l'humanité en insistant sur le développement des découvertes scientifiques et ses conséquences.
- **Roman d'aventures** : genre populaire où le héros est confronté à des situations dangereuses et doit tenter de s'en sortir en passant par de nombreuses péripéties.
- **Roman de formation** : récit où le personnage principal se « forme » et mûrit au contact du monde et par les expériences qu'il y vit.
- **Roman épistolaire** : récit composé de la correspondance, fictive ou non, d'un ou plusieurs personnages.
- **Roman familial** : récit réaliste de l'évolution d'une famille sur plusieurs générations.
- **Roman gothique** : genre fantastique mettant en scène des archétypes littéraires terrifiants, comme les vampires ou les revenants, dans un décor de château ou d'abbaye en ruines.
- **Roman historique** : récit où des personnages ou des événements historiques ont un rôle essentiel.
- **Roman policier** : genre englobant le roman d'espionnage, de suspense et le roman noir. Il met en scène une enquête criminelle.

4. Quelques mouvements littéraires

A LE RÉALISME

- Le **réalisme** est un mouvement littéraire et artistique du XIXe siècle qui privilégie la **représentation exacte** de la nature, des hommes et de la société. Il vise à l'**objectivité**.
- Le **naturalisme** rajoute à ces principes une **logique scientifique**.

B LE NOUVEAU ROMAN

- Le **nouveau roman** est une expression qui désigne un groupe d'auteurs publiés aux Éditions de Minuit dans les années 1950.
- Ces auteurs **remettent en cause les éléments traditionnels du roman**, comme le personnage, l'intrigue ou le narrateur omniscient.

5. Repères

Période	Œuvres et mouvements littéraires	Événements historiques
Moyen Âge	La chanson de geste • *La Chanson de Roland* (XIe siècle) Le roman courtois • Chrétien de Troyes, *Le Chevalier au lion* (XIIe siècle)	• 1096-1099 première croisade • 1337-1453 guerre de Cent Ans • 1492 découverte de l'Amérique
Renaissance (XVe - XVIe siècles)	L'humanisme • Rabelais, *Gargantua* (1534)	• 1562-1598 guerres de religion entre catholiques et protestants
XVIIe siècle	Le roman précieux • Mlle de Scudéry, *Clélie* (1654) Le classicisme • Mme de La Fayette, *La Princesse de Clèves* (1678)	• 1661-1715 règne de Louis XIV • 1685 révocation de l'édit de Nantes
XVIIIe siècle	Le roman des Lumières • **Abbé Prévost, *Manon Lescaut* (1731)** • Rousseau, *La Nouvelle Héloïse* (1761) Le roman libertin • Choderlos de Laclos, *Les Liaisons dangereuses* (1782)	• 1751-1772 publication de l'*Encyclopédie* • 1789-1799 Révolution française • 14 juillet 1789 prise de la Bastille
XIXe siècle	Le réalisme • Stendhal, *Le Rouge et le Noir* (1830) • **Balzac, *La Peau de chagrin* (1831)** • Flaubert, *Madame Bovary* (1857) Le romantisme • Hugo, *Les Misérables* (1862) Le naturalisme • Zola, *Germinal* (1885)	• 1799-1804 Consulat • 1804-1814 1er Empire • 1815-1848 monarchie constitutionnelle • 1848-1852 2de République • 1852-1870 2d Empire • 1870-1940 3e République
XXe siècle	L'autofiction • **Colette, *Sido* (1908) et *Les Vrilles de la vigne* (1930)** Le roman de l'absurde • **Camus, *L'Étranger* (1942)** Le nouveau roman • Robbe-Grillet, *La Jalousie* (1957)	• 1894-1906 affaire Dreyfus • 1914-1918 Première Guerre mondiale • 1939-1945 Seconde Guerre mondiale • 1946-1958 4e République • 1948 Déclaration universelle des droits de l'Homme • 1958 début de la 5e République
XXIe siècle	• Carrère, *L'Adversaire* (2000) • Houellebecq, *La Carte et le Territoire* (2010)	• 11 septembre 2001 attentat contre le World Trade Center à New York

1. Définitions

- Le théâtre, aussi appelé art dramatique (du grec *drama*, signifiant « action »), associe le **texte écrit** (ce qu'on lit) et la **représentation théâtrale** (ce qu'on voit).
- Le texte dramatique présente un **agencement d'événements** (intrigue) où sont engagés les personnages.

2. Les caractéristiques du théâtre

A L'ESPACE ET LE TEMPS

	Dans le texte	Lors de la représentation
L'espace	**Lieu de l'action :** espace fictif, évoqué par les personnages ou dans les didascalies	**Lieu de la représentation :** espace réel dans lequel la pièce est jouée, incluant la scène et son environnement (décors, lumières, coulisses)
Le temps	**Temps de l'action :** temps fictif d'une époque passée, évoqué par les personnages ou dans les didascalies	**Temps de la représentation :** temps réel, plus ou moins important selon la longueur du texte et le rythme de la mise en scène

B L'ACTION

- L'**exposition** désigne la scène de présentation de l'intrigue et des personnages.
- Le **nœud de l'action** est le point culminant du conflit opposant les protagonistes.
- Le **dénouement** propose la résolution du conflit.

C LE PERSONNAGE

- Il faut bien distinguer **personne** et **personnage** :

→ La **personne** désigne l'acteur, l'être de chair et de sang qui incarne le personnage.
→ Le **personnage** désigne le rôle écrit par l'auteur.

- Le personnage dramatique se définit par sa **double fonction** :

→ Fonction **symbolique** car il incarne une vision des hommes et du monde.
→ Fonction **dramatique** car il joue un rôle déterminé dans l'action (sujet ou objet, destinateur ou destinataire, adjuvant ou opposant).

3. Les genres théâtraux

A LA TRAGÉDIE

- La **tragédie** apparaît en Grèce antique aux VIe et Ve siècles av. J.-C. Elle raconte l'histoire d'un héros soumis à la volonté des dieux et responsable de ses actes en tant que membre de la cité.
- En France, la **tragédie classique** se développe à partir du XVIe siècle.

→ Elle repose sur les **unités de temps, de lieu et d'action** ainsi que sur le respect de la **vraisemblance**.
→ Elle traite de **personnages nobles**, reprenant des héros bibliques ou antiques.

- La tragédie inspire la **terreur** et la **pitié** du spectateur.

→ Le personnage tragique est victime de la **fatalité** (du latin *fatum*, signifiant « destin »).
→ La seule issue possible est la **mort** du héros ou de ses proches.

FICHE DE SYNTHÈSE

B LA COMÉDIE

- La **comédie** apparaît en Grèce antique aux VIe et Ve siècles av. J.-C. Elle prend naissance dans le *cômos*, fête carnavalesque et rurale en hommage à Dionysos (dieu du vin).
- La comédie a pour but de divertir en provoquant le **rire**, mais elle possède aussi une **portée critique** importante.
- La comédie prend **différentes formes** selon les époques.

→ Au XVIIe siècle, Molière instaure la **comédie classique**, qui s'éloigne des origines populaires et carnavalesques mais s'inspire de la *commedia dell'arte* italienne (jouant sur l'improvisation).

→ Dans la seconde moitié du XIXe siècle, le genre du **vaudeville** apparaît. Basé sur de nombreux rebondissements et quiproquos, il tourne en ridicule les bourgeois du Second Empire.

→ À partir du XXe siècle se forme un **théâtre de la dérision** dénonçant l'absurdité de l'existence humaine. Le comique y est inséparable d'une vision tragique.

C LE DRAME

- Le **drame bourgeois**, créé par Diderot au XVIIIe siècle, dérive de la **comédie sérieuse**.
- Le **drame romantique**, théorisé par Hugo au XIXe siècle, représente un **mélange des genres** tragiques et comiques.
- Le drame a pour but d'**émouvoir** en retraçant avec **réalisme** les conditions de vie des personnages.

4. Repères

Période	Œuvres et mouvements littéraires	Événements historiques
XVIIe siècle	Le baroque • Corneille, *L'Illusion comique* (1635) Le classicisme • **Molière, *Le Malade imaginaire* (1673)** • **Quinault, *Thésée* (1675)** • Racine, *Phèdre* (1677)	• 1661-1715 règne de Louis XIV • 1685 révocation de l'édit de Nantes
XVIIIe siècle	La nouvelle comédie • **Marivaux, *Les Fausses Confidences* (1737)** Le drame bourgeois • Diderot, *Le Fils naturel* (1757)	• 1751-1772 publication de l'*Encyclopédie* • 1789-1799 Révolution française • 14 juillet 1789 prise de la Bastille
XIXe siècle	Le drame romantique • Hugo, *Hernani* (1830) et *Ruy Blas* (1838) • Musset, *On ne badine pas avec l'amour* (1834) • Rostand, *Cyrano de Bergerac* (1897)	• 1799-1804 Consulat • 1804-1814 1er Empire • 1815-1848 monarchie constitutionnelle • 1848-1852 2de République • 1852-1870 2d Empire • 1870-1940 3e République
XXe siècle	Le théâtre engagé • Anouilh, *Antigone* (1944) • Sartre, *Huis clos* (1944) • **Lagarce, *Juste la fin du monde* (1990)** Le théâtre de l'absurde • Ionesco, *La Cantatrice chauve* (1950) • Beckett, *Oh les beaux jours* (1963)	• 1894-1906 affaire Dreyfus • 1914-1918 Première Guerre mondiale • 1939-1945 Seconde Guerre mondiale • 1946-1958 4e République • 1948 Déclaration universelle des droits de l'Homme • 1958 début de la 5e République
XXIe siècle	• Gaudé, *Le Tigre bleu de l'Euphrate* (2002) • Mouawad, *Seuls* (2008)	• 11 septembre 2001 attentat contre le World Trade Center à New York

MIXTE
Papier issu de sources responsables
FSC® C022030

Nathan est un éditeur qui s'engage pour la préservation de son environnement et qui utilise du papier fabriqué à partir de bois provenant de forêts gérées de manière responsable et contrôlée.

Dépôt légal : août 2022 - N° de projet : 10278775
Achevé d'imprimer en juillet 2022 par l'imprimerie Clerc à St-Amand-Montrond, France